Kerana Angelova   Elada Pinjo und die Zeit

Herausgegeben und aus dem Bulgarischen übertragen
von Viktoria Dimitrova Popova

Die Übersetzerin dankt der Schweizer Kulturstiftung Pro Helvetia für die Unterstützung der Arbeit an diesem Buch.

This book was translated with the support of the National Book Centre, the National Palace of Culture, Sofia, Bulgaria.

Diese Publikation wurde vom National Book Centre in Bulgarien gefördert. Der Verlag bedankt sich hierfür.

schweizer kulturstiftung

prɔhelvetia

NATIONAL
BOOK CENTRE

NATIONAL
PALACE OF CULTURE
CONGRESS CENTRE
SOFIA

Roman

Prolog

Die Jahre krümmten sie allmählich wie einen alten Quittenbaum. Das Obst ist schon lange gepflückt, doch den Ästen fehlt die Kraft, sich wieder aufzurichten, der Baum trägt die Last weiter. Meine Zeit ist gekommen, sagte sich die alte Pinjo. Eines Abends piepste etwas wehklagend in ihrer Brust, und sie stellte sich vor, wie im Käfig der Rippen ein frisch geschlüpfter nackter Vogel flatterte. Wahrscheinlich ist es ein Adlerküken, es hat Hunger, und ich muss es mit meinem Fleisch füttern. Während sie das dachte, sah sie für einen kurzen Augenblick, wie sich die Zeit im Schoß der Ewigkeit drehte, um wieder Kopf voran zu sein. Aber voran wohin? Und wer gab mir die Augen, die das zu sehen vermögen? Sie lächelte und winkte ab. Ihr Leben floss bereits rückwärts, und die Fragen bedurften keiner Antwort.

Und während sie kopfüber zurückflog, stellte sich die Vorahnung ein, dass der Tod sich als etwas dem Leben Ähnliches erweisen würde. Mindestens genauso einmalig und einzigartig. Das Adlerküken pickte ihr in die Rippe und riss ein Stück Fleisch ab. Der Schmerz ließ sie begreifen: Ihr einmaliger Tod erweist sich als Rückkehr. Das Seltsamste war, dass es ihr dabei gelang, ihr ganzes Leben auf einmal zu sehen. So, als würde ich mit dem Zug reisen, den Kopf bequem auf die Samtstütze gebettet, bloß in Gegenfahrtrichtung. Hinter dem Fenster fließt alles gleichmäßig davon, Bäume, Wolken, Schnitter, feuerrote Pferde mit dem Sonnenuntergang entgegengereckten Hälsen, Brücken, Bahnhöfe, Vögel, Hunde, Menschen. Ich sitze einfach so da, sehe zu, und hinter meinem Rücken springt unversehens die Zukunft hervor und verwandelt sich vor meinen Augen in Vergangenheit. Während mein Spiegelbild im Fenster eine immer jünger werdende Frau mit violetten Augen zeigt, immer mehr Mädchen mit zerzaustem blauschwarzem Haar, immer mehr Kind.

Sowie sie das dachte, war sie auch schon da.

Das kleine Häuschen stand ganz oben an der steilen Straße, wie sie es in vager Erinnerung hatte, weiß geworden von den bitteren Winden der Zeit. Trübe Kristalle bräunlichen Salzes klebten an den Mauern, den Balken und am bemoosten Dach. Eine volle Handbreit Asche bedeckte den Schornstein wie ein weiches Nest. Im Nest lag ein Vogel mit federlosem Hals, riss sein einziges gelbes Auge auf und kreischte feindselig: Kri, kri, kri.

Von den Äckern wehte das Aroma von eben geknetetem Brot heran. Ein geröteter Maislaib rollte wie von selbst den Hang hinauf, um – schwupp – vor ihren staunenden Augen in den Hinterhof zu verschwinden. Aha, ging Pinjo auf, zuerst ist er durch seinen kleinen Acker spaziert, aber gleich wird Oma den Brotlaib brechen und einen warmen Kanten in meine Hände stecken.[1] Sie seufzte. Wo kam denn das her? Gerade eine solche Kindheit hatte ich nie, weder hier noch sonst wo. Beschwindele ich mich etwa? Versuche ich, mein Leben jetzt richtiger zu erleben? Ist es möglich, diesmal nicht fehlzugehen? Ist es möglich, dass auch die anderen nicht fehlgehen in meinem Leben? Mein Gott, was würde ich nur machen ohne die Fehler meines Lebens, lächelte sie bitter.

Gleichzeitig erkannte sie das vergessene Kindheitsgefühl wieder, jenen seltsamen Spasmus in der Magengrube. Ein blauer Erlenblattkäfer kam aus dem Rosenbusch und plumpste auf ihre Handfläche, machte ein paar flaumige Schritte. Ihre Lippen quollen vom Nektar der Empfindung auf. Der Himmel erstrahlte, und das Gefühl ergriff sie, im Besitz der Welt zu sein. Sie hatte keine Erinnerungen, ihre Erinnerungen lagen noch in der Zukunft, sie waren

---

1 Es heißt in Bulgarien, dass die Großmutter, wenn sie ein Brot für die Familie gebacken habe, es zum Abkühlen in ein Tuch gewickelt und zu den ungeduldigen und hungrigen Kindern gesagt habe: „Habt ein wenig Geduld, das Brot ist kurz raus durch seinen Acker spazieren gegangen. Sobald es wieder da ist, werden wir's brechen und ihr kriegt was zu essen." Das sagt man den Kindern auch heute noch, und sie wissen, dass sie warten müssen. (Anm. d. Ü.)

noch nicht zurückgekehrt von dort. Krrr, krrr, knirschte das Drehtörchen vor Glück, darauf schaukelte Pinjo gemächlich mit einem Fuß. Und dachte: Wie rasch sich die Vergangenheit ereignet, ich bin ganz klein geworden.

Plötzlich fiel die Dämmerung. Die Dämmerung fiel immer plötzlich. Ihre Freude erlosch. Im nahegelegenen Haus stimmten Schakale ihr Lied an, ihr gefror das Blut. Erst jetzt spürte sie, dass das Dorf leer war – kein Laut, kein Atemstoß. Mama! Mutter! Da erschien am Fenster des kleinen Häuschens ihre Mutter, das Licht einer Gaslampe legte eine Aureole um den Kopf. Sie war jung und in Gedanken versunken. Sie streckte ihre Hand aus dem Fensterchen und legte die Handfläche auf die pulsierende Fontanelle des kleinen Kopfes. Die Schakale stimmten ihr Lied von neuem an. Keine Angst, lächelte ihre Mutter, das sind die Grillen, du hast sie doch nicht vergessen. Schau, wie groß und warm die Nacht ist, nichts Böses kann dir geschehen.

Ihre Entenbeinchen wackelten los, Pinjo versuchte, zu ihrer Mutter zu gelangen. Sie klammerte sich an ihr fest, vergrub das Gesicht in ihrem Schoß. Gurrte. Die Mutter bettete ihren Kopf auf ihren angewinkelten Ellenbogen, gab ihr wieder zum ersten Mal die Brust. Pinjo ertrank in den warmen Schlucken, zappelte mit Armen und Beinchen und starrte ins goldene Auge des nackthalsigen Vogels, der sich auf dem Fenstersims niedergelassen hatte. Das Auge wurde immer größer und immer goldener. Ich hätte nie gedacht, dass Licht aus dem Auge eines derart hässlichen, zerrupften Vogels strömt, staunte Pinjo mit letzter Kraft.

Noch einmal strengte sie sich an, das Wichtigste herauszufinden, das Einzige, weshalb sie den Weg der Zeit bis zum Eingang, der ein Ausgang war, zurückgekommen war. Es ging aber nicht. Es gab keine Antwort. Es zeigte sich, dass der Mensch von Anfang bis Ende eine Erfindung war. Gott im Himmel, was für eine Ungereimtheit der Mensch ist!, drängte ein Schrei der Verzweiflung zu ihren Lippen hoch, als plötzlich von überall her eine mächtige Stimme erklang:

„Pinjo, irgendwo da draußen, in der verworrenen Zeit, in einem Augenblick der Vergangenheit, der Gegenwart oder der Zukunft, wird dich die Antwort von selbst finden!"

Sie stieß einen Seufzer der Erleichterung aus.

Da verwandelte sich das Auge des hässlichen Vogels in eine blendende goldene Sonne.

Erster Teil

In den dunklen Tiefen der feuchten Seidelbastwälder wird sich die Vergangenheit morgen ereignen

In den dunklen Tiefen der feuchten Seidelbastwälder[2] war es leer und gewaltig. Vergib mir, verzeih mir, ich kann nicht. Mama knüpfte ihre purpurrote Schürze auf, machte daraus eine Schaukel-Wiege und band sie an einem tiefhängenden Ast fest. Ich kann nicht, vergib mir, ich will nicht. Monoton fügte sie ein Lied ohne Melodie zusammen, wieder und wieder sprach sie die Worte in stiller Fassungslosigkeit. Neben ihr stand ein kleiner alter Mann und schluchzte und zitterte von Kopf bis Fuß. Es ist Zeit, sagte er weinerlich, und Mama wurde grün vor Entsetzen. Das Weiß ihrer Augen schien auf, sie reckte die Arme zum Himmel, erstarrte. Der kleine Greis winselte weiter: Rette die andern, deine anderen Kinder musst du retten. Dann begann er, mit den Fäusten auf sie einzuschlagen, immer heftiger, um sie aus ihrer Erstarrung zu holen. Endlich ließ sie die Arme sinken, fasste sich an den Kopf, presste die Lider zusammen und stürzte blindlings durch den Wald davon. Sie stieß gegen Baumstämme, anfangs zufällig, dann voller

2 Der Kinderbuchtopos und Leitmotiv vieler Kindermärchen
   – Вдън горите тилилейски … wörtlich: In den Tiefen der
   Seidelbastwälder … – stammt aus dem Titel eines Kinderbuchs
   des bulgarischen Autors Dimitär Ivanov Stojanov (1877–1948),
   der mit seinen Erzählungen über die Welt des bäuerlichen Lebens
   unter dem Pseudonym Elin Pelin große Bekanntheit erlangte und
   „Sänger des bulgarischen Dorfes" genannt wurde. Der hochgiftige
   Seidelbast wächst in den tiefen Wäldern, an feuchten, schattigen
   und steinigen Orten, also an den abgelegensten, weltverlorensten
   Flecken. Der Verzehr seiner Früchte ist tödlich. Getrocknet kann
   das Heilkraut therapeutisch wirken, allerdings in sehr kleinen
   Dosen und mit höchster Vorsicht. Im Volksglauben ist der Seidelbast eine mythische Pflanze, die heilt und tötet, er gehört daher
   zum Märchenhaften und hat einen festen Platz in der Folklore.
   (Anm. d. Ü.)

Wucht. Der Greis wackelte hinter ihr her, stolpernd und mit bebendem Kopf. Sie rannten, um die anderen Flüchtlinge einzuholen.

Ich blieb allein zurück, einsam und irr vor Entsetzen.

Tage und Nächte vergingen. Das Wickelband spannte durch die Windel, über meine Arme und Beine krochen Schauer wie Ameisen, vom langen Liegen auf dem Rücken schürfte sich meine Nackenhaut ab. Und ich hatte einen Bärenhunger. Abends sah ich die Lichter des Waldes: dampfender bläulicher Schein, das waren die morschen Höhlen mancher Bäume, hoch in den Ästen glommen die Augen von Nachtvögeln.

Eines Morgens, als es dämmerte, sah ich einen alten Mann mit einem langen, milchweißen Bart den gegenüberliegenden Hang herabsteigen, an seiner Schulter hatte sich ein Uhu festgekrallt. Woher kam er bloß, so ganz aus Chlorophyll und Licht, wie ein Baum unter den Bäumen, nur dass er gehen konnte. Er querte die Wiese, sein Umhang wurde schwarz vom Tau. Stellte sich über die Wiege, starrte mit weiß erblasster Iris durch mich hindurch, und irgendwie erhaschte ich seinen Gedanken: *Ich bin nicht dein Schicksal, dein Schicksal heißt Chrisula.* Es war nicht zu glauben, ohne auf meine Protestschreie zu achten, ging er einfach weiter durchs Gestrüpp und verschmolz mit der Morgendämmerung wie ein Schatten. Ein Mensch tauchte auf und verschwand. Und die Einsamkeit wurde derart fürchterlich, es war unmöglich zu verkennen, dass sie das war – ich lag in meiner Wiege, sah in den Himmel und starb an der ewigen kosmischen Einsamkeit.

Ein Wickelkind, das sich des eigenen Sterbens bewusst wird, Herr im Himmel, nicht immer ist dein göttlicher Plan verständlich!

Aber ich staunte nicht über mein Unendlichkeitsgefühl, meine Empfindungen waren mächtig, kristallklar und voll. Ich senkte den Blick und sah meine eigene Wiege mit dem schlaffen, kleinen Körper darin. Den armen, gekrümmten, verlassenen kleinen Körper – alles Mitgefühl der Welt überkam mich. Ich stieg immer höher und stellte verblüfft und voll glücklicher Bestürzung fest, wie weit ich mich über das Strandža-Gebirge ausdehnte, ich sah alle seine Pfade auf einmal, sie wanden und ringelten sich wie Mondschlangen. Hier und dort schimmerten weiße Quellen, in der indigoblauen Finsternis glommen die Augen regloser Schakale auf wie Glut, im hohen Gras schliefen Hirsche, ihre Geweihe leuchteten wie Königskronen.

Ich sah das alles auf einmal, obwohl die Augen des blau angelaufenen, schlaffen kleinen Körpers in der Wiege bis zur völligen Blindheit zugepresst waren. Damals wusste ich nicht, dass die Seele von selbst sieht, konnte es gar nicht wissen in diesem unbewussten Alter, in dem nur die Empfindungen so vital sind, doch fürwahr, meine Seele sah von selbst.

Alles währte nur einen Augenblick. Dann füllte ich mich wieder mit mir: Ich hatte Hunger, Durst und lebte. Ich begann mich in Koliken zu winden, brach in Winseln aus, warf mich in der engen Wiege hin und her, schließlich schlief ich vor Erschöpfung ein. Es wiegte mich die mächtige, beruhigende Anwesenheit von etwas, das von allen Seiten heranflutete – als ich nach einiger Zeit die Augen öffnete, war es immer noch da, allgegenwärtig,

es war der erhabene kosmische Mutterinstinkt.

Ich fühlte mich liebkost. Allseits. Und dennoch, ich war benommen vor Hunger und stöhnte auf. Ich ließ den Kopf in den Nacken fallen und erblickte Mamas helle Augen. Ich staunte nicht im Geringsten. Sie beugte sich über mich, ich witterte den bekannten Duft nach Milch und saugte mich an der harten Zitze fest, die mein Gesicht suchte. Ich trank gierig, verschluckte mich, Tropfen rannen über meine Wangen … Als ich mehr als satt rülpste, klarte der Himmel allmählich auf, das flimmernde Licht zwang mich, die Augen zusammenzukneifen. Zwischen den halb gesenkten Lidern blickte ich Mama an und sah, dass sie eine Hirschkuh war. Sie war groß, silbergrau und gelassen. Sie sah mich mit menschlichen Augen an, und ich lächelte.

Die alte Frau ist ganz und gar bei klarem Verstand, sie hat ein reines Gedächtnis und frische Worte. Ihre Ausdrucksweise ist recht eigentümlich, belebt von plötzlichen Archaismen und dialektalen Einsprengseln – vor dem alles in allem eleganten sprachlichen Hintergrund sind sie grell und unerwartet, ziehen die Aufmerksamkeit auf sich wie Glasperlen, die da und dort aufglänzen. Elada Pinjos Benehmen ähnelt manchmal dem einer vornehmen Französin: ihre Gesten, die Finesse ihres zarten, abgespreizten kleinen Fingers, ihre hellen Kostüme, die Taschentücher aus Spitze, die weißen Seidenstrümpfe, ihre Hüte … Und – mal lebt sie auf, mal beginnt sie zu gestikulieren wie eine Bäuerin, mal lässt sie einen das Weiß ihrer Augen sehen, mal stemmt sie ihre kleinen Fäuste in die Hüften und gleicht dann dem kyrillischen Buchstaben Ф, um in ihre Muttersprache zu verfallen, indem sie die Strandžaer Vokale breit abrundet: Jeesses, eine hundertjährige Oma bin ich geworden, aber sieh mich nur an, wie ich so gar nicht zum Wegwerfen bin!

Noch immer ist sie nicht zum Wegwerfen … So klingt ihr Bulgarisch manchmal, eine sonderbare Sprache, ausdrucksvoll, bildhaft, aber wie blitzschnell im Kopf aus einer anderen übersetzt, aus einer unbekannten, die es nirgends auf der Welt gibt, die nur ihr gehört. Und genau so ist es, unsere Sprache, das sind wir, das ist unser einziges Leben, unser unausgesprochenes Wesen, wir nennen sie das Wort Gottes, Gott in uns, und sind zu gering, um sie ganz zum Ausdruck zu bringen; die alte Dame aber hat es eilig, ihr innerstes Wesen mitzuteilen, sie kennt kein Halten, stürmt dahin, und wir alle ringsherum sind im Nu außer Atem, wenn wir die gleiche Luft wie sie atmen und hinterherhasten, um sie einzuholen.

Sie wurde vor einigen Jahren unsere Freundin, als mein kleiner Schlaumeier begann, die Französischlehrerin in der Schule mit „Don Juan, Madame Taneva" zu grüßen, und die Madame uns entsetzt eine Privatlehrerin mit pariserischem Französisch empfahl, die wir dann einluden, unserem Besserwisser Lesen und Schreiben beizubringen – und so kam diese ungewöhnliche alte Dame zu uns, stellte sich hingebungsvoll in die Tür, so als hätte sie uns einer geschenkt, der im Innersten wusste, was wir in diesem Leben am meisten brauchten. Bonjour, Madame Elada, empfing sie der Kleine mürrisch in den ersten Tagen, offensichtlich gefiel ihm sein eigener Gruß besser, allerdings machte sein Französisch solche Fortschritte, dass unsere Madame ihm eines Tages mit leuchtenden Augen ein französisches Büchlein mit von der Zeit vergilbten Blättern schenkte.

„Ist für dich, von Sirui."

„Wer ist Sirui", fragten wir im Chor.

„Langsam", sagte die alte Dame. „Sirui ist etwas so Schönes und Unerreichbares, drum eilt nicht, sie zu erkennen."

Die nächste Stunde beginnt, dunkelhäutig und welk, das Haar wie ein silbernes Spinnennetz auf dem kahlen Kopf, die Augen wie lila Veilchen im von der Zeit zerfressenen Gesicht, die Beine so schlank wie Späne, selbst im Sommer in weiße Strümpfe gekleidet, und die Finger so abgemagert, dass das Licht durch ihre Spitzen scheint und sie sich als durchsichtig erweisen, und so jäh steht sie jedes Mal vor mir, so nicht von hier und meiner Seele so nah, als hätte ich sie erfunden, um mich nicht einsam zu fühlen in diesem Leben,

ich berühre sie an der Hand,

sie lächelt,

aber bin ich nicht selbst die, die mir zulächelt, aus irgendeiner anderen Zeit, in irgendeinem anderen Raum,

gehen wir doch auf die Terrasse Tee trinken ...

Da sitzen wir also beide auf dem Balkon und beobachten den Verkehr auf dem Bogorodi. Der Boulevard fließt, ein bunter mensch-

licher Fluss: Mädchen in rosafarbenen Bermudas wie große Schmet-
terlinge, Jungen auf Rollerblades, Mütter mit Kinderwagen, darin
Babys, die mit dicken Beinchen strampeln, genau vor hundert
Jahren war ich so, Jesses ... Im Café gegenüber donnert aus einer
Musikanlage Heavy Metal, auf der Mauer des Cafés leuchtet zwi-
schen den grellen Graffiti eine rötliche Aufschrift, hallo, Millen-
nium, ade, Millennium, und ist nach zwei Jahren immer noch da,
wie eine Erinnerung an den menschlichen Irrtum, dass die Zeit
geordnet werden könne, sortiert ... Nun beobachtet aber die alte
Dame das rege Leben schon nicht mehr, nähert ihre unergründli-
chen, veilchenfarbenen Augen den meinen und sagt vertrauensvoll:
„Ich erinnere mich an mein gesamtes Leben, bis zu dieser Minute!"
„Das tue ich auch. Jeder erinnert sich an sein Leben, Elada
Pinjo."
„Ich meine etwas anderes. Ich erinnere mich an jede Sekunde
meines Lebens. Ich sage dir, wenn ich jetzt anfange, es dir zu
erzählen, würden wir noch hundert Jahre brauchen."
„Das ist absolut unmöglich. Wenn das so ist, dann hat dein
Unterbewusstsein ein Leck, wie kann es sein, dass dein Gehirn nicht
explodiert ist von all den Informationen."
„Das ist eine Gabe."
„Von so einer Gabe habe ich noch nie gehört. Was redest du denn
da? Kein Mensch kann sich an all die Millionen Sekunden seines
Lebens erinnern − das Nötige und das Unnötige im Gedächtnis
behalten. In deinem Leben hat es auch grauenvolle, unerträgliche
Dinge gegeben."
„Wir sagen, sie seien unerträglich, und schaffen es dann doch,
sie zu ertragen. Und vergiss nicht, in unserem Leben geschehen
keine unnötigen Dinge. Schalte bitte den Fernseher ein."
Es läuft „Die Liebe einer Frau" mit Romy Schneider und Yves
Montand. Wir versenken uns hinein. Versinken unmerklich ins
menschliche Drama, beide verstummt, als wären wir ein Mensch.
Das Unglück muss geachtet werden, freveln soll man ab und zu

auch, sagt der Mann im Film. Darauf antwortet die Frau: Sollte ich einmal glücklich sein, lasse ich mich kurieren.

Ein und dieselbe Trauer liegt auf den Gesichtern von Romy, von Yves Montand, von meiner alten Dame. Das Gesicht des Leids, das von etwas anderem berührt wird – flüchtig, reinigend. Was kann das aber mehr sein als Leid oder Glück?

Der Mann aus dem Film sagt: Jeder heult vor Einsamkeit und weiß nicht, dass es vor Liebe ist.

Elada neben mir zuckt, erwacht aus dem Betäubungszustand, in den sie geraten ist. Er sagte dasselbe! Als sie den Kopf hebt, schaut sie mir direkt in die Augen, auf eine mysteriöse Art und Weise hat sie meinen Gedanken erhascht:

„Größer als das Glück ist das Leid. Größer als das Leid sind Glück und Leid, wenn sie den Menschen gleichzeitig treffen. Wenn dir das noch nicht passiert ist, so wird es dir gewiss irgendwann einmal passieren, du musst nur bereit sein, sie Aug in Aug zu empfangen – wende den Blick nicht ab, sei tapfer und begegne ihnen, denn zusammen sind sie etwas anderes. "

Plötzlich ändert sie die Richtung des Gesprächs:

„Ich will dir mein Leben erzählen, und da ich noch vier Monate zu leben habe, werden sie gerade genügen, damit ich mich über das Wichtigste ausspreche. Ich habe auch etwas Notiertes, zwei Hefte, die schenke ich dir. "

„Woher weißt du denn so sicher, dass es nur vier Monate sind? "

Sie lacht herzlich auf:

„Du sagst, nur vier Monate, ich sage, noch vier Monate. Meine Zeit und deine Zeit fließen nicht gleich, ma chérie. So haben wir ganze vier Monate zur Verfügung! "

Schon am folgenden Tag fangen wir an. Elada erzählt das, was sie in den Heften nicht erzählt hat, ich mache mir Notizen und höre vor allem verzückt zu, und die Zeit beginnt zurückzukommen. So geht das – vier Monate …

Eines Morgens kam sie nicht zu uns. Wir fanden sie auf der Terrasse ihrer Wohnung, in ihren geflochtenen Sessel gesunken, die Hände auf der linken Seite der Brust liegend, so als hielte sie darin einen nackten, frischgeschlüpften Vogel. Auf ihren Knien lagen zwei in Pappe gebundene Hefte, darauf stand: „Die Vergangenheit wird sich morgen ereignen. "

Und hier bin ich und versuche, die alte Elada Pinjo zu erzählen, mich selbst durch sie zu erzählen, die Erde und den Himmel in uns zu erzählen; ich suche nach Worten, beeindruckt von der Kultur ihres geschriebenen Wortes, von ihrer echten Erzählergabe, allerdings brauche ich dazu Worte, die mich von selbst finden, so, wie sie sie gefunden haben, die unser ungeahntes Wesen zum Ausdruck bringen, unsere außergewöhnliche Nähe mitteilen, mit denen ich ihr erschütterndes Leben erzählen kann, von hier wie von da, damit wir ein und dasselbe Ding sind.

Und nicht vor Einsamkeit in den Himmel heulen, ohne zu wissen, dass es vor Liebe ist.

Aus Elada Pinjos Notizheft

Eine ganze Woche lang kam die Hirschkuh bei Tagesanbruch. Sie hielt mir ihre Zitze hin und wartete geduldig, bis ich satt war, ich stieß begeisterte Schreie aus, doch der Schmerz im Nacken nagte unablässig an mir, also riss ich den Mund auf und heulte. Meine Windeln waren ganz durchnässt vom Urin und den Exkrementen, ich war bis zu den Schultern vollgeschmiert. Die Hirschkuh witterte meinen kläglichen Zustand und stellte sich unter die Wiege. Hob sie mit dem Rücken, und ich plumpste, Gesicht voran, ins Gras. Ich spürte die raue Zunge des Tieres auf meinem Nacken: Ganz sanft begann es, meine salzige Wunde zu lecken, ich empfand Wonne und hörte auf zu weinen, mit geweiteten Nasenflügeln nahm ich den Duft feuchter Erde in mich auf. Glänzende Eicheln glitzerten im Gras, wilde Speierlinge faulten, und süß rochen ihre matschigen Früchte, Igel reckten ihre Mäulchen empor und beschnupperten die Herbstluft, aus ihren Stacheln ragten aufgespießte Pilze, runzlige Holzäpfel und Blätter. Lange leckte die Hirschkuh die Wunde mit ihrer heilbringenden Zunge, am Ende biss sie in das Wickelband und begann mit den Zähnen daran zu reiben – sie rieb so lange, bis es riss. Da verspürte ich Erleichterung, als hätten Teufelskrallen von mir gelassen, mein violetter kleiner Körper seufzte aus allen seinen Poren. Und während die stinkenden Windeln auseinanderfielen und fetzenweise in den Ästen des Gestrüpps hängenblieben, purzelte mein Körper, nackt und frei, immer weiter. An einem Baumstumpf hielt er an. Der Tau hatte den Dreck weggewaschen, meine Haut glühte, sauber und frisch. Die Freiheit ist immer größer, als wir ertragen können, sie berauschte mich, erschöpfte mich, und ich schlief neben dem Baum ein.

Als ich erwachte, lag ich wieder in meiner Wiege. Ich spürte eine warme Decke auf mir – ich war mit einem ganzen Haufen Laub zugeschüttet. Ich hob den Kopf ein wenig und sah mich um. Der Alte mit dem Uhu erschien mir, spähte hinter einem Baum hervor, als unsere Blicke sich trafen, verschwand er schlagartig im morgendlichen Nebel, er löste sich auf.

Obschon es Ende Oktober ist, öffnet sich gerade eine Rosenblüte neben meinem Gesicht, ein nicht allzu hoher dichter Hagebuttenstrauch. Seine blassen Blüten gleißen in der Sonne, direkt über der Wiege. Ich setze mich auf, strecke den Arm aus, reiße vorsichtig ein zartes Blatt ab, zerkaue es mit meinen scharfen Schneidezähnen und schließe die Lider halb vor Wonne. Die zigste Woche lebe ich jetzt fern der Menschen, umgeben von Bestien, Kriechtieren und Vögeln: Ich trinke vom Tau, sauge Milch von der Hirschkuh und wiederhole im Geist die Worte meiner Muttersprache, *Brot, Elada, Haus, Himmel, Milch, Rose, Wasser, mein kleiner Erlenblattkäfer, mein blauer,* ihren Sinn verstehe ich nicht ganz, spüre aber, dass ich sie im Gedächtnis behalten muss, ich brauche sie auf Leben und Tod; *vergib mir, verzeih mir, ich kann nicht,* es drängt mich, sie alle auszusprechen, und ich breche in Lachen oder Weinen aus, womit ich ihren tiefsten, unfassbaren Sinn ausdrücke.

Ich ahne, dass mich in diesem Moment meines Lebens nicht allein die Milch der Hirschkuh gerettet hat. Ich ahne, dass mich auch das innerste Geheimnis dieser Worte gerettet hat, jenes, das nicht ausgesprochen werden kann. Die Wahrheit ist, dass ich gerade da meine einzigartige Fähigkeit entwickelte, die Aura von Worten zu erfassen, wenn ich sie nicht verstand, meine Fähigkeit, mir jede Sekunde meines Lebens zu merken – so konzentriert lebte und erinnerte ich mich, während der Hagebuttenstrauch auf mein Weinen und auf mein Lachen reagierte, indem er erschrocken seine Blütenkränzchen schloss oder den rosa Samt seiner Seele zärtlich und vertrauensvoll aufblätterte.

... Eines Nachmittags, als die Sonne ihre feinen Lanzen durchs Geäst dringen lässt, höre ich das Knacken von Reisig hinter meinem Rücken: die Schritte vieler Füße, hohe Stimmen rufen einander zu. Ich hebe den Kopf, drehe mich nervös; es ist keiner zu sehen, und das Stimmengewirr verebbt. Ich bin drauf und dran, verzweifelt in Tränen auszubrechen, als einen Schritt von meiner Wiege entfernt eine heisere Frauenstimme glücklich aufstöhnt.

Hiernach werde ich nie ein schöneres Mädchen sehen. Groß und schlank, mit blau-schwarzem Haar, kringelig wie Weinrankentriebe, steht sie vor dem Strauch, klatscht in die Hände wegen der Wildrosen, redet mit ihnen in ihrer seltsamen Sprache, wobei sie gedämpft und sehr oft den Laut „s" ausspricht, und in diesem verstummenden, sanft heiseren Sprechen ist etwas so Herrliches; ich lache unter Tränen, das Mädchen hört es nicht, sie beginnt die Blätter der blassen Blüten abzureißen und sie in ihr Dekolleté fallen zu lassen, mit dem letzten reibt sie die braune Haut ihres Gesichts ein und macht sich auf, die anderen einzuholen.

Da spürte ich, dass ich schweigen und nur auf den Nacken des Mädchens schauen musste. Warum, verstand ich nicht, schaute aber, ohne zu zwinkern, meine Augen weiteten sich gänzlich, und meine Lider wurden hart. Wie sie so den Pfad entlangtänzelte, hielt das Mädchen plötzlich an und blieb wie angewurzelt stehen, als wägte sie etwas ab, dann drehte sie sich ruckartig um, und unsere Blicke verflochten sich.

Ich hätte ehedem auch das Einfachere tun können, in lautes Weinen ausbrechen oder zu schreien beginnen, aber ich blieb stumm. Rührte mich nicht, lag starr in meiner Wiege und wartete ab. Vielleicht weil dein Schicksal, wenn es dir über den Weg läuft und es das deine ist und nicht irgendein fremdes, dich auch mit seinem Rücken erkennen wird.

Chrisula, riefen sie von weitem, mein Schicksal hieß wirklich Chrisula. Das Mädchen gab keine Antwort, zitternd wühlte sie das Laub auf und hob mich aus der Wiege; verblüfft starrte sie aus ihren leuchtend grünen Augen, und weil sie die Gewohnheit hatte, in die Hände zu klatschen, wenn sie überrascht war, ließ sie mich zwischen ihre Beine fallen, klatschte, fasste sich aber, packte mich wieder und begann in ihrer heiseren Sprache zu rufen.

Sie bestaunten mich begeistert und legten mich in einen großen Tragekorb. Der Korb hatte einen Zwillingsbruder, darin reisten Chrisulas Kätzchen – man band die Körbe zusammen und hängte sie über den Rücken eines hageren Esels. Wir wankten über kaum sichtbare Pfade, zwei Dutzend Frauen, Karakatschaninnen[3], zwei Männer mit zwei Maultieren und der Esel; da waren auch Kinder, Babys hingen in den Seihtüchern am Rücken der Frauen. Die Karakatschaninnen kehrten von ihren Hütten in Bulgarien zu ihren Hütten in Thrakien bei Edirne[4] zurück, die Männer und die Herden würden später folgen.

---

3 Die Karakatschanen – bulgarisch: каракачани, *Karakatschani;* griechisch: Σαρακατσάνοι, *Sarakatsani* – sind eine kleine, griechische, ethnische Volksgruppe, die in verschiedenen Gebirgsregionen Griechenlands, Bulgariens und der Türkei als Nomadenvolk vor allem von Schafzucht, von der Gewinnung und vom Verkauf von Milch, Käse und Wolle lebt. Sie sprechen einen der ältesten griechischen Dialekte und sind orthodoxe Christen. (Anm. d. Ü.)

4 Edirne – bulgarisch: Одрин *Odrin* – liegt im bulgarisch-griechisch-türkischen Dreiländereck in Ostthrakien. Die Umgebung von Edirne und die Stadt selbst als Verwaltungszentrum der gleichnamigen Provinz waren nach der Befreiung Bulgariens (1878) gerade die unter türkischer Herrschaft gebliebenen Gebiete, in welchen neben den Türken auch Griechen, unfreie Bulgaren und große armenische und jüdische Gemeinden lebten. (Anm. d. Ü.)

Ich saß in meinem Korb, hielt irgendwie das Gleichgewicht und sah mir die weite Welt an. Hin und wieder schaute Chrisula zu mir herein: pikste mit dem Finger in mein Kinngrübchen, sprach viele huschende Worte mit ihrer tiefen, heiseren Stimme, ihr Dekolleté duftete nach wilden Rosen und Schutz. Manchmal seufzte sie und schüttelte den Kopf wie eine Greisin: Ach, du, verlorene Bulgarin. Ich versuchte ziemlich erfolgreich, Chrisulas zischende, wie trockenes Laub raschelnde Worte nachzuahmen. Sie hatten an der pupurrot gewebten Schürze meiner Mutter erraten, dass ich das Kind von Bulgaren war, und daraus geschlossen, dass der Wirbelsturm des bulgarischen Aufstands, dem Namen nach Aufstand der Verklärung[5], die Eltern in eine unbekannte Richtung fortgetragen hat, während er das Kind Gottes Gnaden überließ. Manchmal nahm mich Chrisula auf den Arm, damit ich vom Sitzen nicht steif wurde, da ich noch nicht gehen konnte, und redete unaufhörlich mit mir und lachte, ein andermal weinte sie und sah mich mit ihren von den Tränen klugen Augen mitfühlend an.

Ich lernte sie allmählich kennen und fasste unwiderruflich Zuneigung. Die junge Karakatschanin war eigensinnig und schmerzhaft unabhängig, und abgesehen von der Sprache war sie den anderen in nichts ähnlich. Die Frauen in der Gruppe trugen auch an den heißesten Tagen Diademe aus gewundenen Tüchern auf dem Kopf, Chrisula trug keine Kopfbedeckung, das Haar vom Dornstrauchwerk zerzaust, nur ein blaues luftiges Tuch flatterte um den Hals. Die anderen hatten zwei, drei

---

5 Der Ilinden-Preobraženie-Aufstand war eine Volksrevolte im Jahr 1903 – fünfundzwanzig Jahre nach dem Russisch-Türkischen Krieg und der Befreiung Bulgariens 1878. Weil nach der Befreiung von der türkischen Herrschaft die Großmächte beschlossen, dass Ostthrakien mitsamt seiner Bevölkerung türkisches Gebiet bleiben sollte, machten die dort ansässigen Bulgaren im Zuge der christlichen Feier *Preobraženie Gospodne* (Verklärung des Herrn) einen Aufstand mit dem Ziel, sich tatsächlich zu befreien und ihrer Heimat Bulgarien anzugliedern. (Anm. d. Ü.)

schwarze Röcke übereinandergezogen, die abstanden wie Schmetterlingsflügel, bloß wuchtig und schwerfällig, Chrisula schwenkte ein Hanfhemd durch die Gegend, kurz, recht weit oberhalb der Knöchel. An den Füßen trug sie wie alle Frauen weiche Opanken[6]. Mehrmals täglich geriet sie mit ihren Reisegefährtinnen aneinander, vor allem mit ihrer Schwester Katerina.

Eine große Frau mit einem Gesicht weiß wie Milch wie die meisten Karakatschaninnen, trägt Katerina ein Seihtuch am Rücken, aus dem ein mondgesichtiges rosa Baby hervorlugt, sie schreitet mit großen, männlichen Schritten voran und schweigt. Sosehr Chrisula in Verzückung gerät und ununterbrochen mit allem redet, was sie umgibt – mit mir im Korb, mit den Krokussen in den Büschen, mit den Vögeln im Himmel und mit was immer ihr beliebt –, so schweigsam und unbewegt ist Katerina, nur selten stößt sie ein gedämpftes, schweres Wort aus, herausfordernd träge, den Blick auf ihre Füße gerichtet, unter denen das Reisig auf dem Pfad bricht; dann ereifert sich Chrisula noch mehr, knickt den erstbesten Zweig ab, der ihr in die Hände fällt, und peitscht damit über ihre nackten Knöchel vor Erregung und Wut.

Auch ihre Liebesausbrüche waren ungestüm – sie quetschte ihre Kätzchen in ihren Umarmungen, und die miauten zum Himmel und kratzten sie zur Abwehr, ihre Arme waren von oben bis unten zerschrammt von den wilden Katzenkrallen; geschwind küsste sie ihre Hälse ab und lachte hell auf, und hatte sie genug von den Kätzchen, kam sie zum Korb und vergnügte sich mit mir. Manchmal kitzelte sie mich, und ich kicherte wie wild, da aber mahnten die Frauen empört, dass man vom Kitzeln auch sterben könne, also begann sie, in mein

---

6 Sandalenartiger, sehr bequemer Lederschuh ohne Brandsohle und Absatz, mit einer oft schnabelförmigabgebogenen Spitze. (Anm. d. Ü.)

Kinngrübchen zu piksen, machte meinen Mund auf, um zu sehen, wie viele Zähne mir gewachsen waren, steckte mir weiche, um irgendeinen Span gewickelte Lümpchen in die Ohren. Sie roch von Kopf bis Fuß nach Rosen und wilder Minze – ihr Dekolleté war voll von ihren kleinen feinen Blättern, sie wechselte sie jeden Tag aus, damit sie frisch rochen. Eines Tages kam sie auf die Idee, auch den Korb mit Storchschnabel und Zitronenmelisse zu füllen, sie begrub mich bis zum Mund mit Blumen und Kräutern; der Duft betäubte mich, ich spürte, dass ich das Bewusstsein verlor, es war so schön, ich hätte einfach sterben können vor Glück in meinem Korb; genauso wie später im Leben: Irgendwie fand ich die Kraft, das Böse, das unverhofft über mich hereinbrach, zu überstehen, wurde aber das Gute in meinem Leben zu gewaltig, betäubte es mich, raubte mir alle Kraft, und ich hätte mich getrost hinlegen und vor Wonne und Erschöpfung sterben können, hätte mich nicht der unbewusste Gedanke davon abgehalten, dass dies von so kurzer Dauer sein würde wie der Seufzer eines Kindes, länger nicht. Also riss ich mich zusammen und schaffte es, das Glück zu ertragen.

Eines Tages blieb Chrisula mitten am Weg stehen und rief den anderen erschrocken zu: Halt, stehenbleiben, sag ich euch, mein Baby hat keinen Namen! Ich habe einen Namen für mein Baby gefunden, es wird Despina, Pina heißen, ich werde sie Pinjo nennen. Die anderen wandten nichts ein, und Chrisula nannte mich ab sofort Pinjo.

Eines Spätnachmittags erreichten wir das Ende des Gebirges, an seinem Fuß erstreckte sich ein Feld, eben wie ein Blech. Von hier bis zu den Hütten war es noch ein Weg von Sonnenaufgang bis Sonnenuntergang, wir waren fast zu Hause; die Karakatschaninnen überließen sich regem Geplauder, machten sich daran, Feuer zu schüren, die Babys zu stillen und die Decken zum Schlafen auszulegen.

Da tauchte in der Abenddämmerung die Hirschkuh auf. Sie schritt nicht, sie segelte durch die graue Luft, die um sie flirrte. Alle sahen sie, weil sie sich nicht schützte, sie brüllten los, stürzten hinter ihr her, ich brach in lautes Weinen aus, die Hirschkuh schoss schneller als der Wind davon, tauchte im Rhododendronstrauch gegenüber auf, mäh-mäh-mäh, lockte sie die Kinderschar, ihre Stimmen hallten im stillen Abendwald – wenn es dämmert, verklingt der Wald auf eine besondere Art und Weise, die Zeit in ihm bleibt stehen, und nichts ist, wie es war. Überhaupt, im Gebirge setzt sich die Zeit nur dann in Gang, wenn Menschen hindurchgehen, ihre eigene Bewegung nennen dann die Menschenkinder Zeit. Jetzt wurde der aus allen Richtungen heranströmende erhabene Friede von den erregten menschlichen Stimmen vertrieben.

Endlich wandte sich die Hirschkuh ab und lief widerstrebend zum Herzen der Nacht davon, in der Finsternis leuchtete nur ihr weißer ovaler Spiegel, und man hörte das Reisig unter ihren Hufen knacken. Als sie in der Dunkelheit verschwunden war, hörte ich auf zu schreien, und auch die anderen Kinder beruhigten sich, bald streckten sich alle auf den Decken aus und schliefen ein.

Am Morgen standen wir früh auf, stiegen ins Flachland hinunter und machten uns auf den Weg. Irgendwann drehte sich Chrisula um, und ich folgte ihrem Blick – auch das Gebirge erwachte eben, über seine Kämme dampften tiefhängende Nebelschwaden, die Baumwipfel leuchteten, erwärmt vom Feuer der aufgehenden Sonne. Und da, am Waldrand, ganz am Rand stand die Hirschkuh und sah uns nach. Unwillkürlich presste Chrisula die Handfläche gegen den Mund. Ich drehte mich in meinem Korb und legte mich bäuchlings aufs Gesicht.

Pinjo-o-o, schreit Chrisula herzzerreißend, die Hände in den Hüften. Der Sonnenuntergang schickt seine Strahlen verschwenderisch durchs Geäst der alten Bäume, und die junge Frau leuchtet von Kopf bis Fuß. Bald streckt sie sich, gähnt genüsslich, wahrscheinlich hat sie irgendwo im Schatten geschlafen, und legt die Hände wieder in die Hüften. Ihre Augen suchen das Gebüsch ab, bis sie irgendwann auffährt und schroff ruft: Ich zähle bis drei, wenn du dich nicht sofort zeigst, Pinjo, dann wirst du nicht mehr in meiner Hütte leben, ist dir das klar, so, das hast du davon, sie spuckt, und der Speichel bleibt im Gras liegen und glänzt wie die Spur einer Schnecke. Dann macht sie sich auf die Suche nach mir, sie hört nicht auf, in den Himmel hinauszuschreien.

Versteckt in der Höhle eines jahrhundertealten Baumes, schweige ich.

Unmerklich bin ich groß geworden – jetzt bin ich schon an die fünf Jahre alt, mein Haar reicht bis zu den Hüften, und ich bin sehr stolz, dass es schwarz und glänzend ist wie das von Chrisula; auch meine Augen sind wie die ihren, das sagen die andern. Chrisula ärgert sich als ob: Also wirklich, was zu viel ist, ist zu viel, ich kann dir nicht mehr in die Augen sehen, weil ich blind werde von diesem Himmel darin, und dann ist auch deine Haut so braun wie meine, das ist nun wirklich eine Unverschämtheit, Pinjo. Ich ärgere mich noch mehr als sie und knalle eine Faust auf die andere[7]: Du blendest mich, deine Riesenaugen sind wie das Meer, das weiße[8], da hast du's!

Meer habe ich auch schon gesehen, und nicht nur eines, sondern zwei, das Schwarze und das Weiße, eines blauer als

---

7 Die Fäuste senkrecht gegeneinanderschlagen ist in Bulgarien ein Ausdruck des Trotzes und der spielerischen Schadenfreude, den sich vor allem Kinder zu eigen machen. Eine neckische, provokative Geste der Ablehnung jeder Hierarchie. (Anm. d. Ü.)

8 „Weißes Meer" wird in Bulgarien die Ägäis genannt. (Anm. d. Ü.)

das andere. Die Karakatschanen haben Hütten sowohl in Griechenland als auch in Bulgarien und in den thrakischen Gebieten um Edirne, sie ziehen von einem Ort zum nächsten, sie wechseln die Weiden. Sie sind ausgezeichnete Viehzüchter, die besten auf dem Balkan, ihre Schafe haben Vliese wie schwarze Wolken und ihre Euter hängen bis zum Boden. Die Hirten wissen, wo das fetteste Gras zu finden ist, dort suchen sie ihre Weidegebiete.

Jetzt sind wir gerade im Balkangebirge um Sliven. Der Himmel ist blau und tief, schaut man lange hinein, wird einem flau unter den Rippen; die Luft ist voll von durchsichtigen Spinnennetzen – noch ist es Sommer, es riecht aber schon ein bisschen nach Herbst. Die Herden sind auf der Weide, alle Männer sind bei ihnen. Die Frauen verarbeiten die Milch, käsen, waschen die Milchkannen, kochen und backen Brot. Bei Einbruch der Dunkelheit kommt einer von den Männern mit den Maultieren von der Weide herunter, ab und zu knarrt eine Kanne, die Milch dampft noch und riecht süß. Das nehmen als Erste Chrisulas Katzen wahr und miauen wild drauflos. Auch ich, Pinjo, erzittere von Kopf bis Fuß.

Schau einer an, schon so viele Jahre lebt Pinjo mit diesen Menschen zusammen, jeden Tag trinkt sie Milch direkt aus dem Kupfereimer, doch nie bekommt sie genug davon! Als ich das erste Mal die prallen Euter der Schafe sah, taumelte ich vor Begeisterung, ich erinnerte mich an die Hirschkuh und ihre warmen Zitzen, sie hatten mich vor dem Tod gerettet, und ich konnte sie nicht vergessen. Wenn der Mensch allzu früh den Tod erkennt, hängt er sich besonders eifersüchtig ans Leben, gierig an seinen Zitzen festgekrallt.

Am Anfang versuchten sie mich mit einer Flasche Rohmilch zu füttern, sie wickelten Mull um ihren Hals, und ich musste daran saugen. Ich stieß sie voll Ekel weg und wandte den Kopf ab. Gaben sie es auf, kroch ich aus dem Korb und krabbelte zum nächstbesten Schaf, von denen immer eines im Lager herumlief. Ich legte mich hin, krallte mich ans Euter und saugte, verschluckte mich in der Hast, weil ich nicht wollte, dass man mich sah. Einmal aber, da sah mich Chrisula und schrie auf, sie klatschte mir sogar eine auf den hageren Hintern. Aber sosehr sie auch auf der Hut war, ich entwischte ihr oft, krabbelte zum Schaf und saugte mit irrem Genuss, bis mich irgendeine Karakatschanin mit Sperberblick erspähte. Dann klatschte Chrisula auf ihre Oberschenkel, hob die Arme gegen den Himmel, reihte ihre huschenden Worte aneinander und rollte mit den Augen, um mich verstehen zu lassen, wie schlimm das war, was ich tat, doch weder konnte ich erklären noch konnten sie verstehen, wie sehr ich die Wärme der Hirschkuh brauchte. Chrisula drückte mir die Flasche in die Hände, und ich saugte unter ihrem wachsamen Auge daran. So wuchs ich heran.

Jetzt sucht mich Chrisula im Wald, ich sitze in der Baumhöhle und bin glücklich – es riecht nach Zunder, nach wildem Honig, wahrscheinlich gibt es in der Nähe Bienen; irgendwo in weiter Ferne verhallt Chrisulas Pinjo-o-o, und was macht es schon, dass ich diesmal nicht um die Prügel herumkomme, es ist so herrlich im Gebirge, so herrlich.

Dann krieche ich doch aus der Baumhöhle und schlurfe auf der Suche nach Chrisula dahin. Es dunkelt. Die Stimmen der Frauen und Kinder klingen, als kämen sie von unter der Erde – von der Schlucht bei der Quelle. Chrisula ist verstummt, und ich verliere ein wenig die Orientierung, sehe dann aber einen frisch abgebrochenen Zweig am Anfang eines Pfads, aha-a, den Weg nehm ich, um nie wieder zu vergessen, was mir dann vor Augen tritt.

Chrisula steht am Ende des Pfads und spricht mit Katerinas Mann Jorgos. Auge in Auge gestikuliert sie erregt, erklärt etwas so, wie nur sie das kann. Jorgos hört aufmerksam zu, hinter ihm stehen die beladenen Maultiere, hie und da knarren die

Blechkannen. Gerade will ich zu ihnen stürzen, als der Mann leidenschaftlich den schlanken Arm der jungen Frau ergreift, Chrisula verstummt und weicht einen Schritt zurück. Der Mann packt auch ihren anderen Arm. Sagt etwas und vergräbt sein Gesicht in ihre Schulter. Beide erstarren so. Auch ich erstarre, allein mein Herz hämmert wild. Chrisula erwacht aus der Erstarrung, weicht ein wenig zurück, legt die Hände auf Jorgos' Brust und stößt ihn weg. Sie dreht sich abrupt um und stürzt den Pfad entlang. Ich schaffe es gerade noch, mich hinter dem nächsten Baum zu verstecken, und sie rennt an mir vorbei mit glühenden Wangen und wehendem Haar. Jorgos rührt sich nicht von der Stelle.

Ich beobachte ihn beunruhigt. Ein großer Mann ist Jorgos, mit breiten Schultern und haariger Brust, auch sein Gesicht ist überwachsen von einem roten Bart, und sein Haar, goldener als der Bart, reicht bis zu den Schultern. Er ist noch schweigsamer als seine Frau Katerina, oft sehen wir ihn regungslos vor der Hütte auf dem Stein sitzen, die großen braunen Augen auf den Sonnenuntergang geheftet. Ein schwerer Mann, rau, verschlossen, er macht mir Angst.

Endlich macht sich Jorgos auf, hinter ihm schleppen die Maultiere brav die weißen Kannen. Auch er geht ganz nah an mir vorbei, ohne mich zu bemerken. Vorsichtig gehe ich hinterher, und als wir ankommen, da schlüpfe ich in unsere Hütte. Chrisula sitzt auf dem Strohsack am Boden, das Gesicht zwischen den Knien vergraben. Ich fange an, mit den Kätzchen zu spielen, sie scheucht uns fort: Geht hinaus, stört mich nicht!

Mehrere Tage vergehen, wieder kommt es mir zu, zu sehen, wie Chrisula Jorgos empfängt und sich alles wiederholt. Eines Tages bemerke ich, wie die junge Frau hinter einem Bäumchen steht und mit zusammengekniffenen Augen irgendetwas beobachtet. Ich schaue in die gleiche Richtung.

Vor ihrem Haus hilft Katerina Jorgos beim Waschen: Sie schöpft mit der Holzkelle Wasser, begießt den Kopf des Mannes, seift ihn mit der Blumenseife ein und reibt mit den Fingern. Er hat sich hingekniet, sie steht rittlings über ihm, ihre kräftigen Schenkel an seinen Rücken gepresst, hat die schweren Röcke abgelegt, und ihr Körper wogt rhythmisch, weiß und prall.

Katerina spült Jorgos' Haar ab, verstaut den Kupfereimer und die Kelle, geht in die Hütte. Der Mann folgt ihr mit dem Blick. Sie kommt mit einem bunten Handtuch wieder, wirft es über seine Schultern und wendet sich zum Gehen. Er fasst sie unvermittelt um die Taille. Sie bleibt wie angewurzelt stehen. Chrisula und ich sehen zu. Die Hände des Mannes betasten das gewölbte Gesäß der Frau durch das dünne Hemd hindurch, beginnen dann die prallen, entspannten Brüste zu kneten. Katerina schmiegt sich an Jorgos. Eine große Frau ist sie, so groß wie ihr Mann – sehr eindrücklich sind sie so, einer an den anderen geklammert. Gleichzeitig werfen sie einen Blick zurück, dann gehen sie in die Hütte, ohne einander loszulassen. Warum knetet er sie so, flüstere ich. Chrisula beißt rasend in ihre Faust, schaut mich mit blinden Augen an, bricht einen Zweig ab und verpasst ihren nackten Füßen einen Peitschenhieb.

Ich konnte nicht wissen, dass sich mein Schicksal wegen dieses rotblonden, schweigsamen Mannes fernab der Karakatschanen entrollen würde. Noch wusste ich nicht, dass im Leben eines jeden Menschen Menschen und Umstände auftauchen, die es woandershin lenken, dass sein Weg von so vielen anderen Wegen durchkreuzt wird, dass man den eigenen bisweilen mit einem fremden verwechselt. Wenn es von mir abgehangen hätte, so hätte ich das Gebirge für nichts auf der Welt verlassen, ich hatte mich an das Leben dort gewöhnt, die Freiheit berauschte mich, Chrisula nannte mich weiterhin *mein Mädchen,* und mehr brauchte ich nicht. Je weniger Dinge manche Menschen besitzen, desto reicher fühlen sie sich, vorausgesetzt natürlich, dass diese Dinge der Himmel, die Berge und irgendeine Chrisula sind.

Das, was unser aller Leben veränderte, geschah im folgenden Jahr. Wir waren in den Hütten in Thrakien bei Edirne. Wieder war es Sommer, heißer und traniger denn je, die Männer schliefen auch hier auf der Weide unter freiem Himmel, die Frauen wohnten in den Hütten, zogen die Kinder groß, genauer, sie ließen sie wachsam gewähren, kästen, stapelten den Käse in Fässer voll Salzlake, spülten die Metallkannen ab, kochten. Jeden Abend empfing eine von ihnen ihren Mann, der am für ihn bestimmten Tag mit den Maultieren und den weißen Kannen hinunterkam, goss Wasser über ihn, damit er sich waschen konnte, breitete ein Decktuch aus, auf dem er zu Abend aß, dann gingen die beiden in die Hütte. Und ließen sich lange nicht blicken, obschon der Tag noch nicht ganz zu Ende war und die anderen Frauen noch lärmten, ihre Arbeiten zu Ende brachten, die Kinder schalten. Bei Tagesanbruch lud der Mann die leeren Kannen auf und trieb die Maultiere zu den Weiden.

Eines Abends sah ich Chrisula wieder Jorgos empfangen. Rundherum war es menschenleer, und er ergriff ihr zartes Handgelenk. Dieses Mal wich Chrisula nicht zurück, sie lachte nur, flüsterte etwas ins Ohr des Mannes, und er ließ sie los. Dann ging sie davon, begann etwas in Richtung der Schlucht zu rufen und stieg da hinab, von wo die Stimmen der Frauen und das Geklirr der Gefäße ertönten.

Die Sonne sank, und der Wald schwieg befriedet. Chrisula zog mich zu sich auf den warmen Stein. Was, wenn die Bäume, hopp, ihre Wurzeln aus dem Boden rissen, hm, Pinjo? Schau dir ihre Äste an, sie sind wie Flügel. Was, wenn sie abhöben?

Jesses! Das wäre die höchste Gerechtigkeit! Und die Menschenkinder, die auf dieser Erde herumirren und nicht wissen, wonach sie so eifrig suchen, die würden Wurzeln schlagen, hm, Pinjo? Dann würden die Karakatschanen, all die müden Wanderer, wahrscheinlich ein Wald werden, ein schöner, ruhiger, stiller Wald. Ich würde mich sofort in eine Herlitze verwandeln, dünn und zäh, das wär meine Wahl! Katerina hat einen breiten Schatten, sie kann alles sein, was Schutz gibt. Und Jorgos wird der höchste und selbstherrlichste Baum in diesem Wald sein. Und du, Despinjo, wirst ein feinblättriger stacheliger Busch, voller blauer Krokusse, was meinst du dazu? Wir werden einer neben dem anderen stehen, einander mit den Ästen streicheln, und es wird uns allen gut gehen. Denn die Bäume sind besser als die Menschen! In der ganzen Natur fügen einzig die Bäume einander nichts Böses zu. Komm, wir werden Bäume!

Ich begehrte auf, Chrisula lachte. Dann nahm sie mich bei der Hand und blickte mir endlich ganz ernst ins Gesicht. Hör zu, meine Kleine, wir stellen uns einfach vor, dass wir Bäume sind, du bist ein kleines, stacheliges Buschwerk, ich bin eine dünne Herlitze, lass uns sehen, was wir als Erstes tun würden, noch bevor wir überhaupt darüber nachdenken, wenn wir eines Tages unsere Wurzeln aus dem Boden rissen. Wir würden uns noch in derselben Stunde davonmachen, das würden wir tun, wir würden in die große weite Welt laufen. Die Erinnerung an unsere menschliche Seele im Inneren des Baumes würde uns dazu zwingen. Den Pfad da würden wir nehmen und wären auf und davon!

Wie sie so sprach, mit glühenden Wangen und leuchtenden Augen, stürzte sie den Pfad entlang und zog auch mich hinter sich her. Ich quengelte los, lief aber widerwillig mit und wühlte mit den Füßen das mehrere Herbste dicke Laub auf. Wir marschierten lange, bis nach Sonnenuntergang, und Chrisula schien wirklich vor etwas zu fliehen, denn sie machte keine

Anstalten anzuhalten. Da erreichten wir einen steilen Felsen, kletterten hinauf und sahen in die Tiefe: ein rundes Feld und mittendrin – ein Dorf mit Schafen gleich verstreuten, weißen Häuschen. Wir stiegen hinunter aufs Feld und trafen dort auf eine Frau.

Die Frau stand mitten auf dem staubigen Weg, in tiefes Nachdenken versunken. Ihr Blick fiel auf uns beide, in ihren Augen tauchte nicht die Spur einer Überraschung auf. Sie seufzte nur: Ihr habt euch wohl verlaufen.

Wir haben uns nicht verlaufen, aber auch nicht gefunden.

Auf einmal streckte die Frau ihre Hand aus, legte sie auf Chrisulas Kopf – ihre Handfläche presste gegen die Stirn, gespreizt zuckten die Finger sachte über dem Scheitel. Die Fremde kniff die Lider zu, blieb eine Weile so stehen. Chrisula schwieg verwirrt und rührte sich nicht. Die Bäuerin trat zurück, machte die Augen weit auf und versenkte den Blick in den von Chrisula. Diesen Pfad nahmst du heute scheinbar zufällig, du hast ihn aber unter all den anderen, die das Gebirge durchkreuzen, ausgewählt. Und da du ihn gewählt hast, ist er ganz und gar nicht zufällig, nicht wahr! Sieh nur, er hat dich zu mir geführt!

Die Frau lächelte, ihr Gesicht erstrahlte wie in Tau gebadet: „Ich kam aufs Feld, um mit einer Blume zu sprechen. Heute früh hörte ich sie im Halbschlaf nach mir rufen. Etwas sagen wolle sie mir."

Plötzlich warf sie sich vor unseren Füßen aufs Gesicht, legte ihr Ohr auf die Erde. Horchte. Alles klar, richtete sie sich auf und schüttelte ihre Schürze ab, ich habe die Richtung erkannt. Das Schwierigste ist, die Richtung zu erkennen, dann führt dich der Weg von selbst … Mich, liebe Mädchen, hält man für verrückt, ich sage euch die Wahrheit. Es ist bald zehn Jahre her, seit mir eine göttliche Gabe zuteilwurde – die Sprache der ganzen Natur zu verstehen. Manchmal unterhalte ich mich mit den Bäumen, mit den Gräsern, mit dem Regen, mit dem Wind, und verstehe alles, was sie mir sagen. Hin und wieder passiert mir das. Und die eine Blume, die mich jetzt ruft, ist jene da drüben, das gelbe Flämmchen, ich habe sie erkannt.

Sie bahnte sich einen Weg mitten durch dichte Brennnesseln, sprang über ein weißes Bächlein und beugte sich auf der Wiese gegenüber über die Blume. Verharrte so, angespannt lächelnd, liebkoste dann ihr blondes Kränzchen und kam zu uns zurück. Ach, liebe Mädchen, allzu viel habe ich leider nicht verstanden, da sie es diesmal nicht um meinetwillen gesagt hat. Sie meinte, der Mensch ahne seine wahren Dimensionen nicht, bis er die Liebe und das Leid erkennt. Der Mensch sei hier, um seine wahren Dimensionen zu erkennen. Hm, verstehe das einer, aber das waren nun mal ihre Worte!

Chrisula schaut die Frau an, und die Frau schaut Chrisula an. Siehst du jetzt, klatscht die Fremde in die Hände, siehst du, warum die Menschen aufeinandertreffen! Weil es unmöglich ist, dass sie nicht aufeinandertreffen, wenn sie ein und denselben Weg gehen! Also dann, Gott sei mit euch!

Die Bäuerin drehte sich um und rannte zu ihrem Dorf, das in der Abenddämmerung eben noch weiß schimmerte. Gedankenverloren sah Chrisula der Rauchwolke zu, die sich wie der Schweif eines körperlosen Drachens hinter dem Rücken der Frau wand, dann blickte sie mich unverwandt an. Wie kommt es, mein Mädchen, dass ein Mensch seine Gabe mit einer solchen Leichtigkeit trägt, ohne überhaupt beeindruckt zu sein von sich selbst und von dem, was er, verglichen mit den anderen Menschenkindern, nach dem Willen des Herrn im Übermaß hat? Als wäre es das Natürlichste der Welt, die Sprache der ganzen Natur zu verstehen! Jesses! Man sage ihr nach, sie sei verrückt – nun, Pinjo, dann läuft es ja wirklich darauf hinaus: Hast du eine Gabe, bist du anders als die andern, die sie nicht haben. Das bedeutet, dann bist du nicht

normal, das Normale ist, wie die andern zu sein. Wahrscheinlich sind die von Gott begabten die einsamsten Menschenkinder, Jesses! Ich meine … Glaubst du nicht, dass Gott die
Menschen auch bestraft mit den Gaben, die er ihnen gibt? Ist
ja kaum ein Leichtes und Einfaches, zu wissen, dass manchmal
Gott aus deinem Mund spricht!

Unruhig trat ich auf der Stelle.

Über ihre eigenen Worte erschrocken, presste Chrisula die
Handfläche gegen den Mund und wandte ihren blaugrünen
Blick von meinem Gesicht ab, ihre Wimpern flatterten.

Da blickte ich sie meinerseits unverwandt an und sagte
langsam und deutlich:

„Als ich ein Baby war, dort in der roten Schaukel, verstand
auch ich die Sprache der ganzen Natur. Damals, als ich wie der
Himmel allein war, erkannte ich für einen Moment meine
wahren Dimensionen. Wirklich, Chrisula, ich lüge dich nicht
an!“

Auch mich erschreckten meine eigenen Worte, und ganz
wie Chrisula presste auch ich die Handfläche gegen den Mund.

Die Nacht war unerträglich heiß. Chrisula warf sich auf dem
Strohsack hin und her, das Laub und die Strohhalme darin
raschelten scharf. Auch ich war schweißgebadet, von Zeit zu
Zeit wachte ich auf, schlief aber gleich wieder ein, die Müdigkeit von unseren Streifzügen war stärker als die Hitze.

Bei Tagesanbruch spürte ich, wie jemand in die Hütte kam.
Ich war drauf und dran aufzuschreien, erkannte aber Jorgos
und presste wer weiß, warum, meinen Mund mit der Handfläche zu. Chrisula sprang auf und stellte sich vor den Mann.
Es war weiß vom Mond, und ich sah, wie Chrisulas Augen fieberhaft leuchteten. Der Mann sagte etwas, sie deckte seine
Lippen mit ihren Fingern zu. Jorgos zog nervös an ihrem
schweißgetränkten Hemd, das Geräusch zerreißenden Stoffes

war zu hören, das Hemd rutschte zu Boden und entblößte ihre straffen und spitzen Brüste. Der Duft von Minze und wilden Rosen breitete sich aus, Jorgos stöhnte wie von Sinnen auf und begann, die kleinen Blätter, die auf den Brüsten des Mädchens klebten, mit der Zunge aufzusammeln. Chrisula stieß einen Schrei aus, rankte ihre Arme um seinen Hals, richtete sich unerwartet auf und umfing mit ihren nackten, vom Schweiß glänzenden Beinen seine Taille.

Er fasste sie unter den Oberschenkeln und stieß sie kräftig gegen sich. Sie stöhnten gleichzeitig auf. Chrisula warf den Kopf zurück, ihr Haar ergoss sich über ihren Rücken. Ihr schlanker, schmiegsamer Körper begann sich rhythmisch zu bewegen. Der Mann stieß sie weiter hin und her, und sie fing an, wie von Sinnen ihre zischenden, heißen Worte zu flüstern. In der Hütte wurde es unerträglich schwül und beklemmend, ich wollte schreien, ich verstand nicht, was die beiden da taten – viel zu früh entdeckte ich die Nähe zwischen Mann und Frau. Sie sah eher wie eine Art Folter aus, wie Quälerei – so fiebrig bissen sie einander in die Lippen, dass sie wahrscheinlich schon bluteten. Mir ging der verstörende Gedanke durch den Kopf, dass Chrisula sterben könnte, dass Jorgos sie wahrscheinlich tötete. Ich wollte vor Entsetzen schreien, als ich hörte, wie Chrisula wild und freudig zu schnurren begann.

Ihr letztes Stöhnen erstickten die beiden in einem grausamen Kuss, es war zu hören, wie ihre Zähne zusammenprallten. Danach fielen ihre Körper auf die Matratze, und Stille kehrte ein. Ihre Atmung beruhigte sich allmählich, und sie schliefen ein. Nachdem ich über alles nachgedacht, aber nur verschwommen zu ahnen begann, was es war, nahm ich mir vor, am nächsten Tag Chrisula zu fragen. Ich schob die Handfläche unter meine Wange und schlief ebenfalls ein.

Am nächsten Morgen war Chrisula wie benommen. Ihre Lippen waren aufgedunsen und aufgerissen, ihre Augen sprühten durchdringend. Triumphierend warf sie Katerina Blicke zu, schaffte es aber, die blaugrünen Flammen in ihren Augen zu bändigen, auf der Suche nach irgendeiner Arbeit, in die sie sich vertiefen konnte. Katerina beachtete sie nicht: machte den Haushalt, schnäuzte mit den Fingern die Nasen ihrer Kinder, rührte den Maisbrei, wedelte mit einem Ampferblatt den Rauch weg, der in ihren Augen brannte – erledigte gemessen und geruhsam ihre alltägliche Arbeit. Allmählich beruhigte sich auch Chrisula, sie verfinsterte sich sogar irgendwie, das Licht auf ihrem Gesicht erlosch. Gegen Abend ging sie davon, verlief sich ohne Richtung. Kehrte zurück, legte sich schweigend auf ihre Strohmatte und starrte in den unerreichbaren Raum. Ringsherum spürte ich die Wogen ihrer Unruhe und ihrer Trauer. Ich ging zu ihr und setzte mich neben ihren Kopf. Chrisula, ernsthaft, ja irgendwie mütterlich erklang meine Stimme. Chrisula drehte sich um, sah mir verzweifelt in die Augen und vergrub ihren Kopf in meinen Schoß. So saßen wir da, ich streichelte mit den Spitzen meiner Finger ihr festes, lockiges Haar und wiederholte immerfort Chrisula. Ihr Name war wie sie. Keiner hatte es mir gesagt, das habe ich allein herausgefunden: Der Mensch macht seinen Namen einzigartig und einmalig. Chrisulas Name hatte eine feine, heisere Note, sprach ihn jemand aus, baumelte er wie das Glöckchen einer wilden Blume, schnurrte wie eine Katze, flüsterte zischend. Es war ein lächelnder Name. Hätten die beiden Schwestern Namen tauschen können, hätte Chrisula schwer, gesetzt und einförmig geklungen, während sich der Name Katerina sofort der kleinen Schwester angeschmiegt hätte, ihren hervorstehenden Wangenknochen und ihrem dunkelhäutigen Gesicht, von den Seen ihrer Augen geflutet, ihrer Flinkheit eines Eichhörnchens, der harten Späne ihres Haars, ihren schlanken, geschmeidigen Handgelenken, allem, was ihr eigen war. Wie auch immer Chrisula hieße, sie hätte ihren Namen einzigartig und hinreißend klingen lassen.

Chrisula beruhigte sich so sehr, dass sie eine Kelle Milch trank und ein wenig mit den Kätzchen spielte. Ich wagte es nicht, ihr eine Erklärung darüber abzufordern, was bei Tagesanbruch in der Hütte geschehen war. Tage vergingen, ich begann zu vergessen, nur manchmal erschien vor meinen Augen die in Mondschein getauchte Hütte, und ich sah Chrisula, wie eine Katze am Mann festgekrallt: ihr nackter, vom Schweiß glänzender Körper schaukelt um Jorgos' Oberschenkel, die beiden fügen einander etwas Geheimes und Schönes zu. Ich schwor mir, keinem je vom Geschehenen zu erzählen, es ist ja auch nicht wieder vorgekommen, zumindest nicht in der Hütte. Nur manchmal, in den Nächten, als Jorgos hier unten im Dorf war, spürte ich im Halbschlaf, wie sich Chrisula bei Tagesanbruch aus der Hütte stahl, um nach Kühle, Tau und Glück duftend wiederzukommen.

Das ging lange so weiter. Sowohl in Thrakien an der Ägäis als auch im Balkangebirge um Sliven krallten sich Chrisula und Jorgos immerfort aneinander fest, das verriet der Glanz in den smaragdenen Augen des Mädchens, auf ihrem braunen Gesicht schrien sie geradezu vor Glück. Vom hageren Plappermaul hatte sie sich in eine junge Frau verwandelt, ja irgendwie geglättet und besänftigt sogar. Zum Schluss zogen wir nach Thrakien in die Gegend um Edirne, als ich allmählich spürte, dass ein neues Gefühl Chrisulas Gesicht zu erleuchten begann – während ihr Ausdruck stets staunend und begeistert war, wurde das Mädchen immer nachdenklicher und schweigsamer.

Und dann geschah das, was die Welt ringsum einstürzen ließ. Die, wenn auch nicht unermesslich, durchaus die ganze große Welt war, da es in greifbarer Nähe keine andere gab.

Es war später Nachmittag. Ich war am Verhungern vom Herumstreifen über die Hügel und hatte das Mittagessen versäumt, doch fürs Abendessen war es zu früh, also stahl ich mich hinter Katerinas Hütte, wo das kranke Mutterschaf gelegentlich träge mit seiner Glocke klapperte – die Männer hatten es gebracht, eine Schlange habe sich an seinem Euter festgekrallt, und nun bestrichen die Frauen die Wunde mit Salben. Ich legte mich ins Gras und begann wonnig zu saugen, und wie ich so saugte, peitschte ein zäher, dünner Stab über meine Beine. Ich versuchte mich aufzurichten und davonzuspringen, doch Chrisula war schneller: Sie packte mich am Ohr, stieß mich in den Rücken, damit ich vorwärtsging, wütend sprach sie so schnell, dass Speichel aus ihrem großen Mund spritzte. Plötzlich biss ich sie. Lass mich doch los, la-a-a-ss mich los, zischte ich wie eine kleine Bestie und wehrte mich, aber Chrisulas Finger waren wie Eisenhaken. Sie stieß mich zum Feuer, dort hatten sich bereits alle Frauen versammelt und spannen schweigsam. Chrisula schubste mich, ich verlor das Gleichgewicht. Die Frauen zogen die ovalen Wollepäckchen weiter vom Rocken aus, als melkten sie weiße Wölkchen. Chrisula stemmte feierlich die Hände in die Hüften:

„Seht sie euch an, seht sie an und lacht alle über sie! Weil sie bald eine Frau zum Heiraten ist, aber noch am Euter des Schafs saugt!"

Die Frauen reagierten nicht. Chrisula geriet noch mehr in Rage und versetzte mir mit dem Stöckchen einen Peitschenhieb übers Gesicht. Das nun konnte ich ihr wirklich nicht verzeihen. Unter uns, weitab von fremden Blicken, hätte ich es vielleicht hinunterschlucken können, umso mehr, da ich wirklich schuld war, aber diese Schmach konnte ich nicht hinnehmen. Ich hasste Chrisula, ich verabscheute sie. Und zischte:

„Und du und Jorgos – kämpft und beißt euch jeden Abend! Splitternackt, da hast du's!"

Chrisula verstummte. So, wie sie war, mit offenem Mund und Händen in den Hüften, so blieb sie stehen. Die Frauen hoben die Köpfe, zogen die Rocken langsam aus ihren Dekolletés. Katerina richtete sich ein wenig auf, völlig erblasst. Blickte mit blinden Augen zur Seite, zog eines ihrer Kinder heran und stellte es unbewusst vor sich hin. Chrisula fasste sich:

„Das ist nicht wahr!"

Katerina schwieg. Endlich rührten sich die Frauen ein wenig. Alle richteten den Blick auf Marulja, die Älteste. Mit ihren kleinen Wieselaugen blickte Marulja Chrisula an, runzelte ihre struppigen Brauen über die tiefe Stirn und sah nun wirklich wie ein Wiesel aus.

„Es ist nicht wahr!", wiederholte Chrisula.

„Das werden wir herausfinden", sagte Marulja in ihrem Bass.

Chrisula wollte davonstürzen, da packten sie sie und türmten sich um sie auf. So schweigsam wie zuvor trieb Katerina die Kinder vor sich her, jagte sie in die Schlucht, ging in die Hütte und kam nicht mehr heraus. Die Frauen scharten sich noch enger um Chrisula, sie versuchte, ins Gebüsch zu schnellen, aber sie schnitten ihr den Weg ab, ergriffen sie am Hemd. Und beugten sich über sie. Ich konnte nicht sehen, was passierte, ich hörte nur, wie sie schrie, sie schien sich hin und her zu werfen, zu treten und zu beißen. Ich rannte zitternd hinter dem Kreis schwarzer Überröcke her und versuchte zu sehen, was sie taten, irgendwann fand ich eine Lücke, und das, was ich endlich erblickte, raubte mir den Verstand: Chrisula lag im Gras und warf sich hin und her, Schaum trat aus ihrem Mund, Marulja stand über ihr und spreizte mit ihren kräftigen Armen ihre Oberschenkel auseinander. Chrisulas Hemd war zurückgeschlagen, ihr nackter Körper wand sich, ihre Bauchmuskeln zuckten. Marulja krempelte sich die Ärmel hoch und schob ihre Hand zwischen die Oberschenkel des Mädchens, dann richtete sie sich auf:

„Es ist die Wahrheit."

Die Frauen verstummten nun völlig, es war zu hören, wie eine Fliege über dem Feuer summte. Da schrie ich auf: „Es ist nicht wahr, ich habe gelogen, weil ich wütend war auf Chrisula, es ist nicht wahr!"

Keiner schenkte mir Beachtung. Wie auf ein Zeichen beugten sich alle über das Mädchen, so bebend und stumm wie vorher. Nur ich jaulte, blau vor Entsetzen, Chrisula war nicht mehr zu hören.

„Da ist noch was anderes."

Diesmal klang Maruljas Stimme so tief und gelassen, dass mir ein Schauer über den Rücken lief. Sie forderte das Einverständnis der Frauen zu etwas ein, und sie erteilten es ihr mit ihrem schweren Schweigen. Da sah ich, wie Marulja eine nackte Spindel in ihren Händen drehte und wie sie Chrisulas Oberschenkel erneut auseinanderspreizte. Chrisula heulte auf wie ein Tier, und ich beugte mich übers Feuer und erbrach giftgrünen Gallensaft hinein.

Die Frauen trugen Chrisula in die Hütte, streckten ihren Körper auf der Strohmatratze aus, Marulja wusch ihr die Oberschenkel mit der feuchten Schürze ab, zog ihr Hemd hinunter und warf eine Wolldecke über sie. Sie hob ihren Kopf, legte ihn sich auf den angewinkelten Ellbogen und goss ihr einen Absud aus Heilkräutern in den Mund.

Die Frauen schlüpften aus der Hütte, jede machte sich an ihre Arbeit. Da trat Katerina ein. Blieb eine Weile zu Füßen ihrer Schwester stehen, schlug sich die hohlen Hände vors Gesicht, „Mein Schwesterchen, mein kleines Schwesterchen!", kniete sich steif hin, hob ihre große Hand und legte sie vorsichtig auf die mit Schweiß benetzte Stirn des Mädchens. Dann begann sie, ganz schnell kurze Worte zu flüstern. Auf dem Boden zu einer Kugel zusammengerollt, verstand ich sie nicht, spürte aber, dass es ganz altertümliche, besondere Worte waren, die Luft ringsum erwachte zum Leben und geriet in Bewegung. Als Katerinas Worte verebbten, war zu hören, wie Chrisula seufzte. Sie war bewusstlos, was sie erlebt hatte, hatte sie erschüttert und ihr Gehirn entzündet.

Katerina ging hinaus, das röchelnde Atmen Chrisulas füllte die Hütte aus. Ich begann wie ein wildes Tierchen zu winseln, dann ging mein Winseln in ein leises Geheul über. Manchmal kamen Frauen herein, keine scheuchte mich weg, sie schenkten mir keine Beachtung, und ich heulte ungestört. Die Frauen wechselten die feuchten Tücher auf Chrisulas Stirn, brachten Honig, Hühnerbrühe, Milch und schütteten sie gewaltsam in den Mund der Kranken, indem sie ihren Kiefer mit den Fingern aufrissen.

Am dritten Tag, gegen Abend, trat Jorgos in die Hütte. Blieb bei Chrisulas Kopf stehen, streckte ein paarmal die Hand aus, bis er endlich eine Locke beiseiteschob, die auf ihrer Stirn klebte. Unter dem goldenen Bart zuckten seine Gesichtsmuskeln. Er schwieg, Chrisulas zischender Atmung lauschend. Dann ging er hinaus.

Ich stürzte hinterher: „Ich bin an allem schuld, töte mich, Jorgos, zermalme mich mit einem Stein, zertrete mich wie eine Schlange, ich bin schuld." Jorgos hörte mich nicht einmal. Warf das Seihtuch schwungvoll zurück und trat in die Hütte zu Katerina. Das Brummen seiner Stimme war zu hören, Katerina antwortete ihm mit einem einzigen Wort. Eine Ohrfeige klatschte. Jorgos trat heraus, blieb kurz vor der Hütte stehen, auf seine Füße starrend. Und machte sich dann quer durch den Wald auf, er trampelte direkt durchs Gesträuch und drehte sich überhaupt nicht um.

Am Abend trat Katerina wieder ein. Unter ihrem Auge war eine violette Schwellung zu sehen, ihr Gesicht war aufgedunsen. Sie stellte sich über dem Kopf der Kranken hin, machte sich daran, ihre altertümlichen heilenden Worte zu flüstern, seufzte am Ende, streichelte flüchtig Chrisulas magere Finger und ging hinaus.

Am Morgen darauf streckte sich Chrisula irgendwie eigenartig ganz lang, stöhnte selig auf und öffnete die Augen:

„Pinjo, tagt es schon?"

Bald begann sie das zu tun, was sie immer getan hatte. Sie half den Frauen, die Milch abzuseihen und sie zu verkäsen, gab sich dem Spiel mit ihren Kätzchen hin, versuchte mein dichtes, von den rauen Winden und den Dornbüschen zerzaustes Haar zu kämmen – zog mit dem hölzernen Ochsenkamm, ich quengelte und sie belehrte mich: „Halt jetzt still, du musst schön sein, weil du von Natur aus Frau bist." Kein einziges Mal haben wir über das gesprochen, was ich mit meiner Unbeherrschtheit verursacht hatte, nicht einen Vorwurf habe ich aus Chrisulas Mund kommen hören, wir hatten es in wechselseitiger Erschütterung überlebt und hatten einander nichts zu verzeihen. Auf irgendeine übersinnliche Art und Weise hatten wir es geschafft, einander mit unserem schaudernden Schweigen alles zu sagen, während sie halb tot in der Hütte lag. Dass es etwas gab, das stärker ist als Worte, habe ich, Pinjo, damals und für immer begriffen. Viel zu früh habe ich damals erfahren, dass stärker als Worte das ist, was nicht ausgesprochen werden kann. In Augenblicken des Leids ist es so stark wie die Geburt, man wird von neuem geboren, ich sage euch die Wahrheit, schafft man es zu überleben, wird man ein neuer Mensch. Wir beide, Chrisula und ich, waren neue Menschen geworden, Chrisula – tiefer und in sich ruhender, ich – plötzlich und unabänderlich erwachsen. Verändert hatte sich auch Katerina. Sie war noch schweigsamer geworden. Ohnehin waren ihr die Worte zu teuer, in guten wie in schlechten Tagen, jetzt war ihr Mund versiegelt. Aber sie hatte die Kraft gefunden zu verzeihen, und ihre Vergebung hatte es vollbracht, sowohl Chrisula als auch sie selbst vor dem Tod zu retten. Wir hatten alle überlebt, jeder von uns hatte seinen Preis bezahlt. Es zeigte sich, dass die Vergebung vor allem derjenigen Linderung brachte, die es geschafft hatte zu verzeihen, die anderen waren auf ihr eigenes Gewissen gestellt.

Was mit Jorgos' Gewissen war, wusste niemand. Er tauchte lange nicht auf, immer kamen andere Männer mit den Maultieren herunter. Eines Abends aber kam er heim. Sein Gesicht glühte von der Hitze, er war staubig und verschwitzt, er roch nach Schafen. Katerina machte sich schweigend an die Arbeit: Sie rieb ein paar Stängel Seifenkraut ins Wasser und schäumte es auf, holte das Decktuch aus der Hütte und warf es über den Ast des nächsten Baums, dann zog sie ihren Rock aus, blieb im Hemd stehen und umfasste den vor dem Waschbecken knienden Jorgos mit den Beinen. Mit der Holzkelle goss sie Wasser über seinen rothaarigen Kopf und rieb ihn mit den Fingern, sie massierte seinen nackten Rücken und begoss ihn von neuem, am Ende warf sie ihm das Handtuch über, rieb sein Haar trocken und richtete sich auf. Sie war nass geworden, von ihrem Körper stieg Dampf auf. Jorgos stieß sie leicht in Richtung Hütte, sie ging brav mit. Er hob das Seihtuch am Eingang hoch, blieb kurz so stehen, dann folgte er Katerina hinein.

Wir beide hatten ihnen von weitem hinter einem Brombeerbusch zugeschaut, und ich hatte Angst, dass Chrisulas Augen böse aufblitzen würden, doch sie sagte nichts, begann nur, die trockenen, stacheligen Klettenblüten von ihrem Hemd zu lösen. Ich glaubte, dass sie sich abgefunden hatte, bis zu jenem Abend, an dem ich erfuhr, dass das Gegenteil der Fall war.

Ich sammelte Reisig, Marulja hatte mich geschickt. Ich drang ziemlich tief in den Wald vor, pfiff vor mich hin und imitierte den Gesang der Amsel. Plötzlich erstarrte ich: Ganz am Ende des Pfades standen Jorgos und Chrisula einander gegenüber. Verstohlen näherte ich mich, hörte das schwere Atmen des Mannes, Chrisula, ohne dich kann ich nicht atmen, Chrisula, Chrisula stöhnte auf und rankte die Arme um seinen Hals, die beiden glitten zu Boden und versanken im dichten Gras.

Mit wild hämmerndem Herzen kehrte ich zurück zum Feuer und legte das Reisig vor Maruljas Füße, sie sah mich prüfend an, sagte aber nichts, und ich ging in die Hütte. Ich war in Panik. Chrisula aber kehrte ruhig zurück. Warf sich Gesicht voran auf die Strohmatratze, winkte ungeduldig mit der Hand, und ich stahl mich brav hinaus.

Spät in der Nacht dann packte mich Chrisula bei den Schultern, schüttelte mich, und als ich erschrocken aufschrie, legte sie den Finger auf ihre Lippen: „Sch-sch! Komm, wir gehen!" Ich fuhr zusammen, noch halb im Traum, da legte Chrisula ihre Hand warnend auf meinen Mund und begann mich ungelenk anzuziehen, obwohl ich das längst allein erledigen konnte. Sie nahm mich bei der Hand, wir verließen die Hütte und machten uns auf den Weg, den Pfad entlang. Ein letztes Mal drehten wir uns in dem Augenblick um, als Jorgos aus der Familienhütte heraustrat und sich anschickte, auf Zehenspitzen in unsere zu schlüpfen.

„Du wirst lernen müssen, ohne mich zu atmen, Mensch!", sagte Chrisula, und wir beide gingen weiter unserer Wege.

Einige erklärende Bemerkungen von der letzten Freundin von Elada Pinjo

Ich habe nun das letzte Blatt des ersten pappegebundenen Heftes gewendet und muss nun alleine weitergehen. Das macht mich zaghaft und unsicher.

Natürlich erwiesen sich jene ganzen vier Monate als nur vier Monate und haben Elada Pinjo nicht gereicht, um Sekunde für Sekunde in ihr Leben zurückzukehren, wie sie gern wollte. Und während sie spürte, wie die letzten Erdkrumen unter ihren Füßen wegbrachen, wie die letzten glitzernden Schuppen ihrer durchsichtigen Haut abbröckelten und diese immer dünner wurde, ohne sich je wieder erholen zu können, wie ihr Körper immer kleiner wurde und ihre Seele immer erhabener, sodass der geschrumpfte Körper sie gerade noch halten konnte, während sie all das als etwas feierlich, rege Bevorstehendes empfand, sprach Elada Pinjo von ihrem Leben irgendwie tranceartig, ungeordnet, ohne Chronologie, so als hätte das Fehlen von Ordnung in ihren Erinnerungen keine besondere Bedeutung, das Chaos des Wiedererlebten brachte eine neue Welt hervor, ihre Welt, und sie erlebte sie mit wirklichem Genuss und echtem Erstaunen, Jesses, bin ich das, sieh mich nur an, schau, was für Menschen es in meinem Leben gibt, keine zufälligen, einmalige, meine! Jesses, ist das Leben ein Wunder, ich danke dir, lieber Gott, dass du mir so viel Leid beschert hast, das ich in Freude verwandelt habe, so wie du das Wasser in Wein verwandelt hast ...

Ich hörte ihr lange Tage und Nächte zu, ich schwieg und prägte mir ein, prägte mir ein und schwieg, um nun zu versuchen, aus den Bruchstücken, den Seufzern, den Halmen und Flaumfedern, aus den verstreuten Worten ihrer stürmischen Erzählung sowohl eine ordentliche, in ihren Einzelheiten fassbare Geschichte dieser erstaunlichen Frau zu formen als auch jenen nicht zufälligen, fernen, meiner Seele unerklärlich nahen Menschen Gestalt zu geben. Schaffe ich es, so hat Elada Pinjo mich in meinem Glauben mit unhörbaren Ratschlägen bestärkt, mir funkensprühende Worte gezeigt, mich angespornt, damit wir von hier wie von da ein und dasselbe Ding sind, damit sich die Vergangenheit wirklich morgen ereignen kann und keiner daran zweifelt.

Am einen Ende der Stadt Burgas, am Rand eines Sumpfes

Am einen Ende der Stadt Burgas, am Rand eines Sumpfes, gibt es eine Schlachterei. Der Schlachter Tano ist klein von Wuchs, dunkel, mit metallenen Zähnen, behaarten Armen, übermäßig entwickelt von der Arbeit mit dem Hackmesser – beim Gehen reichen seine Finger bis zu den Knien. Die Schlachterei befindet sich im Erdgeschoss des Hauses, darüber sind Fenster mit purpurnen Geranien auf den Simsen. Ganz selten blickt hinter den Geranien das Mondgesicht der Frau des Schlachters hervor. Sie schaut eine Weile auf den grünen Schaum, der einer Haut gleich den Sumpf bedeckt, schaut weiter hinaus zum Meereshorizont und verschwindet dann für lange Zeit.

Manchmal klebt ein schlankwüchsiger, blonder Junge seine Nase an die Fensterscheibe. Dann stellt sich die Frau neben ihn und beobachtet ihn besorgt – ihre Augen, tiefschwarz unter den Sicheln der Brauen, schimmern fiebrig. Ihr Haar ist wie eine goldene Wolke, die unzähmbar unter dem Kopftuch hervortaucht, dieses Haar verändert die Frau auf außergewöhnliche Weise, es verändert sogar ihren Gang, es zieht sie empor, und die Frau geht nicht, sie scheint eine Handbreit über dem Boden zu gleiten. Die Frau des Schlachters sieht nicht wie eine Jüdin aus, sie ist aber Jüdin.

Die nachdenklichen Augen des Jungen folgen dem Flug der Möwen, die in der Ferne über dem Meer für gewöhnlich wie weiße, fliegende Blumen aussehen, wenn aber das Wetter umschlägt und die Fische panisch in die Tiefe des tosenden Meeres fliehen, da stürzen die Möwen, rasend vor Hunger, einem himmlischen Rudel gleich, in den Hof der Schlachterei

– dort dampfen immer ganze Haufen frischer Innereien – und fallen über die Beute her, picken wütend und heben dann ab, wobei sie häufig lange braune Därme in den Schnäbeln mitschleifen. Sprachlos schaut der Junge zu. Kehrt zurück in die Tiefe des Zimmers, setzt sich in die hinterste Ecke, schlägt ein Buch auf und versinkt in die Lektüre; sein Gesicht entspannt sich nach und nach, hellt sich auf eine seltsame Weise auf – so als leuchte ihn ein Sonnenlicht an, das im Wasser eines unsichtbaren Brunnens verschüttet wurde und nun über seine Wangen und seine Stirn wandert. Manchmal erhebt sich im Hof das grauenerregende Geheul eines Tiers, das der Schlachter gerade mit dem Hammer bewusstlos schlägt, bevor er das Messer ansetzt. Dann beginnt der Junge laut zu lesen, liest immer lauter und immer fiebriger, *als du klein warst, als du ein kleines Kind warst, hast du geträumt, dass du aus großer Höhe herabfielst, du hast geträumt, dass du durch die Luft fliegst, so, wie die geflügelten Geschöpfe fliegen … du hast andere Stimmen gehört, hast andere Gesichter gesehen … und hast Sonnenaufgängen und Sonnenuntergängen zugeschaut, die anders waren als die, die du jetzt siehst oder sonst in der Vergangenheit gesehen hast, welche du in deiner Erinnerung zum Leben erwecken kannst,* das Tier im Hof röchelt unter dem Messer, der Schlachter schreit den Lehrling zusammen, die Möwen kreisen mit scharfem Gekrächze, da spricht der Junge die Worte noch zittriger und noch deutlicher aus, als wäre es eine Art Beschwörung, *diese Erscheinungen gehören anderen Welten an, anderen Existenzen, sind Visionen von Dingen, die du nie gesehen hast in genau dieser Welt, woher kommen sie dann,* auf dem Hof kehrt Ruhe ein, der Junge schweigt nun auch. Dann schlägt er das Buch zu und streicht lange und nachdenklich über den rauen Einband.

Einst hatte er viele Bücher, seine Tante Miriam hatte sie ihm aus Spanien mitgebracht. Über die Jahre hat der Vater die meisten vernichtet, sie zerrissen, die Blätter zwischen den geballten Händen zerknüllt und das Feuer damit geschürt, in dem sie die Ferkel absengten. Unversehrt blieben die Geschichten von Scheherazade und dieses kleine Büchlein mit dem Titel *Der Wanderer zwischen den Sternen*[9], der Junge liest es auf Spanisch, er beherrscht seine Muttersprache von klein auf. Manchmal traut er sich, halblaut um Geld für neue Bücher zu bitten, er kennt eine kleine Buchhandlung im Stadtzentrum; da staunt sein Vater immer wieder grenzenlos, na-a, Büchlein, hm, Büchlein also; weiter sagt er nichts, er geht noch zerstreuter seiner Wege und pfeift noch gewandter, weil er ein fröhlicher Mensch ist, von Natur aus, und ein Meister des Pfeifens, er kann zwei gegensätzliche Dinge gleichzeitig tun, zum Beispiel, tief in Gedanken versunken sein und zeitgleich fröhlich vor sich hin pfeifen.

An dem Tag, als der Junge fünfzehn Jahre alt wird, zieht die Mutter ihr neuestes Kleid an, das einen Kragen aus Spitze hat, nimmt das Kopftuch ab und bändigt die Wolke ihres Haars mit einem nassen Kamm. Ich gehe ins Zentrum, die Mutter blickt den Jungen mit strahlenden Augen an und verlässt das Haus, wie außergewöhnlich sie ist, mit diesem gleitenden Gang, und heute, da schwebt sie tatsächlich mehr als sonst die Handbreit über dem Boden, ungeduldig und triumphierend, und siehe da, sie kommt schon zurück, von weitem küsst sie mit ihrem Blick den Jungen auf die Stirn, landet mit einem kleinen Seufzer und steckt ein knisterndes Paket in seine Hände. Der Junge tastet es ab und bedankt sich mit einem hellleuchtenden Blick – seine Bücher sind nun vier an der Zahl.

Am Abend dann, während sie aßen, trank der Schlachter Schluck um Schluck eine Kanne schweren Wein und legte auf

---

9   Jack London, *The Star Rover* (*The Jacket*, in England), 1915.
    (Anm. d. Ü.)

die Schulter seines Sohnes eine Hand wie ein Hammer, schwer und unnachgiebig.

„Nun bist du groß, ab morgen wirst du dem Lehrling in der Schlachterei helfen, weil er und ich allein nicht fertig werden, und die Arbeit, die ist von Gottes Gnaden, nicht wahr. Du wirst an der Wanne arbeiten."

Die Mutter versuchte zu widersprechen, ihr Gesicht erlosch, die Wolke ihres Haares erlosch.

„Er wird studieren."

Der Vater erhob sich vom Tisch, trat ans offene Fenster und rotzte heraus.

„Er wird arbeiten, ich habe einst mit zehn begonnen."

Am folgenden Tag kam der Junge zurück von der Schule, ging hinunter in die Schlachterei und stellte sich schweigend in die Tür. Sein Vater trällerte vor sich hin, ohne ihn anzusehen. Du wirst Wasser vom Sumpf hertragen. Wirst sie waschen, bis sie sauber sind wie Tränen … Der Junge blieb allein im hinteren Zimmer, es ist fensterlos, bis oben zementiert, feucht und dunkel, von der Decke fällt monoton ein schwerer Tropfen. Die tiefe Wanne ist mit abgehackten Lammköpfchen gefüllt.

Er spürt Kälte über seinen Körper kriechen.

Er starrt auf die zerbissenen, blau gewordenen Zungen und die glasigen weißen Augen. Er regt sich nicht, angewurzelt auf dem zementenen Boden werden auch seine Beine zementen. Von der Decke fällt unablässig der Tropfen und platzt auf dem Boden mit einem feuchten Plumpsgeräusch, als spuckte jemand Unsichtbares von oben herab. Plötzlich werden die Augen in der Wanne lebendig, Dutzende fahlblaue Babyaugen. Ein hohes Blöken erfüllt den Raum. Der Junge will hinausstürzen, doch seine zementenen Beine rühren sich nicht; er spannt alle seine Kräfte an, löst sich endlich vom Boden und taumelt davon; die Sonne blendet ihn, sie prallt gegen seine

Schläfen[10], der Junge massiert sie mit den Fingern – sie platzen vor Anstrengung, seine zwei schlafenden Augen, was würde geschehen, wenn auch die Schläfen sehend würden ... Mein Gott, ich habe das Gefühl, als wären sie vor Schmerz wirklich sehend geworden, und will doch nicht derart viel sehen.

Der Junge erbricht sich über dem Beet mit den sprießenden Gartennelken.

Am Abend tigert der Vater lange im Zimmer umher, er trällert die verspielteste Melodie vor sich hin, die er kennt, einen Donauer Reigen, lässt er sie wissen, dann fällt ihm etwas ein, steh auf, los geht's!

Die Mutter erblasst.

„Nicht!"

Der Vater zerrt den Jungen nach unten, in den Garten, und schon sind sie in der Schlachterei, die Treppen hinunter trappelt die Mutter ihnen nach, tu's nicht, kommt sie keuchend herein, stellt sich vor den Jungen hin, ihr zarter Körper zittert. Der Mann schaut sie grenzenlos erstaunt an, du, gesichtslose kleine Jüdin, hast nichts zu melden, nichts. So spricht er zum ersten Mal zu ihr. Die Mutter zieht das weiße Tuch vom Kopf, knüllt es mit beiden Händen und schaut den Mann unverwandt an, ihre Augen werden immer größer, füllen das ganze Gesicht aus. Der Mann ist verblüfft, du mickriges, jüdisches Samenkorn, sei still, obwohl die Frau keinen Laut von sich gibt. Er bläst ihr Alkoholdunst ins Gesicht, sie wendet den Kopf ab, aha-a, die kleine weiße Jüdin ekelt sich vor dem Atem des Schlachters, sie zieht den Duft von Geranien und griechischem Kaugummi vor, den von arabischem Riechwasser, der Geruch von Kadaver und Tierscheiße stößt sie ab, die mickrige kleine Jüdin vergisst, dass diese zwei scheißebeschmierten

---

10 Die bulgarische Bezeichnung für Schläfe – слепоочие *slepoočie* – bedeutet wörtlich „blindes Auge". (Anm. d. Ü.)

Hände es sind, mit denen ich unser Brot verdiene, das saubere, weiße Brot, sie kennt ihren Platz nicht, die Jüdin, ich muss ihn ihr weisen.

Rückwärts stößt der Mann den Jungen hinaus, verriegelt die Tür, die Frau verbirgt ihr Gesicht hinter ihren Händen und zittert weiter; der Schlachter kehrt zu ihr zurück, jetzt … werde ich ihn dir in Erinnerung rufen … deinen Platz … in diesem Leben … er fasst sie unter den Knien und hievt sie, stürzt sie auf den Schlachttisch, die Frau versucht ihn von sich zu stoßen, ihre zarten Arme fliegen durch die Dunkelheit wie aufgeschreckte Tauben, oh, ich bitte dich, der Mann trillert grausam, ihr Kleid hängt in Fetzen herab, es fliegen auch ihre weißen Beine hin und her, ihr Leuchten macht die Dunkelheit rundum dicht und irreparabel. Der Mann steigt auf sie, die Stöße seines kleinen, zähen Körpers erschüttern den Tisch, seine Fersen scharren über dem Boden, von überall her dringt der Geruch tierischer Eingeweide auf sie ein, rosa und süßlich, die Frau versucht zu erbrechen, so, wie sie daliegt, mit zur Seite geneigtem Kopf, der Mann bricht in Gestöhn aus, begeistert, warum ist er nur nie auf die Idee gekommen, auf dem Tisch, draußen kauert der Junge im Nelkenbeet, die Finger in den Ohren.

Endlich steigt der Schlachter von der Frau. Seine Beine sind weich geworden vom mächtigen Schauer, der seinen Körper immer noch wie einen Regenwurm in Windungen versetzt, er taumelt und lacht leise. Die Frau bleibt mit gespreizten weißen Beinen auf dem Blechtisch liegen. Von den Schultern herab hängen ihre gebrochenen Flügel, sie versucht, sie einzufalten und wieder auszubreiten, doch ein grausamer Schmerz durchbohrt ihre Schultern, und sie gibt auf. Ich werde mir eine milde Salbe machen, mit Honig und warmem Wachs, und eine Handvoll Ingwer werde ich hineingeben, und Stachelhalmextrakt, so werde ich sie heilen, dann werden wir weitersehen.

Draußen steigt der Mann ins Nelkenbeet, hievt den Jungen am Kragen hoch, stellt ihn auf, die Männer, Junge, müssen das Leben erlernen, so wie man das Alphabet von A bis Z lernt, auf geht's, jetzt mach ich einen Mann aus dir.

Das Wasser tropft gleichmäßig und schwer. Das ist das schwerste Wasser, der Junge hat einmal gehört, dass ein solcher Tropfen, wenn man sich dauerhaft unter ihn stellt, einem den Schädel durchlöchert, das Gehirn zermanscht, einen sicherer tötet als eine Kugel. Im Zementzimmer ist es dunkel wie in einem Büffelhorn voll Teer, nur die abgeschnittenen weißen Lammköpfchen leuchten in der Wanne. Dem Jungen ist nun alles egal, er ist längst starr wie ein abgesägter Baum – nur seine Schläfen pulsieren vor sich hin im Versuch zu sehen, unverhofft wird auch das Auge zwischen seinen Brauen sehend, ein drittes Auge. Der Junge betastet die Stelle in Gedanken, er spürt eine weiche Schwellung. Das dritte Auge ist mitten auf seiner Stirn und, kein Zweifel, allsehend, weit offen und unschuldig, nach innen auf die Tiefe eines Brunnens gerichtet, der voller Licht ist. Irgendwie weiß der Junge, dass er in sich sehend geworden ist, und kneift beide Augen zu, um mit dem dritten klarer sehen zu können. Der Schmerz in seinen Schläfen ist abgeklungen, und nichts lenkt seine Aufmerksamkeit ab. Jede Faser seines Körpers ist vollkommen schlaff. Sein Rücken gleitet die feuchte Wand entlang. Der Tropfen hallt in weiter Ferne, jedoch heftiger, sein Hall ist jetzt ein anderer, hell und triumphierend, und so, dem Lied des gigantischen Tropfens lauschend, versinkt der Junge im Brunnen – dort ist das Licht mild, violett und ganz wie die Liebe, die einem einen süßen Schmerz beschert.

Und weil sein Körper die Knochen hat weich werden lassen, seine Blutklappen geschlossen hat, fließt, kraft des reichen Vorstellungsvermögens des Jungen, nur noch Licht durch seine Adern. Doch diese Kraft erschöpft sich rasch, das Licht verblasst und verwandelt sich in einen grauen Nebel, der dem offenen Brunnenauge entsteigt. Sein Körper wird wieder hart, füllt sich mit Blei, und der Junge versucht ihn zu bewegen, stöhnt auf und öffnet beide Augen. Nach dem Licht wird die Finsternis noch satter und klebriger, der Junge weiß, dass das Licht die Finsternis undurchdringlicher macht.

Immerfort fällt der Tropfen von der Decke, gleichmäßig und dumpf, der Klang weckt die Lammköpfchen aus dem Tiefschlaf, und ihre blassen Engelsaugen beginnen im Dunkeln zu phosphoreszieren; ein zartes, zittriges Blöken füllt den Raum. Der Junge presst seine Handflächen gegen die Ohren, versucht, in den Brunnen zurückzukehren, doch sein Licht ist erloschen und es herrscht nur mehr Finsternis, hoffnungslos und ewig.

Er stürzt zu der verschlossenen Tür, seine Fäuste hämmern dagegen. Auf der anderen Seite ist es gefährlich still und gleichgültig. Hinter seinem Rücken verwandelt sich das Blöken in ein Wimmern, zart und mitleiderweckend. Seine Fäuste bluten schon, die Stille hinter der Tür ist ungeheuerlicher als die Finsternis hier, der Junge will nicht mehr existieren, auf keiner Seite der Tür.

Er stürzt in die Ecke, setzt sich unter den Tropfen, positioniert sich genau, kap, kop, kap, kop, bis zum Grauen, bis zur Besinnungslosigkeit, aus dem Mund des Jungen tritt ein mitleiderweckendes Blöken, übertönt den zittrigen Chor der Lämmer, prallt gegen die vier Wände und an der Decke ab, wird lauter vom Hall des Echos. Er beißt sich auf die Zunge. Still muss ich sein. Stark muss ich sein. Stark, in dieser Finsternis, im klebrigen Teer, die Männer, Junge, müssen das Leben von A bis Z erlernen, er hat recht, ich kann nicht mit verschränkten Armen dabeistehen und darauf warten, dass das Licht aus dem Brunnen ohne mein Zutun herausströmt und die Welt flutet, damit wieder alles Liebe ist. Doch ich kann nicht mehr schweigen.

Es tagt. In den Höfen beginnen die Hähne zu krähen, ihre purpurroten Stimmen zerreißen die Dunkelheit, sie schreien heiser und feurig, sie picken seine Augen mit unsichtbaren, krummen Schnäbeln. Das ist das Leben, rundum frohlockt das Leben, er wiederholt das Wort vor sich her, versteht seinen Sinn aber nicht, je öfter er es wiederholt, desto mehr verliert es an Sinn. Und da er es bewusst tötet, verkehrt sich der Sinn des Wortes ins Gegenteil dessen, was es bedeutet. Der Junge ist bereit, auch jede nächste Bedeutung zu vernichten, bis er ohne Worte bleibt, denn stärker als die Worte ist das, was nicht ausgesprochen werden kann, jetzt kann es nur mehr mit dem zarten Blöken eines Lamms erzählt werden.

Als sich seine Mutter bei Tagesanbruch die knarrende Treppe hinunter, dann durch die Schlachterei stahl und die Tür des Zementzimmers aufschloss, fand sie ihn mit abgebissener Zunge vor, blau angelaufen und hart wie Stein, das Hemd auf seinem Rücken blutdurchtränkt.

Die Mutter taumelte und fiel auf den Jungen in Ohnmacht.

Ich habe es getan, weil ich nicht wollte, dass du so aufwächst. Ich wollte, dass du ein starker Mann wirst, dich vor nichts in diesem Leben fürchtest. Ach, dieses verdammte Leben ... Bücher verweichlichen die Seele des Mannes, sie machen ihn schwächlich. Daran ist deine Mutter schuld, weil sie dir Bücher kauft, doch weiß Zelma nicht, dass der Mann als Soldat geboren wird, weil das Leben in der Tat Krieg ist, ein Kampf ums Überleben ist das Leben, wie willst du denn überleben mit dieser samtenen Seele?

Ich bin ein einfältiger Mensch, mein Sohn, kein einziges Buch habe ich in meinem Leben gelesen. Aber ein Bösewicht bin ich nicht. Ich glaube sogar, dass ich ein rechtschaffener Mensch bin und nicht mehr und nicht weniger als das, was die Arbeit aus mir macht. Glaubst du, ich verstehe nicht, du ekelst dich vor mir, vor meinen blutverschmierten Armen, und deine Mutter schaudert's noch mehr, als würde ich einen Menschen töten und nicht einfältiges Vieh, das Gott dazu bestimmt hat. In Zelmas Augen bin ich ein grausamer Mensch, sie fürchtet sich vor mir, und weil ich das spüre, werde ich manchmal wirklich grausam ... wie in jenem Moment, vergib mir, vergib du es mir ... Zelma ist eine kleine Jüdin mit einer weißen Seele, und ich zittere um ihr Wohlergehen ... ich liebe sie, Zelma, und ich liebe dich, meine Arme mögen beschmutzt sein, aber die Worte, die ich jetzt ausspreche, mit der ganzen Beklommenheit meiner Seele, sind rein, nie hätte ich auch nur daran gedacht, dass ich sie einmal aussprechen würde. Glaubt mir alle beide, ich bin kein schlechter Mensch, bitte glaubt es mir, damit ich kein schlechter Mensch bin ... Ach, dieses verdammte Leben ... Ihr seht doch, dass ich den Armen dieser Stadt jeden Samstag Fleisch umsonst austeile und mich auch um ihre Familien kümmere ... nur glaube ich, dass die Arbeit den Menschen zum Menschen macht und nicht die Bücher, das glaube ich.

Auch das Trinken werde ich aufgeben, ich versprech's dir, weil es meinen Verstand verdammt vernebelt, ach, schlimmer als Vieh werd' ich dann ... aber das Vieh, das hat ja keine Ahnung, wie es ist, Mensch zu sein, wie schwierig das ist ... darum werde ich den Rakija aufgeben, ein Teufelsgebräu ist er, na, und an jenem Abend, da hatte ich richtig einen sitzen, darum ist ja alles passiert, was passiert ist ... Bitte glaub mir, mein Sohn, auch ich trage eine Seele in mir, weißt du, wie viele Lieder ich darin aufbewahre, magst du, dass ich dir jetzt eines vorsinge, das schönste nämlich, Stankas Gesicht riecht nach Zitrone, es riecht nach Zitrone und gelber Quitte, oh, Stanka-Stefanka, geputzt wie eine feine Dame,[11] schön, was, wie deine Mutter ist dieses Lied.

---

11 Ein sehr bekanntes Volkslied aus dem Strandža-Gebirge. (Anm. d. Ü.)

Vergib mir, mein Sohn.

Na und deine Zunge, die werden wir heilen, die besten Ärzte werden wir finden, die dir die Worte zurückgeben, deine lebendigen Worte, und nun gehe ich Zelma um Vergebung bitten, sieh mich nicht so an, mein Sohn, mit diesen Augen, denn wir müssen weitergehen …

An der Meeresküste, weitab von der Stadt, lebt eine Frau unbestimmten Alters. Ihre Hütte scheint wie ein Vogel auf der Anhöhe gelandet, geschützt zwischen den Felsen, während unten das alte Boot auf dem Sand liegt. Damit fährt die Frau bei gutem Wetter aufs Meer hinaus. Man nennt sie die Fischerin, weil sie die einzige Frau ist, die sich vom Fischfang ernährt. Die anderen Fischer leben in der benachbarten größeren Bucht, doch weder lässt sich die Frau dort blicken, noch suchen die Fischer die Frau auf, denn sie könnte ja ihre Arbeit behexen – man sagt, sie sei eine Zauberin.

Eines Nachmittags machte sich die Fischerin eilends daran, die Netze zusammenzuräumen, die sie eben noch geflickt hatte. Vom Meer her zogen Wolken auf, sie hingen über dem Wasser wie schwarze Himmelsbrocken, binnen weniger Minuten versank die ganze Gegend in Finsternis. Die Fischerin häufte die Netze in der hintersten Ecke der Hütte auf, kam zurück, um die Tür zu verriegeln, und sah von oben auf die Stadt hinab – die Finsternis hat die Schlachterei eingehüllt, die kleinen Quartiere weiter hinten sind noch von der Sonne beleuchtet, gelassen und ahnungslos. Die Fischerin blieb eine Weile regungslos stehen, drehte sich um, besah abermals die Umgebung. Ihre Brauen liefen zusammen, ihre Stirn legte sich in Falten: Unten in der Tiefe flimmerte eine kleine, helle Figur, sie bewegte sich von Stein zu Stein, kroch hinauf, rutschte den steilen Felshang hinunter und kroch wieder hinauf.

Weiterhin regungslos wartete sie ab, bis der Mensch die Höhe erklommen hatte. Es war ein schlanker, blasser Junge. Der Junge stellte sich vor die Frau, wobei er vor Kälte zitterte. Du hast mir noch gefehlt, gab die Frau schroff von sich. Die Regenpeitschen klatschten los, die Frau fasste den Jungen bei der Schulter und stieß ihn in die Hütte hinein. Sie verriegelte die Tür, legte Feuerholz nach und legte die Netze zusammen. Dann erst wandte sie sich dem unerwarteten Gast zu:

„Du hast mir noch gefehlt!"

Der Junge stand in der Mitte der Hütte, die Frau hob sein Kinn mit dem Finger an, warf einen Blick in seine Augen:

„Mein Gott!"

Der Tee im gusseisernen Kessel kochte auf, der Deckel hüpfte los, die Frau goss gelben Tee in einen schwarzen Becher und schob ihn in die Hände des Jungen. Trink! Er stellte den Becher auf den Boden, setzte sich daneben und starrte in die Flammen. Draußen brauste der Wind, der Regen peitschte aus allen Richtungen, und die Hütte bebte. Die Frau warf noch mehr Holz ins Feuer. Dann setzte auch sie sich hin und starrte auf die züngelnden Flammen. Von irgendwoher kam ein roter Kater angelaufen, reckte und streckte sich selig und kauerte sich nieder, dem Jungen zu Füßen. Die Fischerin löste sich unwillig aus ihrem Dämmerzustand: Wenn du glaubst, dass du entflohen bist, irrst du dich völlig. Der Mensch ist dort, wo seine Gedanken sind. Der Kater ist hier, denn seine Katzengedanken sind hier, drum schnurrt er so wonnig. Auch ich bin hier, weil ich gelernt habe, hier zu sein und nirgendwo sonst, eine Lüge für dich, die Wahrheit für mich.[12] Die Menschenkinder sind an vielen Orten gleichzeitig, drum können sie

12 Wörtlich: Dir eine Lüge, mir eine Wahrheit. Bulgarisches Idiom. (Anm. d. Ü.)

keinen Seelenfrieden finden. Merk dir das und mach endlich diese deine Augen zu...

Denn es tut mir weh, durch sie zu schauen!

Brav kniff der Junge die Lider zu. Die Frau streckte ihren Arm aus, und ohne sein Gesicht zu berühren, streichelte sie ihn aus der Ferne. Sie hob den Becher vom Boden auf und nahm ein paar Schlucke. Da du jetzt hier bist, werde ich dich nicht fragen, wie du den Weg gefunden hast, es ist klar, dass der Weg dich von selbst hierher geführt hat.

Der Kopf des Jungen fiel auf die Brust, und er fuhr zusammen.

„Versuch ein Schläfchen zu machen. Lass deine Seele kurz aus dem Loch, in das du sie eingeklemmt hast, sag ich dir!"

Wie er so dasaß, schlief der Junge ein. Ab und an geriet sein Körper ins Wanken. Als er aufwachte, hatte der Regen aufgehört, rundherum breitete sich Stille aus. Man hörte nur, wie unten in der Tiefe das Meer toste.

Die Frau sprang auf, nahm den Jungen bei der Hand, führte ihn hinaus. Die Sonne blendete sie, eine späte Sonne, in Regen gebadet. Sie gingen über die schlammige Erde, erreichten den Rand der Klippe. Unten überschlug das Meer seine Eingeweide wie ein glitschiges Schuppenmonster. Die Frau wurde weich, ein Lächeln erleuchtete ihr hartes Gesicht:

„Schau dir dieses Inferno an, sieh nur, was für ein Wahnsinn dieses mein Meer ist!"

Der Junge riss die Augen weit auf. Einen solchen Abgrund sah er zum ersten Mal. Er stellte sich vor, wie er sich aufmachte und seinen Rand entlangging, *den Rand des Abgrunds entlang, seinen Rand entlang, auf einem Bein, mit Mühe, über seinen Schlund, und die Welt ist ein bröckeliger Erdrutsch, hässlich ist sie, und ich atme röchelnd mit meinem Fischmund,* ein zukünftiges Lied drängte hoch zu seinen Lippen, zukünftige Worte kamen zur Welt. Es gibt nichts Verlockenderes, nichts Gewaltigeres und Erschütternderes als den Ruf des Abgrunds. Der Junge hörte diesen Ruf und klammerte sich an die Frau. Sie seufzte:

„Von dieser Stelle wollte ich vor vielen Jahren hinunterspringen, deswegen bin ich hochgekommen, auf Zähnen und Klauen schaffte ich es hier herauf, genauso wie du vorhin. Aber warum, weiß ich ums Verrecken nicht mehr! Ich kam aus einem entlegenen Dorf hierher, weil ich wusste, dass mich das Meer entweder töten oder retten würde. Und ich lernte meine eigene Zeit lenken, hier zu sein und nirgendwo sonst. Das, was mich zu dieser Küste geführt hat, ist von anderswoher und betrifft mich nicht mehr. Eine Lüge für dich, Wahrheit für mich! Weil es in meiner anderen Zeit zurückgeblieben ist!"

Der Junge wandte ihr seine Augen zu, abermals blickte die Frau direkt hinein, und wieder entfuhr es ihr:

„Mein Gott!"

Sie standen über dem Abgrund und hielten sich an den Händen.

„Ich wollte von der höchsten Stelle fliegen, denn die Menschen können nur so fliegen, hinab. Hinauf krabbeln sie, kriechen, mühen sich ab, klammern sich an Dornensträucher und Grashalme, hinunter fliegen sie. Was glaubst du, warum ich die Hütte hier oben hingepflanzt habe, sodass ich jeden Tag den steilen Hang zum Wasser hinunter- und wieder hochsteigen muss? Na, um diese Sache mit dem Hinunterfliegen nicht zu vergessen, das einfacher ist als das Hochkrabbeln … Eine trügerische Sache ist, so zu fliegen, merk dir das. Sieh an, sieh an, was für ein Wesen der Mensch ist, Junge, bis er erkennt, was die Zeit ist."

Sie kehrten um, gingen wieder den rutschigen Weg entlang. Setzten sich in die Sonne vor der Hütte auf zwei Steine. Ringsum dampfte die Erde.

„Da dich der Weg zu mir geführt hat, hör mir zu und merk dir, was ich einfache Frau dir sagen werde. Die Menschen bestimmen ihre Zeit falsch. Es drehen sich unaufhörlich irgendwelche Zeiger im Spielzeug, na, in der Uhr, wo sonst, als würde die Zeit dort drin fließen – pah, die wollen mir sagen, was Sache ist. Und wenn ich die Uhr mit der Ferse zu Salz zermahle, was dann? Die Zeit ist das, was sich im Menschen drinnen bewegt! Aber die Menschen – nein und wieder nein, die beharren darauf, da gäbe es die eine, die andere und noch irgendeine andere Zeit! Bockmist! Wer soll ihnen denn sagen, dass wir die Spielzeuge der Zeit sind und dass wir es sind, die vergehen, und nicht die Zeit."

Der Junge hörte der spröden Stimme der Fischerin zu und beobachtete, wie ein rosa Wurm über ihren schlammigen Stiefel kroch. Ihn schauderte. Ach, jetzt ekle dich doch nicht, Junge, ekle dich nicht. Die Dinge des Lebens können nicht immer schön sein. Aber hör noch mehr von der Zeit, oder nein, schau!

Die Frau wandte sich dem Kater zu, der auf einem flachen Stein in der Sonne lag:

„Kschsch!"

Die Fischerin zischte, der Kater sprang auf und schoss Richtung Felsen, alles geschah in weniger als einer Sekunde. Die Frau stieß den Jungen an:

„Hast du gesehen, Kleiner, das ist es, dieses Kschsch ist die Gegenwart. So kurz nur. Sie war und ist nicht mehr. Dieweil ich dir das gesagt habe, dieweil ich meine Worte ausgesprochen habe, ist sie schon vergangen. Die Zukunft kommt heran, wir sagen kschsch zu ihr, und schwupp verwandelt auch sie sich auf der Stelle in Vergangenheit. Ich sage dir, es gibt nichts Schreckhafteres als den Augenblick, den wir Gegenwart nennen. Darum habe ich gelernt, nur in die Zukunft zu schauen, die von Angesicht zu Angesicht zu mir heranströmt, das habe ich gelernt, seit ich hier hochgekommen bin und mich am Rande des Abgrunds niedergelassen habe. Über die Schulter blicke ich nie!"

Der Junge sah sie an, seine Augen flehten. Die Fischerin warf den Kopf zurück, o-o-oh, nein, so auf einen Schlag geht das nicht, und ich weiß auch gar nicht, wie es geht, es muss irgendeine Gabe sein, eine seltene Gabe, denn sonst wüsste jeder Mensch, wie man nur nach vorne schaut, nicht wahr? Mut muss es sein. Ein starker Charakter könnte es sein. Oder vielleicht doch ein Traum? Oh, là, là, jetzt sieh dir das an, sieh an, sieh an, ein Traum! Das ist vielleicht ein Ding! Hör zu, Kleiner, ich will dir was gestehen: Ich sitze hier oben, und weil mir manchmal langweilig ist, erzähle ich mir Märchen, und zwar denke ich sie mir selbst aus, dann erzähle ich sie mir laut und fürchte mich vor ihnen, wenn sie zum Fürchten sind, und lache los, wenn sie lustig sind, und weine und leide und liebe diejenigen, die ich selbst erfunden habe – eine Lüge für dich, die Wahrheit für mich – ich liebe sie wirklich. Irgendwann einmal werde ich dir eine solche Geschichte erzählen. Und also denke ich mir jetzt, ob denn nicht auch Gott uns Augenblick um Augenblick erfindet, hm, ob er sich nicht mit uns die Zeit vertreibt, sich selbst zum Lachen bringt, leidet und uns vielleicht auch liebt, das sagen ja die Leute, und vielleicht träumt er uns ja auch, hm, was meinst du, ist unser Menschenleben möglicherweise Gottes Traum? Oh, là, là! Ach komm, fürchte dich nicht, ich hab dir doch gesagt, dass ich gerne so Sachen erfinde, so unsägliche Sachen!

Der Junge richtete sich auf und sah in die Richtung, aus der er gekommen war.

„Du gehst also. Hast den steilen Hang erklommen, nur um auf dem Hintern wieder hinunterzurutschen. So sei es. Aber du bist noch jung, noch so jung, drum muss es so sein. Und jetzt will ich dir etwas über jene, deine Zukunft sagen, die ich durch deine Augen gesehen habe. Du wirst genesen. Du wirst dich an deine eigenen Worte erinnern. Ohne Mund wirst du mehr Worte aussprechen als so manche Menschen mit so vielen Sprachen wie Schlangen im Mund. Eine Lüge für dich, die Wahrheit für mich. Ein langer Weg steht dir bevor, viel Welt wirst du sehen, mancherlei Menschen wirst du treffen, und sie werden nicht zufällig sein, deine Menschen und deine Wege. Du wirst glauben, dass nicht der Mensch sein Schicksal lenkt, sondern das Schicksal den Menschen, und das wird dir kaum von Nutzen sein. Eine Frau wird in dein Herz blicken, ihre Augen sind blau wie der Himmel, bald wird das nicht sein, noch bist du zu jung – wenn du alt genug bist für sie, dann. Ganz bald aber wirst du in ein Auge blicken, und dieses wird dich vor der Leere retten. Also dann, leb wohl, Gott sei mit dir! Geh deines Weges!"

Der Junge schickte sich an, den Hang hinunterzusteigen.

„He, Junge, und vergiss das nicht, das mit der Zeit in dir, weil du, der Mensch, die Zeit bist. Wir halten sie in Bewegung, nicht sie uns. Unsere Herzen sind die Uhren. Bloß ist in manchen Menschen nur vergangene Zeit, in anderen mehr zukünftige. In dir ist nur die gegenwärtige, festgeklemmt verharrt sie da drinnen und macht schon lange keine Anstalten, sich zu rühren, seit das mit deinem Vater passiert ist. Und dein Vater, der hat das nicht aus Bosheit getan, so schlecht ist er nicht, er tat es zu deinem Wohl, weil er das Gute so versteht. Lass du nur die Gegenwart sich in vergessene Zeit verwandeln, dann wird dir leichter werden, ich sage dir die Wahrheit. Und hör auf zu grübeln, als seist du hundertjährig, sonst bleibst du wirklich ohne Zeit. Nun denn, Gott sei mit dir!"

Der Junge ging und drehte sich nicht um.

Noch einige Male versuchte er zu fliehen, doch alle seine kleinen Ausbruchsversuche gereichten nicht zur einzigen großen und rettenden Flucht. Jedes Mal kehrte er mit hängendem Kopf heim, stellte sich hinter die Töpfe mit den Pelargonien und schaute lange dem Sumpf und den darüber fliegenden weißen Blumen zu.

Warum auch immer, er versuchte stets in die Höhe zu fliehen.

Einmal schaffte er es, den Wipfel der alten Pappel zu erklimmen, den höchsten Baum in der Stadt, höher war nur der Feuerwehrturm. Lange blieb er dort oben, überlegte hin und her, warum er seine Hände nicht von der rauen Rinde des Baumes lösen konnte – Angst verspürte er keine und auch sonst kein Gefühl, doch seine Hände blieben festgekrallt. Wieder zurück auf dem Boden, schritt er wie ein Gelähmter, der plötzlich wieder gehen konnte.

Ein anderes Mal schaffte er es, sich während des Gottesdienstes vom wachsamen Blick seiner Mutter loszureißen, rannte, ohne anzuhalten, alle drei Stockwerke der Synagoge hinauf, fand die Dachluke und stieg aufs Dach. Setzte sich hin, fror in einer Pose ein und rührte sich nicht von der Stelle, während seine Mutter durch die umliegenden Gassen rannte und nach ihm suchte: Von oben sah er ihr zu, wie sie ihr weißes Kopftuch hinter sich herzog, wie sie verzweifelt die Arme herumwarf, wie sie Passanten anhielt und ihnen bebend etwas erklärte.

Um ihn herum flatterten lärmend die Tauben, gurrten kehlig, schossen in den Himmel und kreisten über der Synagoge, unten setzte sich seine Mutter mitten auf der Straße hin und vergrub das Gesicht zwischen den Knien, doch etwas brachte sie dazu, den Blick zum Dach zu heben, die Tauben wahrscheinlich,

oh, mein Junge, um hochzufliegen, braucht auch der Mensch Flügel, starke Flügel braucht er, himmlische Flügel, sowohl die Söhne als auch ihre Mütter brauchen die, meine sind gebrochen, ich reibe sie mit einer milden Salbe ein und glaube, dass sie so wieder heil werden, deine, mein lieber Sohn, sprießen gerade erst, sieh nur, wie spitzig deine Schulterblätter sind,

und nun komm da runter, mein Kleiner, damit deine Beine stark bleiben und die ganze Welt durchwandern, halt dich gut an der Erde fest, mein Sohn, denn der Himmel sieht nur aus, als wäre er nah,

immerfort sprach die Mutter so zum Jungen, die weiß gewordenen Lippen fest zusammengepresst, sie sprach in Gedanken, denn sie glaubte, dass er sie so besser hören würde, doch der Junge verstand nichts, sogar die in Gedanken ausgesprochenen Worte waren ihm unbegreiflich geworden, sogar die in Gedanken ausgesprochenen Worte seiner Mutter. Seine Seele war öde und leer wie die große australische Wüste, über die er so viel gelesen hatte, ja noch leerer war sie, in der Wüste lebten und wanderten Aborigines umher, es krochen Reptilien herum, es flimmerte der Dunst über die Oasen, während sein Inneres vom einen Ende bis zum anderen öde war.

Der Junge stieg hinunter auf die Straße und ging mit gesenktem Kopf seines Weges. Eine Taube ließ sich auf seiner Schulter nieder und flog erst davon, als sie das Viertel am Sumpf erreichten. Die Mutter schritt hinterher und hielt Abstand, sie stolperte von Zeit zu Zeit, ihr weißes Kopftuch immer noch hinter sich herziehend.

Es regnet. Eine Frau steht regungslos da und schaut mit Vogelaugen in den Regen. Der Junge stellt sich neben ihr unter und schaut ebenfalls dem Regen zu. Das Haus, an dem sie stehen, hat einen Erker, und so sind sie beide im Trockenen, einen Schritt vom Wasser entfernt. Es ergießt sich aus dem Kübel des Himmels, klatscht auf den steinigen Straßenbelag, in den Pfützen bilden sich Blattern, und es ist sehr lustig da, wo die Bläschen platzen und das Wasser blubbert. Der Junge wendet sein Gesicht der Frau zu. Sie steht weiterhin regungslos da und schaut unablässig mit Vogelaugen durch den Regen hindurch. Der Junge erblasst. Er kann den Blick nicht vom Gesicht der Fremden abwenden, obwohl er sich verzweifelt darum bemüht. Es vergehen Minuten, Stunden, Jahrhunderte. Der Junge schaudert, den Blick starr an dieses erkaltete Frauengesicht geheftet. Die Frau steht da, den rötlichen Haarknoten an die Mauer gelehnt, und es ist außergewöhnlich, dass in all diesen Minuten, Stunden und Jahrhunderten ihre langen Wimpern nicht für einen Moment aufflattern. Ihn überkommt der Wunsch, sie direkt auf ihre offenen Augen zu küssen, sie um Erbarmen zu bitten. Über die Wangenhöhle der Frau rollt ein Regentropfen. Schau mich nicht so an, es schmerzt, wenn ein Junge in deinem Alter so schaut.

Der Junge schaudert. Er schaut einfach zu, wie sie schaut. Er will erklären, dass es genauso furchteinflößend und ungeheuerlich ist, wenn eine Frau auf diese Weise schaut. Irgendwelche Worte kehren in ihm zurück, werden wiedergeboren, bluten, während sie sich impulsiv aus dem Schoß des Daseins losreißen. Der Junge wird immer blasser, ohne den Blick vom Gesicht der Fremden abzuwenden. *Erbarmen. Deine Augen sind anderen Welten zugewandt, schau damit in mein Herz, und ich werde dich auf deine warmen Pupillen küssen.* Die Frau sieht ihn nicht an, als hätte sie seine Gedanken gelesen: Es gibt noch andere Welten, sie existieren gleichzeitig mit der unseren. Versenke deinen Blick in das Blubbern der Bläschen in der Regenpfütze oder in die Flammen des Feuers in der Feuerstelle, und es wird sich dir eine Luke dahin öffnen. Ich glaube, dass dir das auch schon passiert ist, es passiert jedem, aber nicht jeder gesteht es sich ein. Dein Körper erstarrt, und die Zeit bleibt stehen, während du jene Welten ergründest. Tu es oft, betrachte die Winde, die Sonnenuntergänge, die Kerzenflammen, das Wasser am Grund eines Brunnens, auch das ist eine Möglichkeit zu entfliehen, sie birgt aber keine Gefahr für deinen

Körper. Verzichte nicht auf deinen Körper, lass ihn nur erstarren und tritt furchtlos aus ihm heraus und in die anderen Welten. Du tust das Gegenteil, du ziehst dich in dein Inneres zurück, das ist gefährlich für einen Jungen in deinem Alter. In den Welten, von denen ich dir erzähle, gibt es auch Seligkeit und Licht, und wenn du später wieder in deine Höhle zurückkehrst, wirst du stärker sein und vielleicht auch weiser. Ohne zu wissen warum, da du ja nicht die geringste Mühe darauf verwendet haben wirst. Du wirst es aber sein, das schwöre ich.

Die Frau will nicht in sein Herz blicken, deshalb löst der Junge seinen Rücken von der Mauer und macht sich auf durch den Regen. Sei mir nicht böse, ruft sie ihm nach, ich bin nicht die, die in dein Herz schauen kann. Aber geh nur, mein Lieber, geh direkt durch den Regen, in einer Stadt voll Menschen bist du jetzt der Einzige, der sich nicht vor ihm versteckt. Letzten Endes ist er nur etwas Nasses, wenn wir ihn von der Seite ansehen und ihn fürchten, wenn wir aufhören, vor ihm Angst zu haben, dann ist er etwas mehr als Wasser, mein lieber Junge, dann ist er Regen.

Eines Nachts verwandelte sich der Junge im Traum wirklich in eine Wüste. Die Empfindung war grandios, er breitete sich aus und entfaltete sich so weit, dass er das Schweigen wirklich zu erkennen vermochte. Weit und breit keine lebende Seele, nur von einstigen Wallungen gefurchter Sand. Es gab keinen Tag und keine Nacht, Hell und Dunkel wechselten ohne Unterschied, ohne Bewegung, ohne Erinnerung. In den Zustand absoluter Unwissenheit gefallen, empfand der Junge Seligkeit. Er spürte, dass er überall war und dass alles gleichzeitig geschah, denn sogar in diesem erstarrten Raum ereignete sich immerfort etwas. Die Fischerin hat recht, dachte der Junge im Traum, er hatte seine wichtigsten Worte wiedergefunden, die Zeit ist nicht das, wofür wir sie halten – hier kann der Mensch erst sterben und dann geboren werden und es hätte keine besondere Bedeutung, es können sich aber auch der Tod und das Leben gleichzeitig ereignen, dann bricht der Raum herein und trennt sie, wonach sie sich trotzdem wieder gleichzeitig ereignen. In meinem Traum zumindest ist das so, und was steht der Möglichkeit entgegen, dass dieser Traum eine Wirklichkeit ist …

Der Junge träumte und wusste, dass der Traum mehr als ein Traum war. Es war die vollkommene Freiheit, nicht zu sein. Oder vielleicht gerade das Gegenteil – die vollkommene Freiheit, einzig er selbst zu sein. Kurz bevor er sich in eine Wüste verwandelt hatte, hatte er seinen immer gleichen Albtraum geträumt, es war nicht einmal ein Traum, sondern ein nackter Gedanke, der jeden Abend lebendig wurde und durch die Windungen seines Gehirns kroch, grenzenlos und furchteinflößend, es war ein einziger und immer derselbe, enthielt aber alles, was erkannt werden konnte. Die Erhabenheit der Erkenntnis brachte sein Gehirn zum Platzen, es hielt ihrer Macht nicht stand und begann sich zu winden, unfähig, den Gedanken auf den Raum des Möglichen zu beschränken. Und weil er ganz in ihm drin war und seinen armen physischen Körper zu sprengen drohte, weinte der Junge in seinem Traum gramvoll und untröstlich. Gerade als sein Gehirn zu rauchen schien, brach breit und gebieterisch die unendliche Wüste ein. Da verwandelte sich die Erkenntnis in die selige absolute Unwissenheit.

Und der Junge seufzte dankbar.

Jetzt seufzte auch die Wüste irgendwo aus der Tiefe und wurde lebendig, unverhofft kam Wind auf, versetzte das Meer aus Sand in Bewegung, spitze, rostrote Sandkörnchen füllten seine Augen, und der Junge trat widerwillig aus dem Traum. Unter seinen Lidern brannte es. Er ging hinunter in den Garten, schöpfte mit den Händen Wasser aus dem Kupfereimer und besprengte seine weit geöffneten Augen. Das machte es schlimmer – seine Irides brannten und sprühten gelbe Blitze, er spürte, wie in den Skleren feine Blutgefäße platzten, darum setzte er sich auf den Boden und heftete seine blutunterlaufenen Augen an den nächtlichen Himmel. Sterne leuchteten, der Mond verbarg sein rundes Gesicht hinter einem grünen Schleier und spähte nur hin und wieder nachdenklich hervor. Lange schaute der Junge nach oben. Von irgendwo dort war er wieder zurückgekehrt. Er versuchte die Lektion, die er bekommen hatte, zu entschlüsseln: Einmal gewonnen, wenn sie denn überhaupt gewonnen werden kann, verwandelt sich die Erkenntnis in uranfängliche, selige Unwissenheit – vielleicht versuchte *jemand* dem Jungen einzuflößen, dass er sich weder vor dem einen noch vor dem anderen fürchten sollte und dass die Unwissenheit manchmal ganz und gar nicht geistige Armut war, sondern rettende Zuflucht für einen ungeduldigen, wachen Verstand. Seiner war schmerzhaft ungeduldig, wenn es darum ging, hinter das Geheimnis aller Geheimnisse zu kommen, dieses hier aber enthüllte, ähnlich wie der Mond oben, nur manchmal für einen kurzen Augenblick sein Gesicht, zwang den Jungen, seiner blendenden Macht entgegenzublinzeln, am Fuße seines Himmels zusammenzubrechen und um Gnade zu bitten, und hüllte sich gleich wieder in seinen Schleier.

Ihm blieb nur, den übernächsten Augenblick abzuwarten, um stürmisch seine kleine menschliche Bitte auszustoßen – *sag mir, wer bin ich* –, bis dahin wusste er verschwindend wenig, er ahnte, dass die ganze Erkenntnis im Menschen selbst lag, während das äußere Leben die vielgestaltigen Umstände enthielt, die die Seele zu bewegen vermochten, in die richtige Richtung zu blicken. Oder in die Gegenrichtung. Offenbar wollte ihm jemand zu verstehen geben, dass sich jeder Mensch, der sich der erschlagenden Größe des Unbegreiflichen gegenübersieht, freiwillig der Willkür des Schicksals überlassen muss und dass dies für den Moment der richtige Weg war. Und er wusste, dass es noch zu früh war, Fragen zu stellen, zu früh für sein Alter.

Er erhob sich, sah noch eine Weile dem heller werdenden Himmel zu. Trat dann aus dem Garten und überquerte die Straße. Gegenüber leuchteten die kleinen Fenster der Konditorei. Der Junge trat heran und presste die Nase an die Scheibe: Die Griechin Manjo hat sich über den Tisch gebeugt und knetet, ihr Körper schwankt rhythmisch, ihre bloßen Hände bearbeiten, rollen, walken das üppige Meer aus Teig, über ihrem rotschopfigen Kopf schwebt eine Wolke aus Aromen, Seufzer und Gemütlichkeit, der Junge spürt sie von hier aus. Neben dem Ofen, auf einer Holzbank liegt Ferso, die Tochter der Konditorin, und schlummert, zu Boden hinab fließt ihr purpurnes Haar, ihr Kinn mit dem tiefen Grübchen zuckt hin und wieder, und der Junge lächelt unwillkürlich, während er ihr zusieht. Er kratzt mit dem Nagel an der Scheibe, Manjo hebt den Kopf, und ein Lächeln erleuchtet ihr Gesicht: Komm rein!

Der Junge trat ein, setzte sich auf den Stuhl neben der schlafenden Ferso, lehnte den Rücken an die warme Wand und erzitterte, erst jetzt merkte er, wie steif er von der morgendlichen Kühle war. Manjo kämpfte weiterhin mit dem Teighaufen, von Zeit zu Zeit warf sie ihrem Gast einen strahlenden Blick zu, wärmte ihn mit ihrem Lächeln; die Seligkeit des Traumes war nur mehr eine ferne Erinnerung, die Morgendämmerung drang durch die beschlagenen Fenster ein, unruhig und drängend, und der Junge erschauderte noch einmal: Vielleicht träume ich ja jetzt – von Manjo und von der Wärme des Feuers, von Ferso, ist nicht manchmal die Wirklichkeit der wahre Traum? Er begriff, dass es für einen Jungen in seinem Alter gefährlich war, sich überfordernde Fragen zu stellen, wenn auch nur im Traum, er wollte wie Manjo und Ferso sein und wie alle anderen normalen Menschen auf der Welt.

Warum auch immer schaute Doktor Bedros bei der Untersuchung zuallererst in seine Augen, *wenn er will, wird er eines Tages vielleicht wieder sprechen*, die Mutter knüllte mit ihren kleinen Händen ein Batisttuch und wollte ihrem Sohn nicht in die Augen sehen. Sie verließen die Arztpraxis, der Junge ergriff ihre Hand und zog sie über das buckelige Kopfsteinpflaster mit. Sie erreichten die Synagoge, dort flatterten die Tauben, und von ihrem Gurren war es ringsum weiß und still. Sie gingen vorüber. Erreichten die kleine Buchhandlung, die Mutter versuchte den schaukelnden Synchronismus ihrer Schritte mit einer zarten Hoffnung dorthin zu lenken, zu den Worten, doch der Junge wandte den Kopf ab. Sie erreichten den Hafen: Die kleinen Schiffe tuteten, blendende Möwen flogen umher, es roch nach salzigem Jod und nach Wellhornschnecken, sie gingen ein Stück über den Teppich aus Muschelschalen, kchr, kchr, er, der Große, und sie, die Kleine, mit gleich unendlichen Augen, dann kehrten sie zu den Schiffen zurück, und da zeigte der Junge mit dem Blick an, und die Mutter las laut vor: „Regina España." Sie verstand, ihr Blick zog sich zusammen und kroch nach innen, als ob eine Quelle in ihrer Sandbank zurücksank, Regina España, so weit weg?, stöhnte sie innerlich auf, fasste sich aber, er ist ja auch schon jetzt so fern.

„Gut, ich werde Miriam einen Brief schreiben, es wird aber eine Weile dauern."

Sie kehrten in die Stadt zurück und betraten die orthodoxe Kirche. Drinnen war es düster, die zitternden Flämmchen der Kerzen versetzten die Luft in Bewegung, der ganze Tempel wankte von den Wogen des Lichts. Sie zündeten ihre Kerzen an, versenkten sich ins Herz der Flämmchen und wandten den Blick nicht ab, bis das Wachs weich wurde und einknickte. Der Junge schaute unverwandt ins Leere, als wäre er aus sich herausgetreten – Herr im Himmel, für ein Gebet sind ihm noch

Worte geblieben! Der Junge betete ohne Worte, versunken in der Erinnerung an das Feuer der Kerze, war das Leben in ihm wieder verstummt, zusammengerollt bis auf die Größe eines weißen Pünktchens, kaum größer als die Erinnerung an die erloschene Kerze.

Warum nicht in die Synagoge, warum gingen wir in die orthodoxe Kirche ... Herr im Himmel, er betet nicht für sich selbst, er betet für ihn. Der Junge schaute unablässig ins Kerzenauge, das die Mutter mit ihren zitternden Händen wieder anzuzünden sich beeilt hatte; da begann das Auge zu weinen, mit seinen heißen Wachstränen, und der Junge fand endlich ein paar schwierige Worte im Geist, oh, bitte, weine an seiner statt, weine an meiner statt und anstelle meiner Mutter, weine, ich bitte dich, mit den heißesten Tränen der Welt, weine, ich bitte dich, es sei denn, du bist der Meinung, es gehöre sich nicht, dass Gott anstelle der Menschen weint, weine an unserer statt, lieber Gott; die heißen, talgigen Tropfen fielen auf seine Hand, trockneten darauf zu dünnen Häutchen, ohne Spuren zu hinterlassen.

Sie verließen die Kirche und bahnten sich einen Weg durch eine Menschenansammlung, staubig und finster, das seien Flüchtlinge aus Edirne, man habe sie aus ihren Häusern und ihren Kirchen vertrieben, ihr Leben sei dort geblieben, jetzt seien sie vorläufig ohne ihr Leben, erklärte die Mutter. Der Junge blieb stehen, um eine Weile zuzusehen, wie die Flüchtlinge einer nach dem anderen in das Gotteshaus gingen: Die Männer nahmen ihre Pelzmützen schon am Eingang ab und drückten sie an die Brust, die Frauen schauten alle zu Boden, so wie Frauen während einer Beerdigung schauen, sie beerdigten aber keinen. Wahrscheinlich sind sie zu Gott gekommen, damit er ihnen hilft, sich zu versöhnen, sagte die Mutter, und der Junge dachte, dass er auch ein Flüchtling sei.

Plötzlich beginnt inmitten dieses ganzen schweigsamen Volkes ein Mädchen wie ein blauer Schmetterling zu flattern. Blau ist ihr Rock, noch blauer sind ihre Augen, das Gesicht von wilden Winden versengt mit hohen Wangenknochen, ihr Haar ist blauschwarz, an der Sonne schimmert es aber eher blau, Jesseees, was für 'ne Kirche, staunt das Mädchen und prallt gegen den Jungen, das wollte ich nicht, pardonnez-moi, schön ist dieser Kirchen, ich sprechen nicht gut Bulgarisch, je parle un peu, un bisschen, ich spreche nur ein bisschen, das Mädchen strahlt mit ihren hellleuchtenden Augen, sie dreht sich um die eigene Achse und klatscht in die Hände, eine schöne Stadt Burgas, sehr; und fliegt davon, sie verlieren sie aus den Augen, mit ihrem blauen Rock, mit dem Blau ihrer Iris und ihrer Freude, mit der sie sich geschmückt hat wie mit einer weißen Stockrose.

Der Tag erlischt, der Junge und die Mutter drehen sich um und suchen das Mädchen mit dem Blick – aber ich bin Bulgarin, ja, Bulgarin, lächelt sie ihnen aus der Ferne zu und geht irgendwo in der Menge unter, hinter ihren Fersen steigt ein Wirbel bläulichen Blütenstaubs auf.

Die Abende sind klar, in der schneidenden Luft glitzern hie und da Raureiffunken auf. Die Möwen sind hungrig, sie kreisen über dem Garten der Schlachterei und krächzen wie Krähen, ihre krummen Schnäbel scharren durch die sauer gewordenen Haufen Aas. Der Junge stopft sich Wattebäusche in die Ohren, drückt sie mit den Handflächen fest, so hört er auch nicht, wie der Vater, nachdem er beim Abendessen die Flasche Rakija ausgetrunken hat, die Holztreppe zum Schlachthof hinunterrumpelt, wie nach langem Schweigen auch die Schritte der Mutter dahinschlurfen, mit einem Mal schwer und steinern geworden, so als schritte, eben das Gehen gelernt, jene Sphinx aus dem Buch über die Pyramiden durchs Haus.

Der Junge hört nicht, wie kurz darauf der Schlachttisch zu beben und zu ächzen beginnt, noch sieht er es: Die Mutter liegt wie gekreuzigt auf dem kühlen Blech des Tisches, ihre Flügel hängen auf beiden Seiten herab, schneeweiß und lahm, umarm mich doch endlich, mit diesen deinen Armen, Zelma, was lässt du sie so herabhängen, als wären sie gebrochen, zürnt der Mann, seine Fersen scharren über den Boden, der süßliche rosa Geruch nach Schlachterei füllt die Nüstern der Frau aus, oh, Gott, beginnt sie wie beim ersten Mal zu erbrechen, wendet, um sich nicht zu verschlucken, den Kopf zur Seite und entleert sich mit weit geöffnetem Mund, sie leert sich bis zur letzten Zuckung ihrer entsetzten Eingeweide; auch der Mann entleert sich, sein krampfhafter Körper ergießt die weiße, warme Flüssigkeit auf den Bauch der Frau, schau, wie kräftig sie ist, wie Büffelmilch ist sie, schau nur, schau, schaa-au, heult der Mann, dann steigt er von der Frau, taumelt weich geworden durchs Dunkel, geht hinaus in den Garten und pisst ins Nelkenbeet, der Strahl plätschert heftig, und der Mann lacht leise: Wie ein Stier bin ich, meine Pisse ist die eines Stieres und auch meine Kraft, klein von Wuchs bin ich, aber zäh, Zelmaaa, hör dir diese Pisse an, einmal werde ich sie in dich hineinpissen, wie mit Gas werde ich dich damit anzünden, wenn du weiterhin wie gelähmt unter mir liegenbleibst, das werde ich wirklich tun, Herrgott, Zelma …

Und er stieg besänftigt die Treppe hoch.

Endlich schafft es die Frau, ihre bleiernen Flügel irgendwie wieder zusammenzufalten, wischt sich mit den Enden ihres zerfledderten Kleides das Erbrochene aus dem Gesicht, steigt vom Tisch herab und geht aufrecht und erhobenen Hauptes los. Steif stolpert sie manchmal, über ihr kreischen die Möwen, ihr rasender Chor vertont ihren Gang bis zum Sumpf, in den die Frau hineinwatet und bis zu den Hüften ins eisige Wasser eintaucht; danach geht sie, immer noch aufrecht, heim, aus ihr sickert ein feines dunkles Rinnsal, die Frau fröstelt, beeilt sich aber nicht, nach oben zu gehen; sie kniet vor der Höhle des verdorrten Walnussbaums, nimmt eine Halva-Dose gefüllt mit wohltuender Salbe heraus, einer speziellen Salbe für verkrüppelte Flügel; streift die Fetzen ihres Kleides von ihren Schultern ab und beginnt, die Pomade einzumassieren, mit der linken Hand streichelt sie das rechte Schulterblatt, mit der rechten das linke, vorsichtig, zärtlich ertastet sie die Wurzeln ihrer Flügel, sie schmerzen wie verfault; dann verstaut sie die Dose wieder in der Baumhöhle, streift alle Fetzen von sich ab, morgen wird er sich entschuldigen und ihr ein neues Kleid kaufen, immer teurer sind die Kleider, die er ihr kauft, doch jetzt wird sich die Frau einfach mit ihren Flügeln zudecken, mit ihren raschelnden, schneeweißen Flügeln, und schweren Schritts die Treppe hochgehen, wie eine schwerfällige Sphinx aus Stein.

Eines Tages ging der Junge aus dem Haus, ohne jemandem Bescheid zu sagen. Es war bereits Winter, die kleinen Pfützen waren von einem Eisfilm bedeckt und platzten auf unter den Füßen. Lange schritt er dahin, seine Beine führten ihn von selbst.

Im Hof der Feuerwehr eilten die Feuerwehrmänner geschäftig um die auf Karren geladenen Pumpen herum, machten Späße und lachten lauthals. Der Junge hob den Blick zum Turm, dem höchsten Punkt in dieser Stadt, und sah ihn lange wie hypnotisiert an.

Ein Pferd schnaubte, sie hatten die Tiere freigelassen, damit sie sich die Beine vertraten. Der Junge trat in den Hof. Ein schnauzbärtiger Mann zwinkerte ihm zu, ein zerzauster Hund sprang ihn an und legte die Pfoten auf seine Brust. Schnee begann herumzuflattern, der erste in diesem Jahr. Die Männer gingen wieder ins Gebäude, draußen blieben der schnauzbärtige Feuerwehrmann und die Pferde. Eines der Tiere spitzte die Ohren, weitete die Nüstern und schnaufte tief ein, dann atmete es wieder aus und warme Dunstschwaden umhüllten seinen Kopf. Das Pferd war schwarz und glänzend, mit einem Flämmchen auf der Stirn. Der Junge trat näher, spürte seine Wärme. Das Pferd blieb regungslos stehen, der Junge versenkte den Blick in sein riesiges feuchtes Auge. Eine Schneeflocke flog hinein. Der Augenblick erschütterte den Jungen. Es war ein kosmischer Augenblick, ein ganzes Universum – er spürte seine grenzenlosen Dimensionen, ohne sich darin zu verlieren. Er fühlte Seligkeit sich in ihm ausbreiten, jäh und ohne sichtbaren Grund. Die Wüste in seiner Seele blätterte sich auf, ferne Gewässer begannen zu sprudeln, der Himmel erstrahlte, und all das, weil er durchs Auge des Pferdes geschaut hatte.

Er kam wieder zu sich und lehnte seine Stirn an die warme Flanke des Tieres, das Pferd wieherte auf und ließ ein bereiftes Lid sinken.

Der Schnee fiel immer dichter, der Schnauzbärtige machte sich eilig daran, die Pferde hereinzuholen. Der Junge hob den Blick zum Turm der Feuerwache, dort leuchtete schon eine grüne Laterne. Er steckte die Hände in die Taschen, ließ den Kopf zwischen den schneebedeckten Schultern einsinken und machte sich mit einer unerwarteten Leichtigkeit auf den Nachhauseweg, so als sprossen ihm Flügel.

Die Tauben auf dem Dach der Synagoge gurren weiße Stille. Von Zeit zu Zeit schütteln sie ihr Gefieder und zarte Daunen fliegen auf, die Dachziegel scheinen noch bereifter als die Erde, weil die Tauben auf der Synagoge allesamt weiß sind.

Die Taube Zelma sitzt auf dem Dach inmitten der anderen Tauben und schaut mit ihren unergründlichen Augen in den Himmel. Sie weiß, dass er nicht so nah ist, wie es scheint, sehr weit weg ist der Himmel, und nur Tauben mit gesunden Flügeln können ihn erreichen, während die Taube Zelma sich ihrer Flügel noch nicht ganz sicher ist, ab und zu schmerzen ihre Wurzeln, als wären sie verfault, doch es ist Zeit, es ist Zeit, weil der Junge mit den unergründlichen Augen den Anblick des elenden geschundenen Körpers vergessen muss, es ist Zeit für ihn zu verstehen, dass der Körper nicht von Bedeutung ist, und jener Anblick auch nicht: Ihr Kleid hängt in Fetzen herab, ihre Beine erleuchten die Dunkelheit, darüber strömt brauner Urin und ergießt sich über die Oberschenkel, ich hab's getan, Zelma, wenn du mich nicht umarmen willst mit diesen deinen hölzernen Armen, das hast du jetzt davon, windet sich schuld-bewusst der Regenwurm Tano über ihr und speit Rakija-Gift aus, die Frau erbricht ihre hoffnungslosen Eingeweide, der Tisch bebt, dabei steht an der Schwelle der Schlachterei der Junge und sieht mit diesen unergründlichen Augen zu, und plötzlich stürzt er dahin und krallt sich am Rücken des Vaters fest, schlägt mit den Fäusten blindlings drauflos, auf den Rücken, auf den Kopf, in die Luft, und weil der Anblick ihn kraftlos gemacht hat, wirft ihn der Mann mit nur einer Bewe-gung seiner kräftigen Schulter ab: Du Welpe … Er steigt von der Frau herunter, packt ihn am Kragen und wirft ihn in den Garten, er steht über ihm, von seinem Glied tropft es noch, die Tropfen versickern im Nelkenbeet, ich habe gesagt, dass ich aufhören werde, ja, das habe ich gesagt, aber bevor du, Welpe, das Leben nicht von A bis Z erlernst, wird kein Mann aus dir werden.

Die Frau erhebt sich ein wenig und spürt, wie ein grau-samer Schmerz ihre Schultern durchbohrt, dann versiegt der Schmerz plötzlich, zum ersten Mal seit langem verspürt sie keinen Schmerz – und da werden ihre Flügel leicht, sie sind durch und durch heller Flaum und zarter Drang, Zelma faltet sie ein zum Körper und steigt vom Tisch herunter: Die Flügel sind auch da, um zu beschützen … Sie geht zum Jungen und umfängt ihn mit diesen zarten, weißen Flügeln, still, still, still, mein Junge, obschon er keinen Laut von sich gibt, auch dir wachsen welche, spürst du sie nicht, schau, wie spitzig deine Schulterblätter sind, man weiß ja nie, mag sein, dass der Himmel doch nicht so weit weg ist, wie ich glaube, still, still, still, es ist nichts passiert … wenn ich es nicht will und nicht daran teilhabe, dann passiert es eigentlich nicht – jedes Mal steige ich mit meinen lahmen Flügeln hinauf bis zur Decke und schaue von dort oben teilnahmslos zu, und der Anblick ist nichts Besonderes, glaub mir … so machen es auch die Schnecken und die Katzen und die Hunde und die Löwen, und wir tun es ihnen gleich, das ist alles, wir sind Tiere wie alle anderen, wahrscheinlich hat uns der Herrgott die Flügel aberkannt, wegen der Erbsünde … er hat uns die Flügel genommen, aber ich bin sicher, dass wir von Flügelwesen abstammen, warum hätten die Menschenkinder sonst die Aeroplane erfunden, hm? … Still, mein lieber Junge, weine nicht so, trocken zu weinen tut weh, die Sache lohnt deine Schmerzen nicht, weine nicht wegen solch mickriger Dinge, im Leben ereignen sich auch andere, wichtige Dinge, weine dann mit echten, wohltuenden Tränen, weine wegen ihrer Erhabenheit, wegen des Wunders, dass es sie gibt … um mich brauchst du keine Angst zu haben, ich bin stark, ich habe Flügel, mein Junge, du sollst nicht weinen, sondern dich freuen, mein Gehorsam ist nur scheinbar, weil ich deinen Vater immer noch bemitleide, aber auch weil ich viel von ihm erwarte … und jetzt komm, lass uns nach oben gehen in dein Zimmer, damit ich dir aus dem *Wanderer zwischen den Sternen* vorlese, zuerst gehe ich kurz zum Sumpf, dann komme ich gleich zu dir zurück und alles wird sein wie vorher, ich verspreche es dir, weil … weil wir zwei die gleichen Augen haben, mein lieber Junge …

Jetzt sitzt die Taube Zelma auf dem Dach der Synagoge inmitten der anderen Tauben und wartet, dass der Gottesdienst zu Ende geht, die Leute herauskommen und mit ihnen der Junge, der sich wahrscheinlich gerade wundert, wo Zelma abgeblieben ist, dann wird sie die Flügel ausbreiten, und das Wunder wird sich endlich ereignen, da es sehr wichtig ist, dass der Junge begreift, dass sich im Leben auch bemerkenswerte Dinge ereignen.

Es war sein letzter Tag in Burgas. Am folgenden Morgen würde er mit einem großen Dampfer nach Spanien fahren, seine Tante Miriam würde ihn auf halber Strecke in einem kleinen italienischen Hafen abholen. Widerstrebend erwachte die Stadt an diesem Frühlingsmorgen: Träge rumpelten Kabrioletts über das Pflaster, aus halb geöffnetem Mund stießen Milchmänner und Zeitungsjungen ihre Rufe hervor, die Sonne versuchte aus dem Meer herauszuschwimmen, griesgrämig vor Kälte. Der Junge schritt ziellos dahin, er verabschiedete sich von Burgas. Kam bei einem zweistöckigen Haus im stillen Zentrum an und blieb vor dem Tor mit dem Messingring stehen.

Er stand lange vor der fremden Tür. Plötzlich überkam ihn der Wunsch, dort gewohnt zu haben und nirgendwo sonst, derart stark strahlten die Hausmauern aus, es war die Energie eines wahren Geburtshauses. Wie versteinert stand der Junge davor und konnte die Füße nicht vom Boden lösen.

Endlich fand er die Kraft weiterzugehen, bemerkte aber nach dem ersten Schritt, dass die Ostmauer des Hauses in einer Terrasse auslief, die von einem schwarzen Weinstock beschattet wurde, und dass auf der Terrasse ein Mann in einem geflochtenen Sessel saß und etwas vor sich herrichtete, eine Art Staffelei. Der Junge ging zurück und klopfte an, sein Herz hämmerte in der Brust. Komm rein, rief der Mann, ohne den Kopf zu drehen. Der Junge stieg auf die Terrasse hinauf, setzte sich in einen anderen geflochtenen Sessel und legte die Hände auf die Knie. Der Mann blickte ihn auch jetzt nicht an. Begann suchend um sich zu tasten. Er kann nicht sehen, begriff der Junge, er ist blind. Schenk dir ein, nickte der Blinde zur Kanne voll Ajran, die auf einem kleinen Tischchen stand. Der Junge schenkte sich ein und nahm einen Schluck, seine Zähne wurden taub vom prickelnden Geschmack. Der Mann richtete eine gespannte Leinwand auf der Staffelei her, so einen hast du noch nicht gesehen, oder, einem blinden Maler bist du bisher noch nicht begegnet, da wette ich drauf!

Der Junge trank noch einen Schluck Ajran, ein Stückchen Eis knirschte zwischen seinen Zähnen. Ich habe einen Eiskeller, ich versorge die ganze Stadt mit Eis. Und du, was schweigst du denn so die ganze Zeit, kannst du nicht sprechen? Der Junge konnte nicht antworten, und der Mann merkte auf: Sieh an, sieh an, aus uns zweien, mein lieber Gast, könnte ein vollwertiger Mensch werden, wir müssen nur den Weg finden. Jetzt erst sah der Junge sein Gesicht: die hohe Stirn, von Falten zerpflügt, die spitzen Wangenknochen und den grauen Bart; die Augen waren schmal, zu den Schläfen langgezogen, mit ausgeglühter weißer Iris. Der Mann erhob sich und näherte sich dem Jungen, streckte die Hand aus, tastete sein Gesicht mit den Fingern ab. Ich habe dich gesehen. Du musst wissen, dass Gott die Menschen nicht einfach so zusammenführt. Du bist gekommen, also brauchst du mich … es kann aber auch sein, dass ich dich brauche – höchstwahrscheinlich brauchen wir beide einander … Er begann irgendwelche Pinsel mit den Fingerspitzen abzutasten und sie in einen Tonkrug einzusortieren. Ich male die Welt, um die Welt nicht zu vergessen. Ich habe nach einer schweren Grippe eine Netzhautablösung bekommen, ich sehe ganz schwach, nur Schatten und größere Farbflecken. Zum Malen reicht's mir … Ich erblindete, junger Gast, und wurde ein anderer Mensch – ich sag dir die Wahrheit, du kannst jedem meiner Worte glauben. Wenn sich die Natur deines Körpers verändert hat, verändert sich unweigerlich auch das, was in diesem Körper drinnen ist. Kein Weg führt daran vorbei. Es kommen kompensierende Energien in Gang, und so ist es dann. Ich begann nach innen zu sehen, da ist es hell und farbintensiver als draußen, das kannst du mir glauben. *Der Brunnen*, dachte der Junge. Davor war ich Zeichenlehrer in einer amerikanischen Schule, in meiner Freizeit malte ich und dachte, ich sei ein anständiger Maler, eigentlich war ich ein unbegabter Zeichner, begriff es aber nicht, da der Dummkopf nicht weiß, dass er ein Dummkopf ist, und der Unbegabte nicht weiß, dass er unbegabt ist. Komm mit, ich zeig's dir.

Sie gingen in das Atelier des Zeichners. An den Wänden standen mit der Vorderseite zur Wand gekehrt viele Leinwände aufgereiht. Der Blinde ging zur einen Wand und begann die Leinwände umzudrehen. Die sind von früher. Der Junge sah: grüne Berge, blaue Meere, braune Pferde, weiße Schwäne. Siehst du, junger Gast, was für eine Tautologie. Blanke Unfähigkeit. Ich war sehend, verstand aber nicht, dass jedes Ding viel mehr ist als das, wonach es aussieht.

Der Mann fing an die Leinwände gegenüber umzudrehen. Derbe farbige Flecken. Der Junge strengte sich an und begann mit Mühe zu erkennen: knorrige Bäume, die Wipfel nach unten gedreht, grüne, plumpe Pferde mit rechteckigen Hälsen, spitziges rotes Gras, violette Meere … Die Gegenstände lagen schwerelos im Raum: Ruderboote im Meer, fast senkrecht auf die Wellen gestellt, bereit, jeden Moment in die Luft zu schießen; eine schwere schwarze Büffelkuh mit einem einzigen Oval, in einer Pfütze liegend, weiße Büffelkälbchen, an riesige Euter gekrallt, die größer waren als die Kälbchen; ein Mensch, dargestellt mit einem einzigen Pinselstrich, mit einem schwerfälligen Tupfen, steht am Rand eines Felsens, so spitz wie ein Zahn, bereit, über den Abgrund zu fliegen. Der Junge erinnerte sich an die Worte der Fischerin, *nur die Menschenkinder können so fliegen, hinab;* man sah, etwas hielt den Menschen auf dem Bild am Rand des Abgrunds zurück, es war offensichtlich, dass er seinem dunklen Trieb doch nicht nachgeben und dort bleiben würde, am Rand, sein Leben lang. Der Junge erschauderte. Der Maler drehte die Bilder gegen die Wand. Und sagte noch einmal: Jedes Ding ist viel mehr als das, wonach es aussieht ...

Sie tranken jeder noch einen Ajran, und der Junge ging. Er schritt, die Schultern vornübergebeugt, dahin und dachte, dass die Menschen, denen er in letzter Zeit begegnet war, einander in gewisser Weise ähnelten, sie schienen blutsverwandt – dabei kannten sie sich nicht einmal. Sie sprachen sogar auf ein und dieselbe Art und Weise, als wären sie ein und derselbe Mensch, aber mit vielen Gesichtern. Vielleicht ist das so im Leben, ein paar einander ähnliche Menschen bilden ein Ganzes, egal wo sie leben und ob sie einander kennen ... Es kann sogar sein, dass sie sich überhaupt nicht füreinander interessieren und sich dennoch ergänzen, einander unsichtbare Energie zusenden und sich vereinigen. Die Menschen, denen er begegnet war, waren womöglich wirklich seine Menschen, das hatte ihm ja die Fischerin gesagt, und wahrscheinlich lenkten sie seine Seele in die richtige Blickrichtung, weil sie sich in einem glichen: Sie besaßen die Fähigkeit, in den Lichtbrunnen zu tauchen.

Der Junge aber war sich nicht mehr sicher, dass er das noch brauchte, denn sein eigenes Leben hatte ihn erschöpft, und er hatte vor, es zeitweilig zu verlassen.

Das Dampfschiff tutet, Rauchschwaden brechen aus seinen Schloten, es beginnt nach verbrannter Kohle zu riechen, sein eiserner Körper erzittert vom Ungeduldsschauer des Aufbruchs. Der Junge steht inmitten der anderen Passagiere auf dem Deck und schaut zur Küste. Die Verabschiedenden dort haben aufgehört, aufgeregt hin und her zu laufen, stehen da und schauen schweigend zu den Passagieren hinüber. Eigentlich hat die Reise schon begonnen, auch wenn das Schiff noch vor Anker liegt. Der Junge sucht die Mutter mit dem Blick, sieht aber als Erstes den Vater: von der eigenen Schuld, von Zelmas Vergebung und vom Alkohol geschrumpft, der ihm immer noch fehlt, den er aber seither um nichts auf der Welt mehr anrührt, fürsorglich und mitfühlend stützt Tano die Mutter, sie schweigt – ihr kleiner, auf den Krücken hängender Körper wankt wie zum Sprung bereit, und wenn auch unmöglich, dass dies wirklich geschieht, strengt sich der Junge an und sieht ihre Augen: Weit wie eine Flut schwillt ihr Blick heran. Plötzlich beginnen die Dinge sich gleichzeitig zu ereignen.

… Ringsum ist es Frühling, das Wasser an der Küste sprüht Sonnenfunken, die Passagiere haben alle Hüte aufgesetzt, und der Himmel über Burgas strahlt unsagbar … *nur über der Synagoge schneite es in Fetzen, das Dach war verschüttet, und die Tauben flatterten verängstigt herum, der Schnee fiel vom Dachvorsprung, da flog von der Dachkante die Taube Zelma auf, die Luft zischte und bauschte die Röcke des glockigen … Mantels auf, der Schal über den Schultern … weißer noch als Schnee, blähte sich auch auf, und die Zeit blieb stehen; die Menschen standen regungslos da und gaben keinen Laut von sich, nur die Tauben brachen in nervöses Gurren aus, und von ihrem Gurren wurde es noch weißer, während Zelma geschmeidig dahinflog und der Junge ihre unergründlichen Augen und die Kraft ihrer Schwünge von unten betrachtete und hörte, wie die Enden ihres weißen Schals raschelten, auch jetzt hätte er schwören können, dass seine Mutter eine elegante Runde über den Köpfen der Menschen drehte, bevor ihr Körper schwer wurde und in die tiefe Schneewehe schnitt.*

… Zelma und Tano winken ein letztes Mal, drehen sich um und gehen davon. Sie entfernen sich langsam, der Junge kann den gleitenden Gang der Mutter kaum noch erkennen, nur die Schwünge ihrer Krücken zerfurchen die Luft nach wie vor;

Tano geht hinter ihr her, wachsam beobachtet er jede ihrer Gehbewegungen, bereit, zu Hilfe zu stürzen, nachdrücklich mitfühlend; die beiden verschwinden hinter der Ecke des Hafenplatzes, und der Junge wendet den Blick zum Wasser – olivgrün und glitzernd von der Sonne, riecht es bitter und stark nach Kindheit. Zurück an Land bleiben die Teppiche aus Muschelschalen, die schwarzen, rutschigen Felsen, die Pferde im Hof der Feuerwehr und die heiteren Feuerwehrmänner, es bleiben die Fischerin und die Frau im Regen, die Konditorin Manjo und Ferso mit dem feuerroten Haar und dem Kinngrübchen, der blinde Maler und jenes blaue Mädchen in der Menge der Flüchtlinge, geschmückt mit seiner Freude wie mit einer weißen Stockrose, und über ihnen allen strahlt die goldene Sonne von Burgas, nur über der Synagoge fiel und häufte sich der Schnee, und der Junge ahnte, dass sich dieser Schnee bis zum Ende seines Lebens immer gleichzeitig mit allem anderen ereignen würde.

Aus dem zweiten Heft von Elada Pinjo, in dem sie meistens in der dritten Person von sich erzählt

Sie standen vor einer großen Stadt, die in einer leichten Senke lag. Vom Hügel, auf dem sie stehengeblieben waren, konnte man die Dächer im morgendlichen Zwielicht kaum erkennen, nur eines der Viertel kletterte einen steilen Hang hinauf, und die Häuser waren eines auf dem anderen gelandet. Es tagte, aber die Straßenlaternen blinzelten noch. Die Stadt schlief. Da hast du sie, Pinjo, schenkte Chrisula sie ihr mit einer weiten Geste, für dich, die Stadt mit den vier Hügeln, drei Flüsse münden in der Nähe in einen, alle tragen sie Frauennamen, Arda, Tundža, Marica – in dieser Stadt lebt Kir[13] Vassilaki, der Kürschner, bei ihm werden wir unterkommen ... Mehrere Tage und Nächte waren sie über Stock und Stein gewandert, Chrisula folgte dem Sonnenaufgang und schaffte es, Pina in die Ebene hinauszuführen. Am Tag schliefen sie, in der Nacht wanderten sie und fürchteten sich vor nichts, außer vor den Menschen: Da gibt es alles Mögliche, Pinjo, Gott hat unter einem Himmel eine bunte Welt versammelt – Gute und Böse, Ehrliche und Schurken, alles Mögliche, und sie alle drängt es, unter einem Namen zu leben, Menschen eben.

Endlich waren sie da, und Chrisula ging mit festen Schritten in Richtung des christlichen Viertels. Sie blieben einen Augenblick vor einem hohen Tor stehen, die Karakatschanin fasste Mut und klopfte mit dem Messingring. Hier sind die Leute Frühaufsteher, sie werden nicht böse sein, beruhigte sie sich selbst und lächelte dem kleinen schnauzbärtigen Mann breit entgegen, der ihnen, den Mund zu einem Gähnen aufgerissen,

13 *Kir* – griechisch: Herr. (Anm. d. Ü.)

bei dem seine Mandeln zu sehen waren, mürrisch die Tür öffnete.

„Wer seid ihr?"

„Na Chrisula und Pinjo."

„Ja und?"

Chrisula stammelte los: Sie sei als Kind oft mit ihrem Vater hier gewesen, sie hätten Felle und Käse gebracht, aber ihr Vater, der sei vor zehn Jahren gestorben und nach ihm auch die Mutter, jetzt müsse sie eine Arbeit suchen, nun erbarme dich uns armer Waisenkinder,[14] Kir Vassilaki!

„Und wer ist das?"

„Das ist Despina, Pinjo, hab ich dir doch gesagt!"

„Und das da?"

Der Korb in ihren Händen, mit einem luftigen blauen Kopftuch zugedeckt, wird lebendig, regt sich, zappelt. Chrisula lächelt, das Lächeln erleuchtet ihr müdes braunes Gesicht: „Meine Katzen!"

Verrücktes Mädchen! Kreuzt mit einem Kind und einem ganzen Wurf Katzen bei ihm auf und glaubt noch, er nähme es auf. Er habe doch nicht den Verstand verloren, und eine Dienerin brauche er auch nicht, wie sollte er allein schon die Katzen ernähren, ob sie daran auch nur einen Moment gedacht hätten: Ich habe keine Milch wie die Karakatschanen in den Bergen! Warum hast du überhaupt die Wälder verlassen?

„Frag mich doch nicht, Kir Vassilaki! Das ist meine Sache!"

Vassilaki schickte sich an, wieder hineinzugehen. Ich bitte dich, Mensch, verlegte sich Chrisula aufs Bitten, wobei sie ihre hellen Augen weit aufriss. Stell mich ein, damit wir nicht an Hunger sterben, nur fürs Brot werden wir für dich arbeiten.

---

14 Eigentlich – Ти баща, ти майка *ti bašta, ti majka* – wörtlich: Du Vater, du Mutter – bulgarische Redewendung, die eine Bitte um Hilfe oder Unterstützung zum Ausdruck bringt. (Anm. d. Ü.)

Weil ich für dieses Kind da verantwortlich bin, und Lust zu sterben habe ich selbst auch nicht!

Wenn sie die Katzen wegwerfe, könne er sich's auch überlegen, sie für das eine Brot aufzunehmen und überwintern zu lassen, damit sie dann aber ihrer Wege gingen, doch zuerst die Katzen, die Katzen wolle er nicht …

Chrisula fuhr auf:

„Ich werd sie los, die Katzen! In der Marica werde ich sie ertränken! Du wirst sehen! Bei lebendigem Leib werde ich ihnen das Fell abziehen! Sag nur, du nimmst uns, und ich reiß ihnen die Köpfchen ab!"

Der Kürschner wartete, bis ihr Ausbruch zu Ende war:

„Mach das erst mal, dann werden wir reden."

Und klappte die Tür vor ihrer Nase zu.

Chrisula packte die Kleine bei der Hand und zerrte sie mit. Weit weg, außerhalb der Stadt kreuzten sich die drei Flüsse, als wären es viele mehr – egal welche Richtung man einschlug, immer kam man am Wasser zum Stehen. Sie kamen an ein Ufer, setzten sich hin. Ruhten sich aus. Chrisula nahm das Tuch weg, die Kätzchen sprangen ihr in den Schoß, eins übers andere begannen sie ihre Hände zu lecken. Die beiden zerrissen das Tuch in Streifen, damit versuchte die Karakatschanin, Steine an den kleinen Hälsen der Tiere festzubinden. Sie miauten wild und widersetzten sich, Chrisula brachte es mehr schlecht als recht hin. Sie sah sich ihr Werk an, klatschte in die Hände und riss die Augen auf: „Jesses, weißt du was, Pinjo, wirf sie doch du hinein!"

„Pah, meinst du, ich bin eine Mörderin? Du hast dir das ausgedacht, also kannst du sie selbst hineinwerfen!"

Chrisula regte sich wer weiß wie auf: Sie sei keine Mörderin, sie versuche nur, mit der Situation fertigzuwerden, sie müsse zwischen Pinjo und den Katzen wählen, einen anderen

Ausweg gebe es nicht. Und als die Kleine sie feindselig ansah, klatschte sie in die Hände, riss die Augen noch weiter auf:

„Dich werde ich in den Fluss werfen, du Wicht!"

Lachte: Am besten, sie würden Kir Vassilaki in die Marica werfen, ihm einen Stein um den Hals binden und – plumps! Ihr werdet die Katzen ertränken, sagt er, ich will sie nicht, sagt er! Zieht ihnen das Fell lebend ab, sagt er! Reißt ihnen die Köpfchen ab! Ich bin doch nicht verrückt, meine Kätzchen zu töten! Wir kommen auch ohne Kir Vassilaki aus, nicht wahr, mein Mädchen?

Sie balgten sich, legten sich in den kühlen Sand und streckten die Beine in die Höhe. Sie lachten schallend, wie sie lange nicht mehr gelacht hatten, die Katzen rannten hin und her mit den Steinen an den Hälsen und gellten panisch. Es wurde lustig, und die Sonne kam auch noch dazu, der Tag leuchtete rosa und hell auf.

In der Hitze des Vergnügens schreckte sie eine donnernde Männerstimme auf:

„He, ihr Schlachterinnen!"

Sie sprangen auf die Beine, zogen sich ihre Hemden zurecht und linsten verlegen zu dem dunklen, lockigen Mann hinüber, der am Ufer über ihnen stand: Seine riesige Gestalt verdeckt den Himmel, hinter ihm steht ein angehaltener Wagen, davor eingespannt ein fuchsrotes Pferd, im Wagen sitzt ein kleines Mädchen mit einem riesengroßen, angeschwollenen Kopf. Chrisula fasste sich und begann den Mann über die Situation aufzuklären, Pinjo und das Mädchen beäugten einander, das Pferd wieherte und nieste, und die Kleine spürte, dass etwas Schönes passieren würde, sie fühlte es mit ihrem ganzen, von der prickelnden Kühle schaudernden Körper.

Geduldig hörte der Mann Chrisula an und befahl dann: Fangt die Katzen ein und bindet die Steine los. Sie preschten los, um die Tierchen in den Griff zu bekommen, das Mädchen beobachtete ihr Treiben weiterhin schweigsam, sein Kopf wiegte sachte auf seinem langen Hals wie eine riesige Pusteblume hin und her. Der Mann warf ihnen zwei Säcke vor die Füße: An die Arbeit! Die eine soll festhalten, die andere den Sand hineinschütten, ich werde ihn mit dem Sieb durchsieben.

Sie luden die Säcke auf den Wagen, setzten sich drauf, und der Mann führte das Pferd. Vor einem großen Haus im christlichen Viertel, mitten im Zentrum, hielten sie an. Der Mann öffnete das Tor, und sie traten in einen gepflasterten Hof mit einem Garten und einem Brunnen. Das Haus war zweistöckig und hatte viele Fenster, am Ende des Hofs stand ein zweites niedriges und langes Gebäude, dort luden sie die Säcke ab. Drinnen war es geräumig, in der Mitte des Raumes stand ein buckliger Backsteinofen. Die Tür zu einem weiteren Raum stand offen, und sie erspähten auf hohen Tischen und Regalen aufgestellte glänzende Gegenstände. Ich bin Glaser, fing der Mann ihre Blicke ein, habt ihr noch nie Glas gesehen? Ich heiße Ovanes und will euch in Dienst nehmen. Du wirst mir helfen, meine Tochter großzuziehen, und auch bei der Arbeit am Ofen, warf er Chrisula einen schrägen Blick zu. Die Kleine wird Siruis Freundin sein, sie werden zusammen spielen.
    Scheu betraten die beiden das Haus. Der starke Schein, den mehrere runde flache Gegenstände aus Glas, die an den Wänden hingen, ausstrahlten, verblüffte sie. Das sind Spiegel, bemerkte Ovanes ihr Staunen, wenn ihr wollt, schaut euch an. Ihr werdet euch dort drin so sehen, wie ihr in Wirklichkeit seid. Sie traten zögernd heran, stellten sich vor den nächsten Spiegel und blickten hinein. Sie waren beide zerzaust, schwarzhaarig und helläugig, von der Sonne angesengt und staubig. Sie sahen sich verdutzt an. Hör zu, Pinjo, du Teufel, ich glaube, wir sehen uns wirklich ähnlich! Ist es wohl von Natur aus oder der Widerspiegelung wegen, hm? Wenn zwei Menschen unaufhörlich in-

einander blicken, dann kann es ja sein, dass sie anfangen, einander widerzuspiegeln, was weiß ich? Wie Spiegel halt …

„Es würd mich schon sehr interessieren, ob du und deine leibliche Mutter einander auch so sehr widerspiegelt!"

Chrisula drehte sich vorm Spiegel hin und her, raffte ihr Hemd unversehens über die Knie. Sie war furchtbar erregt: Sieh an, sieh an, so sehe ich also aus! Ich sehe wirklich aus wie eine Herlitze, ai, bin ich dünn und zäh! … Pinjo erinnerte sich an ihren geschmeidigen nackten Körper, geschlungen um den Schoß des Karakatschanen.

Während Chrisula in Verzückung über sich selbst schwelgte, machte sich die Kleine daran, das Haus zu erkunden. Ein solches Wunder hatte sie noch nie gesehen: Da gab es dicke Teppiche auf dem Boden, schwere Tische mit Spitzendecken, geschnitzte Sessel und Liegesofas. Und viele Gegenstände aus Glas. Eine breite Holztreppe führte in den zweiten Stock. Sirui begann die Stufen hochzugehen, auf dem schlanken Stängel ihres Halses wiegte der Kopf. Sie ist krank, sie hat einen Wasserkopf, erklärte Ovanes düster. Ihre Mutter starb bei der Geburt, ich ziehe sie mit Hilfe von Krankenpflegerinnen selbst auf, die letzte hat uns vor einer Woche verlassen. Ich will euch vorwarnen, dass sie ein schwieriges Kind ist, schweigsam und mit einem schwierigen Charakter. Allerdings hat sie eine zarte Seele, die ist wie aus Glas. Seid also vorsichtig.

Und Ovanes begann Chrisula anzuweisen, wie genau sie sich um das Mädchen kümmern sollte.

Pinjo stand neben einem hohen schmalen Tischchen, auf dem Tischchen glänzte eine Kanne voll Wasser. Ein Wasserkopf … Sie stellte sich vor, wie das Mädchen Sirui vorsichtig die Treppe hochstieg und auf ihrem zarten Hals nicht seinen krausen, angeschwollenen Kopf, sondern diese durchsichtige Kanne voll Wasser trug. Wie hypnotisiert schaut Pinjo zu, wie die Flüssigkeit in der Kanne schwappt, als wäre ein Sonnenstrahl hineingetaucht und schaukelte sie, und da denkt sich Pinjo: Wenn das Glas bricht, wird Sirui nicht lange leben. Warum ihr so ein Gedanke durch den Kopf geht, weiß sie selbst nicht. Ohne zu begreifen, was sie tut, stößt sie die Kanne mit dem Finger vom Tisch, sie fällt zu Boden und birst klirrend in Stücke, das Wasser ergießt sich über den Teppich …

Chrisula klatschte in die Hände, nahm ihr neues grünes Tuch vom Hals und begann die Pfütze damit aufzuwischen, gleichzeitig schalt sie Pinjo leise und verärgert. Ovanes hinderte sie daran, der Kleinen eine zu watschen: Macht nichts, Kannen gibt es viele … aber gebt trotzdem acht, ihr seid ja keine Elefanten! Und auch du musst lernen, geräuschlos und ruhig zu gehen, bist mir ja eine, wie ein Wind, lachte Ovanes unwillkürlich auf, berührte Chrisulas Schulter, und sie wurde verlegen: Gut, gut, ich mache, was du sagst …

Zusammen mit den Kätzchen bezogen sie ein kleines Zimmer hinter der Treppe. Drinnen standen zwei Betten, die vom strahlenden Weiß der Bezüge leuchteten. Nicht dass wir da hinunterfallen, schau nur, wie hoch die sind, sorgte sich Pinjo. Ein durchsichtiger Vorhang hing in Falten vor dem Fenster, durch ihn sah man den Hinterhof mit haufenweise Brennholz, das sorgfältig unter einem hohen Schutzdach aufgestapelt war. Chrisula hob mahnend den Finger: Pass auf! Sieh nur, was für ein Glück wir hatten, in was für ein begütertes Haus wir gekommen sind, dass wir ja keine Fehler machen, denn … Vor Arbeit scheue ich mich nicht, nur dieser Ovanes ist irgendwie … Was denn, der Mann ist doch ganz lieb, widersprach Pinjo, ein bisschen ein Griesgram, aber wenn das sein einziger Fehler ist … Chrisula pikste in ihr Kinngrübchen. Was verstehst du schon von Männern!

Eines Abends bat Sirui darum, dass man ihr die Kätzchen brachte, also trug Pinjo sie mit dem Korb in ihr Zimmer hinauf. Von der Wand leuchtete eine große Gaslampe und warf ihre Schatten vergrößert auf die Wand. Die Besucherin setzte sich auf die Bettkante und faltete ihre zerschrammten sonnenverbrannten Füße unter den Stuhl ein. Auch hier strahlte alles vor Sauberkeit, die Ordnung im Haus machte sie beklommen.

Sirui spielte ein Weilchen ängstlich mit den Tierchen, dann kratzte sie das eine, und sie brach in Tränen aus, nicht vor Schmerz, sondern vor Wut. Sie gab Pinjo ein Zeichen, sie wieder in den Korb zu legen, und die Kleine rannte los durchs Zimmer, um sie einzufangen. Sirui blieb auf ihrem Bett sitzen, das Kinn auf den Knien, und schaute dem Treiben zu. Endlich schaffte es Pinjo, die Kätzchen zu bändigen, warf das luftige Tuch über den Korb und machte es mit einem Gummiband fest. Sie saß auf dem Stuhl, presste den Korb an die Brust und wagte nicht, sich zu rühren. Endlich gab Sirui etwas von sich:

„Warum die Tiere Krallen haben, ist mir klar – warum die Menschen Nägel haben, ist mir nicht klar!"

Dann schickte sie Pinjo weg.

Zufrieden steigt sie nun die Treppen hinunter, prima, dass mich Sirui nicht will! … Hüpfend geht sie dahin und schaut sich in jedem Spiegel an: Endlich sieht Pinjo wie ein Mensch aus, ihr Haar ist vom warmen Wasser und der Seife weich geworden, ihre Wangen leuchten wie Äpfel, sie trägt einen grünen Rock und purpurrote Pantoletten – so gefällt sie sich sehr. Chrisula hat sich noch mehr gewandelt, ai, wie schön sie ist, mit dem blauen Rock und den gelben Pantoletten, auch wenn Ovanes sie noch am ersten Tag gewarnt hat, in dieser Stadt, Mädchen, tragen nur die Türkinnen gelbe Pantoletten, den Christinnen ist das nicht erlaubt, Chrisula drehte den Kopf ruckartig weg, ich will gelbe Pantoletten, und Ovanes, Gott weiß warum, wandte nichts ein, er ging und kaufte die Pantoletten in der Passage im Stadtzentrum, wobei er vorher von ihrer beiden Füße Maß nahm, und wie fein sie nun mit diesen Pantoletten gehen und wie fröhlich sie klappern.

Eben war sie in ihrem Zimmer angekommen, da klopfte Ovanes an der Tür. Sirui wolle, dass Pinjo bei ihr schlafe, aber ohne die Kätzchen. So ließ sie den Korb bei Chrisula und kehrte widerwillig zurück. Hinter ihr machte Ovanes alle Lampen aus und ging schlafen. Es war spät, Pinjo war müde und beeilte sich, sich auf dem Boden neben dem Bett zusammenzurollen, da wies Sirui sie streng an, hochzukommen und sich ans Fußende zu legen, so habe ihre Mutter in ihrer eigenen Kindheit mit einer Freundin geschlafen, sie hätten lange wach gelegen und Geheimnisse ausgetauscht. Pinjo stieg brav hoch, rollte sich wie ein Kätzchen zu einem Kringel zusammen und wäre schnell eingeschlafen, weil sie keine Geheimnisse mitzuteilen hatte, wirklich nicht, aber Ovanes' Mädchen riss sie aus der Schläfrigkeit, schlaf nicht ein, heute Nacht werde ich dir was zeigen!

Sie schwieg eine Weile und sagte dann klar und streng:

„Heute Nacht werde ich dir meine Mutter zeigen!"

Pinjo erschrak.

Sag nichts, sagte Sirui bestimmt. Meine Mutter kommt mich jeden Samstag von dort besuchen. Schau, ich hab das Fenster offen gelassen. Sei du nur still, mach keinen Mucks, egal was du siehst.

Pinjo biss sich auf die Lippen. Sie war in der Natur aufgewachsen, dort konnte jedes Ding gesehen, gerochen, berührt werden, weil es inmitten dieser Natur vollkommen echt und real existierte. Dieses Mädchen sagte Dinge, die Angst machten. Die Mutter war vor etwa zehn Jahren bei der Geburt gestorben, wahrscheinlich träumt Sirui gerade, es kann ja gar nicht sein, dass ein solch gläserner Kopf wie der ihre keine solchen Träume träumt.

Sie kommt und ist ganz silbern.

Und ihre Liebe ist noch stärker, weil ich sie vermisst hab.

Jedes Ding verwandelt sich in ein anderes Ding, wenn die Zeit reif ist, nur die Liebe verwandelt sich in nichts anderes, immer bleibt sie Liebe.

Sirui schlief ein, begann gleichmäßig zu atmen. Pinjo wurde wach, der Schlaf besiegte sie irgendwann um Mitternacht. Sie war gerade dabei einzudösen, als sie die klaren Worte des Mädchens hörte:

„Oh, Mama! Ich kann dich sehen!"

Pinjo sprang auf und setzte sich aufs Bett. Der Vorhang wölbte sich geschmeidig, ein kaum wahrnehmbarer Hauch stieg wie ein samtener Schweif über ihre Köpfe. Ein zartes blaues Leuchten umkreiste den Kopf des Mädchens wie eine pulsierende Faser, zog übers Kissen davon, hast du gesehen, wie schön sie ist, Pinjo, hast du gesehen, wie silbern sie ist, Pinjo seufzte unentschlossen.

„Also bist du blind! Ich habe geglaubt, du könnest sehen, aber du bist wie alle andern!"

Sirui drehte sich beleidigt mit dem Gesicht zur Wand und begann bald wieder gleichmäßig zu atmen. Pinjo lag zu ihren Füßen und dachte darüber nach, wie anders sie sprach, wie eine weißhaarige Greisin. Das machte ihr Angst. Sie schlich aus dem Zimmer, kehrte auf Zehenspitzen zu Chrisula zurück. Legte sich ins Bett und schlief sofort ein.

Es wurde allmählich Herbst, und der Hof begann nach trockenem Basilikum, nach bitterer Tagetes und Chrysanthemen zu riechen. Chrisula lässt die orangenen Tagetes-Blättchen in ihr Dekolleté fallen und riecht auch nach Herbst. Sie steht früh auf, versucht lange, auch Pinjo wachzukriegen, zieht sie unter den Decken hervor und meckert: Hast dich ja sehr leicht an die Daunenmatratze gewöhnt, Prinzessin, hast den Strohsack sehr leicht vergessen! Die Kleine wimmert mitleiderweckend.

Pass auf, dass du nicht verweichlichst, Mädchen, deine Seele wird in einem verwöhnten Körper wie jene Eseldistel werden, die die Irinjo in die Kristallvase gestellt hat. Braucht doch die Seele auch ein passendes Gefäß, nicht wahr! … Irinjo war die alte Familienköchin, sie und Chrisula konnten einander auf den ersten Blick nicht leiden, jede sprach missgünstig über die andere. Wieso denn, in dieser Vase ist sie doch ganz schön, die Distel, stänkerte die Kleine, Chrisula platzte: Ach so, du verstehst ja viel von diesen Dingen! Genau wie die Irinjo! Du musst wissen Pinjo, in diesem Leben hat Gott die Dinge geordnet, und keiner darf sie verschieben! Das Hässliche soll sich dem Schönen nicht in den Weg stellen, Gott wird es mit etwas anderem dafür entschädigen, dass er es äußerlich mehr schlecht als recht gefertigt hat! Obwohl, beginnt Chrisula plötzlich mitten in ihrer Philosophiererei zu zweifeln, manchmal kann man sie ja nicht unterscheiden, die zwei, was für die einen schön ist, ist für die anderen farblos, wenn du verstehst, was ich meine! Sie streckt die Brust wichtigtuerisch hervor: Ach, was erklär ich dir da, sieh mich an – so dunkel und hässlich wie ich bin, bin ich denn nicht schön? Die beiden starren einander verblüfft in die Augen, dann kichern sie gleichzeitig los und balgen sich auf dem ungemachten Bett.

Heute zog Chrisula ihren neuen blauen Rock an, strich Spucke auf die Locken über der Stirn, damit sie nicht abstanden wie Späne, strich die Brauen glatt und sah sich im Spiegel an:

„Das Fest beginnt!"

Zum ersten Mal in diesem Herbst sollten sie den Ofen anmachen, Ovanes hatte sie angewiesen, nigelnagelneue Kleider anzuziehen. Das, Mädchen, ist das Gesetz der Glaser seit der Antike, schon die Assyrier und die Babylonier notierten auf Plättchen aus gebranntem Ton Folgendes: An dem Tag, an dem der Ofen angefeuert wird, müssen alle, die um ihn arbeiten, saubere Kleider anziehen und den Göttern ein Opfer bringen … Also kaufte ihnen Ovanes in der Passage neue Röcke. Sie zogen sich an und machten die Runde vor allen Spiegeln im Haus. Jesses, wenn ich mich so ansehe, beneide ich mich selbst! Chrisula kämmte Pinjo mit dem Büffelkamm, rieb ihre Wangen mit einem nassen Handtuch ab, und sie leuchteten auf wie poliert, sie führte sie feierlich zum Ofen: Noch nie habe ich mich im Voraus auf etwas gefreut, alles in meinem Leben hat sich von selbst ereignet, und nun schau dir das an, wie lange haben wir auf dieses Fest gewartet! Siehst du, Pinjo, die Erwartung macht das Fest länger! Ich würde sogar gerne noch ein bisschen darauf warten – ich möchte lieber nicht, dass das Fest beginnt, denn beginnt es, wird es auch enden.

Ovanes stand beim Ofen, in seinen französischen Kleidern – aus seiner Kindheit und Jugend, die er in Marseille verbracht hatte. Voller Ungeduld wartete er auf sie: Ich sehe, die Festtagskleider stehen euch gut … Und zwang sich zu einem Lächeln: Ob die Menschen wohl begreifen, dass der Sinn des Lebens in der Arbeit steckt? Es ist so simpel, dass sie es womöglich gar nicht begreifen! … Er war erregt, und man sah es ihm an. Er brummte mit tieferer Stimme als gewöhnlich, trat von einem Fuß auf den anderen wie ein Bär, rieb sich die Hände und biss sich auf die Lippen:

„Ob die Menschen wohl verstehen, dass der Sinn des Lebens darin besteht, etwas zu machen, das Genuss bringt!"

Der Armenier ließ Chrisula um den Ofen gehen und ihn weihräuchern. Und machte sich dann an die Arbeit: Er mischte Sand und Kalkstein, fügte portionsweise Soda bei und rührte, Chrisula trug etwas von diesem Gemenge im Tontiegel zum Ofen. Am Ende zündete der Mann das Feuer an.

Pinjo kauert bei den beiden und erfreut sich an ihrer Geschäftigkeit. Endlich etwas Neues in diesem Haus, dessen

Eintönigkeit sie allmählich langweilt: Tagein, tagaus klopfen sie Teppiche aus, stauben ab, polieren die Möbel und strecken nicht einmal die Nase nach draußen, mehrere Wochen schon. Und auch Sirui spricht nicht, sie ist beleidigt, weil die Kleine schaut, aber nicht sieht, während Pinjo dem Leben nachtrauert, das sie verloren haben, und ebenfalls schweigt. Sie vermisst den Wald, die Sonne, die ewig grünen Stecheichen – dort hatte die Freiheit sie aufgebläht wie eine Seifenblase, hier füllt sich ihr Körper mit bleierner Schwere. Sie wird immer ungeschickter und schwerfälliger, wirft im Vorbeigehen Gläser und Vasen um, Chrisula sammelt die Scherben heimlich zusammen, wirft sie weg und schilt sie dann: Warum bist du so geworden! ... Eines Tages versuchte die Kleine zu erklären: Weil ich wie in einem Käfig bin, darum! Aha, lachte Chrisula sie aus, das wilde Tierchen, das seine Freiheit verloren hat! Wie kam es denn dazu, hm, Pinjo? Pinjo zeigt ihr die Zähne: Wir haben doch wegen dir die Freiheit aufgegeben!

Chrisula wurde ernst:

„Sieh mich an, Pinjo, habe ich mich verändert?"

Es war seltsam, aber Chrisula hatte sich wirklich nicht besonders verändert. Sie rauschte durchs Haus wie der Wind, sie sang mit ihrer heiseren Stimme, sie füllte ihr Dekolleté mit den Blättern der späten Ringelblume, kicherte ohne jeden Grund und ging flink ihrer Arbeit nach. Pinjo musste zugeben, dass sie sich nicht verändert hatte, nur ihr Rock ließ sie zahmer aussehen. Siehst du, sagte Chrisula noch einmal, ich habe mich nicht verändert, weil ich die Freiheit nicht verloren habe, sondern in mir trage. Die Freiheit ist nicht draußen, sondern drinnen. Das weißt du doch, Mädchen, oder? Es gibt keinen, der die Freiheit besser versteht als wir, nicht wahr, wenn es um was anderes geht, mag es schon sein, dass wir einfältig und unwissend sind, aber von Freiheit verstehen wir mindestens so viel wie die Schmetterlinge und die Marienkäfer! Merke dir also, was ich dir sage: Jeder ist für seine Freiheit verantwortlich, nur von ihm hängt es ab, ob er sie verliert oder nicht.

Chrisula ließ Pinjo stehen und machte sich daran, den Staub von den Spiegeln zu wischen und sich darin anzuschauen, wobei sie schrill pfiff.

Jetzt steht sie vor dem Ofen, und Pinjo sieht, wie ernst sie ist: Ihre Wangen glühen von der Hitze, ihre Augen sprühen Funken, während sie über etwas nachdenkt, den Blick auf die purpurnen Feuerzungen geheftet. Auch Ovanes blickt sie unter den Brauen an, sagt aber nichts. In letzter Zeit betrachtet er sie des Öfteren heimlich, seufzt dann und geht seiner Wege. Heute schaut Chrisula wie hypnotisiert ins Feuer, Ovanes schaut wie hypnotisiert sie an. Pinjo schaut den beiden zu und platzt vor Ärger.

Am Abend ließ sie die Katze aus dem Sack:

„Und Ovanes, der schaut dich an, als wärst du der Mondschein!"

Chrisula seufzte nur.

Solange das Gemenge schmolz, wechselten sie und Ovanes sich beim Unterhalten des Feuers ab. Es war langwierig und ermüdend: Das Schmelzen musste in dünnen flachen Wannen wiederholt werden, das Feuer musste eine bestimmte Temperatur beibehalten, es musste die ganze Zeit jemand beim Ofen sein. Pinjo ging durch den Kopf, dass zwischen dem Armenier und Chrisula jene Sache geschehen könnte. Sie fror ein vor Entsetzen. So viel hatten sie beide deswegen durchgemacht, für nichts auf der Welt durfte sie zulassen, dass es sich wiederholte. Als Chrisula um Mitternacht aufstand und in die Latschen schlüpfte, schlich sie heimlich hinter ihr her.

Aber nichts geschah. Der Mann wies die Karakatschanin an, sich auf den dreibeinigen Schemel zu setzen, gab ihr Anweisungen und ging davon. Pinjo blieb eine Weile hinter dem Sandsack stehen und ging dann auch.

Die Arbeit lief rund, der Armenier war froh, dass das Glas ohne Schaum und Blasen, klumpenfrei schmolz. Das wird Gefäße wie im Märchen geben, sagte Irinjo gellend, als alle zusammenkamen, um der glänzenden Flüssigkeit aus kurzer Entfernung zuzusehen. Das Gemenge kochte und gluckerte. Irinjo brach in Gejammer aus:

„Schade nur, dass die Frau Herrin nicht mehr am Leben ist! Wie sehr sie sich eine Lampenflasche wünschte, bunt wie der Regenbogen! Mit diesem Glas könnte das jetzt wirklich was werden!"

Ovanes sah sie bestürzt an:

„Woher weißt du das?"

„Kira[15] Elenica sagte es mir noch, bevor sie selbst austrocknete, wie die Haut einer Schlange, aus ... aus Liebe!", ließ die Irinjo fallen, ohne mit der Wimper zu zucken.

Ovanes brauste auf. Was redet sie denn da, was für eine Schlange, gehe sie in die Küche, Irinjo, und lasse sie sich nicht blicken! Die Köchin machte beleidigt kehrt: Was ich weiß, weiß ich, wozu habe ich sonst Augen im Kopf, wenn sie nicht sehen, was in diesem Haus geschieht!

Pinjo war erschüttert. Wie Schlangenhaut! Sie stahl sich davon, der Köchin auf den Fersen, und trat zu ihr in die Küche, wo Irinjo beleidigt mit Schüsseln und Löffeln klapperte, um ihre Wut zu bezwingen.

„Erzähl mir von Kira Elenica!"

Was könne Irinjo schon sagen, wo sie doch nichts wisse. Und Kira Elenica sei ja auch nicht mehr da ... nun denn, mild sei sie gewesen und süß, sobald sie der Herr hochgehoben habe, habe sie in seinen Armen wie ein Mond geschienen ...

15 *Kira* – weibliche Form von *Kir,* griechisch: Herr – bedeutet weniger Frau als vielmehr Herrin. (Anm. d. Ü.)

schwarz wie er sei und sie golden – wie Topf und Deckel hätten sie zusammengepasst, jede Nacht habe ihr Bett gesungen.

Irinjo knallte einen Deckel zu: Geh und lass dich nicht blicken, sagt er! Aber nur ich weiß, wie er die Herrin, die unglückliche, erschöpft hat!

Pinjo riss die Augen auf:

„Wie hat er sie erschöpft?"

„Na so, aus Liebe!"

„Irinjo!"

„Er saugte sie aus Liebe aus, bis sie dahinschwand! Und am Ende verließ sie ihren Körper und löste sich in der Luft auf, so! Nur ihre goldene Haut ließ sie, wie die von einer Schlange, im Bett zurück, so! Eines Nachts, kurz nach ihrem Tod, war ihre Tür offen, und ich warf einen Blick hinein: Der Herr schlief, und im Bett neben ihm glänzte etwas, es glitzerte im Mondlicht! So!"

Pinjo konnte gerade noch flüstern, gelb vor Entsetzen:

„Irinjo, wie … wie hat er sie denn aus Liebe ausgesaugt? "

„Na wie denn, wie! Wie kann denn ein Mann eine junge und feine Dame aussaugen! Besonders, wenn er so ein Brummbär ist wie unser Hausherr …"

„Aber … Aber er sagte doch, dass sie gestorben sei, als sie Sirui zur Welt gebracht hat!"

„Ja, das schon. Aber nicht bei der Geburt selbst, sondern zwei Monate danach. Lass dich nicht davon täuschen, dass er jeder Ameise aus dem Weg geht! Presst er eine Frau an sich, knacken ihre Knochen wie von einem Spatz!"

„Aber warum presst er sie denn, Irinjo, warum presst er sie?"

Die Köchin sah die entsetzten Augen der Kleinen und kam wieder zur Besinnung. Was sie denn da eigentlich mit diesem wilden Ding zu bereden habe, noch ein Kind obendrein! Erfunden habe sie das alles, weil sie rasend vor Kränkung sei! Geh, sagt er, in die Küche, lass dich nicht blicken, sagt er! Der verdammte Armenier, der schwarze! Aber auch die Irinjo hat Pferde kotzen sehen!"

Eines Tages wünschte Sirui wieder die Kätzchen zu sehen. Sie saß im Bett, und ihr großer Kopf strahlte im Sonnenlicht wie eine orangefarbene Wolke. Im Zimmer roch es eigenartig. Mit ihrem tierischen Geruchssinn nahm Pina einen merkwürdigen Duft wahr, als wäre Kiefernhonig in der Luft geschmolzen, vermengt mit dem Aroma von griechischem Kaugummi und von noch etwas Flüchtigem, Mildem und Weichem. War deine Mutter zu Besuch, Sirui? *Kira Elenica war mild und süß.* War deine Mutter gestern Abend da? Sirui presste die Lider ein wenig zusammen. Ich weiß nicht, wovon du redest. Gib die Kätzchen her.

Da war sich Pinjo bereits sicher: Kira Elenica war in diesem Zimmer gewesen. Neuerdings hatte sie begonnen, die Menschen an ihrem natürlichen Geruch zu erkennen, sie entwickelte einen neuen, komplexen Sinn: *Seit einigen Wochen gehe ich mehrmals am Tag auf die Straße und betrachte neugierig die Passanten. Am Geruch erkenne ich, wer welchen Charakter hat: Meine Nüstern nehmen irgendwelche zarten, feinstofflichen Aromen auf, die durch die Luft schwirren, und erkennen sie – warum merken bloß die anderen Menschen nichts davon. Chrisula zürnt mir, hör doch auf, dir Spinnereien auszudenken ...*

Diese neue Sensibilität entwickelte Pinjo sehr rasch, mag aber auch sein, dass sie von jeher in ihr war und nun keimte, wie ein frischer blassgrüner Spross, der aus der Zwiebel stößt.

Leichthin nahm die Kleine Chrisulas Schrecken zur Kenntnis, dass dies eine göttliche Gabe sein könnte: Es ist kein einfaches Los zu wissen, dass ein anderer, und zwar kein beliebiger, über deine Nase verfügt ... Und überhaupt, wozu das alles, Pinjo, wozu brauchst du das? ... Aber das Mädchen fand Spaß daran und konnte bald auch die verborgensten

Charakterzüge der verschiedenen Passanten erkennen. Manche Frauen und Männer rochen schwer und betäubend wie arabisches Riechwasser, vor ihnen würde sie sich instinktiv in Acht nehmen – sie waren verschwiegen, sinnlich, hinterhältig, unberechenbar, ihrer Ausstrahlung hätte sie keine genauen Namen geben wollen, aber die Empfindung unterlag keinem Zweifel. Andere verströmten den frischen Duft nach Wacholder und Stroh, sich ihnen anzuvertrauen, war sie jederzeit bereit: Sie waren einfach, wortkarg, herzlich. Da waren auch solche, die nach Brot rochen, nach Milchweizen, das waren die großzügigsten Menschen, sie waren aber selten anzutreffen. Es gab allerlei Körpergerüche, wochenlang blieb Pinjo von morgens bis abends auf der Straße und erprobte freudig ihre neue Gabe.

Als sie Chrisula davon erzählte, wie genau sie die körperlichen Ausstrahlungen erkannte, kniff diese die Lider zusammen: Wonach rieche ich? Pinjo lachte auf. Du riechst nach Tagetes, nach wilden Rosen, nach Thymian und Veilchen, nach Wind – nach einem ganzen Wald gleichzeitig! Wirklich, Chrisula, du riechst nach Wald! Chrisula lachte. Und Irinjo? Die Kleine begann auf der Stelle zu hüpfen: Jesses, sieh sie dir doch an, Chrisula, wonach riecht sie wohl? Irinjo ist eine Olive in Essig und Öl!

Chrisula lächelte nicht einmal:

„Und Ovanes, wonach riecht der?"

Pinjo wurde still.

„Na, sag schon!"

„Er ist gut", antwortete das Mädchen ernst, „weil er nach Traurigkeit riecht."

… Darum war sich Pinjo nun sicher, dass dieser süße, kaum wahrnehmbare Geruch in Siruis Zimmer von Kira Elenica stammte. Ovanes' Tochter verharrte weiter in entfremdetem Schweigen, Pinjo ertrug ihre düstere Stimmung nur schwer: Den Blick unverwandt an die Decke geheftet, waren ihre weit auseinanderliegenden Augen stets freudlos. Ihr Haar aber war rot, rührend weich und flaumig wie von einem Baby.

In der Betrachtung des Sonnenuntergangs versunken, gab Sirui schließlich etwas von sich: Weißt du, wo die Sonne abends hingeht?

Pinjo reagierte bereitwillig: Hinter die Hügel, wohin denn sonst, wie oft habe ich das in den Bergen gesehen!

„Du liegst falsch."

„Na und?"

„Es ist gut, manchmal falschliegen zu können."

Langsam hatte Pinjo wirklich Lust zu gehen, aber Sirui warf ihr einen schweren, unverwandten Blick zu. Du bist vorschnell! Sie verschränkte die Finger um ihre Knie, schwieg lange. Und dann wieder unvermittelt mit ihrem unwirklichen Stimmchen: Weißt du, was die Sonne ist, hm, Pinjo? Die Kleine ist ungeduldig: Eine Feuerstelle mit Feuer, hat mir Chrisula gesagt.

Sirui schnaubt verächtlich. Die Sonne sei Liebe, ob es Despinjo noch nie eingefallen sei, dort oben sei die ganze Liebe der Welt und deswegen erleuchteten Milliarden von Sonnenstrahlen jeden Tag, für jeden Menschen gebe es einen Sonnenstrahl, der nur seiner sei.

Sirui blickt streng drein, als wäre sie eine weißhaarige Greisin. Das ist die Liebe der Menschenkinder, die Gott ihnen gibt, und jeder bekommt so viel, wie er ertragen kann!

„Ja, aber Gott, den kann man doch nicht sehen, was redest du denn da, Sirui, der Herr ist für die Augen unsichtbar und seine Liebe genauso, und noch so viele Dinge sind unsichtbar."

„Es gibt keine unsichtbaren Dinge. Jedes Ding kann gesehen werden und auch das unsichtbare, wenn man denn sehen kann."

„Na, Augen hab ich ja!"

„Mit den Augen sieht man das nicht, ach, wie dumm du bist, Pinjo. Eine ausgemachte Nervensäge, wie willst du das Unsichtbare mit den Augen sehen!"

„Du hast doch gesagt ..."

„Das habe ich nicht gesagt. Ich sagte nur, dass es keine unsichtbaren Dinge gibt, aber du willst nicht begreifen. Na los, hau schon ab."

Liebe, Hass, blablabla, hüpft Pinjo die Treppe hinunter. Was geht mich das an! Besser, sie würde mich sichtbar lieben, statt solchen Unsinn daherzureden. Und ebenso schön wäre es, wenn sie Chrisula liebte und uns nicht verachten täte ...

Offensichtlich war aber, dass Sirui auch mit ihrem Vater so sprach – irgendwie gönnerhaft und gelangweilt, als wäre er das Kind und sie die Erwachsene. Ihr gläserner Kopf gebar merkwürdige, unkindliche Gedanken, aber wir alle ringsum waren mit unaufschiebbaren Dingen beschäftigt: zu kochen, Ovanes am Ofen zu helfen, zu lachen, zu schnattern, zu singen. Wir hatten überhaupt keine Zeit nachzudenken – wir verströmten einfach unsere vitalen Aromen und lebten, so gut wir konnten.

Merkwürdig war, dass einzig Sirui keinen Körpergeruch verströmte.

Feierlich bringt Ovanes eine riesige Gaslampe in den Saal. Vorsichtig trägt er sie in seinen Armen. Dann stellt er sie auf ein hohes Tischchen, stemmt die Hände in die Hüften und betrachtet sie schweigend. Hinter ihm schauen alle gebannt zu. Die Lampenflasche ist bunt wie ein Regenbogen. Irinjo klatscht in die Hände und legt los mit ihrem Lamento:

„O Herr, wäre die Kira Elenica noch am Leben, wie glücklich sie wäre! O Herr, das hast du für sie gemacht!"

„Schweig!", fährt Ovanes sie an.

Und um die Erregung zu verbergen, die seine Brust anschwellen lässt, beginnt er hastig zu erklären:

„Für das farbige Glas ist es sehr wichtig, die Farbstoffe genau zu dosieren. Diese Farbe, das kräftige Gelb, heißt Napoleongelb. Du mischst Blei und Antimon und bekommst Napoleongelb. Es ist wie eine Sonne! Das Rot und das Blau wiederum macht man mit Kupferoxyd. Das ist ganz einfach, aber auch da achtest du auf die Dosierung."

Sirui kommt gelaufen, schweigt eine Weile. Tritt näher, fährt mit dem Finger über das Glas. Dreht sich um, und sie sehen ihre glänzenden, in Tränen schwimmenden Augen. Unvermittelt vergräbt sie das Gesicht an der Brust ihres Vaters, bricht in Weinen aus, hoch und herzzerreißend wie ein Kätzchen. Ovanes versucht sie zu beruhigen, führt sie die Treppe hoch.

Pinjo bemerkte, dass Chrisula beim Staubwischen lange und nachdenklich mit dem kleinen Daunenwedel über das Glas der neuen Lampe fuhr. Sehr schön, von wegen! Mir gefällt sie gar nicht. Chrisula zwinkert ihr zu, ich meine, gut, Kira Elenica sei sehr schön gewesen, mir gefällt das hier aber nicht.

Was redet sie da bloß!

Pinjo begann Chrisula wieder zu belauern. Sie war sicher, dass die Lampenflasche, diese glänzende Herausforderung, ihr in die Augen stach und sie dazu drängte, so rasch wie möglich etwas Unüberlegtes zu unternehmen. Und das geschah denn auch bald vor ihren verblüfften Augen, und die Kleine konnte nichts tun, um es abzuwenden.

Eines Abends um Mitternacht verspätete sich Chrisula. Pinjo sprang auf und machte sich, ohne ihre Pantoletten zu suchen, barfuß durchs Haus auf. Sie überquerte den gepflasterten Hof und schlich wie eine Katze die Mauer entlang. Sie blickte durchs Fenster.

Die beiden stehen wie versteinert und sehen einander in die Augen. Das Feuer verspritzt seinen Widerschein auf die Wände, die Wangen der Karakatschanin glühen, ihre Augen sprühen Funken. Ovanes hebt schließlich die Hand und legt sie auf ihr

Haar, sehr zärtlich streichelt er es; seine Handfläche gleitet den Rücken hinunter und liebkost auch ihn; er umfasst Chrisula unter den Oberschenkeln, hebt sie hoch und vergräbt sein Gesicht an ihrer Brust. Chrisula umschlingt seinen Hals mit den Armen.

So verharren sie im Schein des Feuers.

Ovanes ließ die junge Frau hinunter, berührte flüchtig ihr Gesicht mit dem Handrücken, sagte etwas. Chrisula senkte den Kopf, ihre Augen erloschen. Sie wandte sich zur Tür, Pinjo stürzte auf Zehenspitzen davon, um ihr zuvorzukommen.

Am Abend darauf gingen Chrisulas Schritte an ihrer Tür vorbei, stiegen die Stufen hoch, versanken in den Teppichen des oberen Stocks. Kurz darauf hörte man auch die schweren, langsamen Schritte von Ovanes.

Pinjo sprang auf, ihr Herz schlug wie wild. Diesmal darf sie es nicht erlauben. Um nichts auf der Welt würde sie es zulassen. Chrisulas Wahnsinn, jene Sache mit den Männern zu machen, würde sie beide in neue Schwierigkeiten bringen. Auf Zehenspitzen schlich sie nach oben und stellte sich vor Ovanes Tür. Sie war vorsichtig, obwohl sie ja eigentlich beschlossen hatte, sich auf jeden Fall einzumischen. Sie sagte sich, dass sie zuerst einmal herausfinden müsse, was genau vor sich ging.

Und öffnete die Tür gerade mal einen Spaltbreit.

Die zwei waren ganz nackt. Chrisula – dünn und feingliedrig, das Haar zerzaust wie Buschwerk. Ovanes – groß und stark wie ein Riese. Der Kamin glühte, in der Ecke leuchtete grell die neue Lampe. Sie strahlte wie ein echter Regenbogen. Jesses! Das musste eine Laune Chrisulas sein. Sie hatte sich gegen den Mythos um Kira Elenica erhoben, wollte ihn um jeden Preis bezwingen, ihn in Schutt und Asche legen.

Ich, Pinjo, stand da und schaute machtlos zu.

Ovanes trat zur Seite, um den Docht der Lampe zurückzudrehen, und da sah ich etwas, was mich bestürzte. Ich hatte in den

Bergen die Esel gesehen, mich aber nie gefragt, wieso sie manchmal
so wurden. Jetzt begriff ich, wollte weg, hatte aber keine Kraft. Ich
stand wie betäubt da und schaute zu.

Ovanes schmiegte sich erneut an Chrisula und begann sie zärt-
lich zu streicheln, seine Hände krochen über ihren ganzen Körper.
Seine Lippen tranken ihre Haut. Er war zärtlich und atemlos, er
flüsterte etwas, während Chrisula seinen Liebkosungen hingegeben
schwieg. Ovanes nahm sie in seine Arme, hob sie hoch und legte sie
aufs Bett. Und sich selbst dann drauf, auf dem weißen Überwurf ver-
schlangen sich ihre braunen Körper ineinander wie ein riesiger Glie-
derfüßer. Der Mann stieß sie kräftig gegen sich, genauso, wie es Jorgos
früher getan hatte, Chrisula warf den Kopf zurück, und durch ihre
halb gesenkten Lider kam das Weiß ihrer Augen zum Vorschein.

Pinjo fasste sich.

Drückte die Handfläche gegen den Mund, stahl sich auf
Zehenspitzen wieder die Treppe hinunter und schlüpfte zitternd in ihr Bett. Sie versuchte einzuschlafen, sah aber immerzu
Ovanes, seinen nackten, dunklen Körper und jenes Ding, straff
und steif, das so ein kleines Kind, wie es ja Pinjo eigentlich
war, zwangsläufig in Schrecken versetzen musste.

Nun schien sie alles zu wissen.

Am nächsten Tag dann blieb Sirui eine Weile in der Mitte des
Saals stehen, wiegte den Kopf ein paarmal auf ihrem zarten
Hals und sah dann schweren Blicks in die Augen ihres Vaters:

„Wo ist Mamas Lampe?"

Ovanes geriet in Verlegenheit. Damit sie nicht zu Bruch
geht, hab ich sie ... Er habe sie in sein Zimmer verlegt, damit
sie wirklich in Sicherheit sei. Sirui sagte nichts weiter. Sah nur
schweren Blicks auch in Chrisulas Augen, drehte sich um und
wankte die Treppe hoch.

Pinjo kniff die Augen zu und sah wieder, wie Ovanes die
Haut der Karakatschanin mit den Lippen austrank, sie erin-

nerte sich an Irinjos Worte, *er saugte sie aus aus Liebe, er trank sie aus.* Da bekam sie Angst um Chrisula. Sie beobachtete sie ununterbrochen beunruhigt, sie machte sich Sorgen, dass sie verändert war: Ihr Körper war noch dünner geworden, ihre Wangenknochen noch ausgeprägter, noch größer und ruheloser leuchteten ihre Augen.

Ich werde ihr sagen, dass wir fliehen müssen.

Indessen machte sich Ovanes daran, ein spezielles Glas zu schmelzen. Man nennt es optisches Glas, erklärte er kurz. Die beiden begriffen nichts, merkten sich nur, dass diese Mischung mit Tonstäben gerührt werden musste, damit sich sicher keine Bläschen bilden, und dass eine bestimmte Dosis Borsäure hineingehörte. Der Mann und Chrisula unterhielten das Feuer, sie wechselten sich wie sonst ab. Manchmal kam sie von ihrer Schicht direkt nach Hause, ein andermal erst bei Tagesanbruch. Sie war außergewöhnlich zurückhaltend und einsilbig geworden. Sie rührte das Gemenge, unterhielt das Feuer, hantierte mit den Tiegeln, sie hatte sogar versucht, mit der Glasmacherpfeife ein Glas zu blasen, das Glas wurde schief und krumm, aber Ovanes gefiel es sehr, und er nahm es zu sich ins Zimmer – Chrisula verrichtete ihre Arbeit wie immer, aber man sah, dass sie etwas quälte.

Endlich war das Gemenge bereit, und Ovanes goss das optische Glas. Ich werde Linsen machen, dicker als Irinjos größte Schalen. Das Gemenge kühlte ab, und er machte sich ans Schleifen. Wozu brauchst du das, brach es aus Chrisula heraus. Ovanes lächelte breit:

„Ich werde ein Teleskop machen! Ich will Gott im Himmel sehen!"

Sie glaubten, er scherze. Da begann er leidenschaftlich von irgendeinem Galileo Galilei zu erzählen, der als Erster auf der Welt ein Teleskop gebaut habe, seine Linsen vergrößerten zweiunddreißigfach; dieser Galilei habe das Rohr auf dem

Turm in Venedig aufgestellt, es auf die Sterne gerichtet und habe etwas Unglaubliches gesehen: die Milchstraße, von der die Menschen glaubten, sie sei Milch, entstanden aus den Dämpfen, sei nichts dergleichen, sondern Milliarden funkelnde Sterne, mit bloßem Auge unsichtbar. Ach was, widersprachen Chrisula und Pinjo, das ist das Stroh des Trauzeugen, verstreut im himmlischen Dreschhof.[16]

Da kam Sirui hereinspaziert und hörte Ovanes' Geschichte zu.

„Der Himmel, Mädchen, ist etwas, das keinen Anfang und kein Ende hat, aber wie viele Menschen kommen auf die Idee, den Kopf zu heben und nach oben zu schauen. Da wimmelt es von Sternen, Sonnen und Nebelbildungen. Irgendwo im Zentrum ist der Herr, der diese ganze unermessliche Welt erschaffen hat, und ich, Ovanes der Glaser, werde Linsen machen, die hundertfach vergrößern, werde den Herrn in den himmlischen Breiten suchen. Und ihn auch euch zeigen!"

Pinjo mischte sich unsicher ein, erzähl uns von Gott, Ovanes.

Tatsache war, dass man ihr von ihm erzählt hatte, sie sich aber regelrecht vor diesem griesgrämigen, weißbärtigen Greis fürchtete, der dort oben auf einer Wolke saß und nichts Besseres zu tun hatte, als zu spionieren, was diese hagere Spitzbübin Despina – Pina anstellte, die die Karakatschaninnen in den Bergen unentwegt schalten: Gott soll dich töten, Pinjo, dir die Ohren abschneiden, was hast du nur wieder angestellt.

16 Die bulgarische volkstümliche Benennung für die Milchstraße „das Stroh des Trauzeugen" rührt von der Legende vom Stroh-Diebstahl her. Eines schneereichen Winters bleibt einem armen Mann nichts übrig und er beschließt, Stroh von seinem Trauzeugen zu stehlen. Der Korb, in dem er das Stroh transportiert, erweist sich als undicht, lässt eine Spur zurück, und das Dorf weiß Bescheid. Auf die Frage, warum er seinen Trauzeugen nicht einfach darum gebeten habe, anstatt ihn zu bestehlen, antwortet der Mann: Dieses gestohlene Stroh soll in Flammen aufgehen und nie erlöschen. (Anm. d. Ü.)

Ovanes legte die Hand auf ihre Schulter:

„Gott ist der erhabene Schöpfer von allem Belebten und Unbelebten. Er, Pinjo, ist der vollkommene Schöpfer."

Da mischte sich Sirui mit einer hohen, herausfordernden Stimme ein:

„Wenn er ein erhabener Schöpfer ist, dann müssten auch seine Werke erhaben sein, nicht wahr? Aber sieh da! Die Menschen, die er erschaffen hat, sind nichts wert! Wie deine mangelhaften Gläser."

„Lästere nicht!"

Sirui lacht, sie biegt sich vor Lachen. Wie, sieht der Glaser Ovanes etwa nicht, was für ein Reinfall die Menschen sind: Sie lügen, stehlen, töten, kommen auf die Welt mit Köpfen wie Wasserkrüge oder verkrüppelt und lahm. Sag, Glaser Ovanes, warum hat sie Gott so gemacht, wenn er denn so ein großer Meister ist!

Ovanes ist beleidigt. Nicht er habe sie so gemacht, sie entwickelten sich so, weil sie es selbst so wollten. Gott habe ihnen den freien Willen gegeben, die Möglichkeit, ihre Lebensweise zu wählen. Die Gebrechen seien was anderes, sie hätten einen tieferen Grund, und im Übrigen würden die kleinen Kinder allesamt gut und unschuldig geboren.

„Wer hat dir denn das gesagt, Glaser Ovanes, ja, die kleinen Kinder kommen hilflos auf die Welt, doch was das andere betrifft, da bin ich mir nicht sicher."

„Die Menschen haben das heilige Recht zu wählen, sie werden aber alle gleich unschuldig geboren."

„Das trifft es nicht. Wir werden mit den Sünden geboren, noch bevor wir sie begangen haben!"

„Das kommt vom Sündenfall."

„Und was ist der Sündenfall, Ovanes, Eva hat den Apfel gegessen und erkannt, was wirklich ist. Die Wahrheit habe sie erkannt und auch Adam dazu angehalten, sie zu begreifen, und dann seien sie bestraft worden, weil sie der Wahrheit ins Gesicht geschaut hätten. Was soll denn das für eine Wahrheit sein, die Gott so eifersüchtig vor seinen Geschöpfen hütet, hm, Papa?"

Da schüttelte Ovanes hilflos den Kopf. Sirui lenkte das Gespräch um:

„Warum willst du denn Gott sehen?"

„Ich will ihn mit meinen eigenen Augen sehen. Ich werde der Erste sein, der Gott mit eigenen Augen gesehen haben wird!"

Sirui, die bis zu diesem Moment leise und träge herumstänkerte, wollte plötzlich aufspringen. Da schwankte ihr Kopf auf dem schmalen Hals:

„Wenn du den Herrn nicht mit geschlossenen Augen sehen kannst, Ovanes, kann dein Teleskop auch tausendfach vergrößern, du wirst ihn immer noch nicht erblicken. Gib's auf!"

„Ach was!"

„Das Teleskop ist nichts anderes als ein Auge. Viel stärker, aber immer noch ein Auge. Oder? Gott aber ist unsichtbar für die Augen."

„Das werden wir überprüfen."

„Sieh dich nur an, du bist der ungläubige Thomas! Glaubst du daran, dass es Gott gibt, oder nicht?"

„Natürlich glaube ich daran! Das weißt du doch!"

„Warum musst du dann etwas überprüfen, an das du glaubst? Der Glaube unterliegt keiner Prüfung, Ovanes, sonst wird er zum Unglauben!"

Alle schwiegen. Sirui raffte ihren purpurroten Rock ein wenig, drehte sich um und ging vorsichtig von dannen, als hätte sie Angst, dass sie der Wind davonwehen könnte. Sie überquerte den bereiften Hof und ging, ohne sich umzudrehen, ins Haus, obschon sie die Blicke in ihrem Rücken gewiss spürte.

Ovanes verhüllte das dicke Glas und verzichtete darauf, ein Teleskop zu machen.

Ich wittere, dass Ovanes sehr viel von Chrisulas Körpergerüchen aufgenommen hat und sie selbst verströmt.
„Ich weiß, was du und Ovanes miteinander macht."
Schweigen.
„Nun weiß ich alles."
Chrisula reibt sich die Stirn, blickt glotzäugig.
„Nichts weißt du."
„Das Gleiche wie mit Jorgos."
„Es ist überhaupt nicht das Gleiche. Ganz und gar nicht ist es das Gleiche, Despinjo!"
Die Kleine fährt die Stacheln aus, wartet.
„Du bist kein kleines Kind mehr, bald wirst du eine Frau sein. Es gibt Dinge, die du wissen musst. Ich hab gemeint, ich müsse dich vorbereiten, aber ich sehe, dass du deine Zeit nicht vergeudest und das eine oder andere selbst gelernt hast. Bist mir ja immer auf den Fersen! Aber du hast es nicht richtig verstanden …"
„Dann erklär es mir! Erklär es mir!"
Pinjo erinnert sich wieder an Jorgos, der wie wild röchelt, während er die Blätter von Chrisulas Brüsten mit der Zunge aufsammelt. Sie erinnert sich auch an die zärtlichen Saugzüge über die Haut, mit denen Ovanes ihren nackten Körper durchwandert.
„Ich weiß nicht, wie das, was du gesehen hast, von der Seite aussieht, aber es ist nichts Schlechtes. Ovanes hat mir erzählt, dass Gott zuerst eine Gussform macht, dann den Mann darin aus Lehm formt und die Frau aus seiner Rippe. Nur einen Mann und eine Frau. Dann bricht er die Form entzwei. In unzähligen, je einzigartigen Gussformen erschafft er die Männer und die Frauen, zumindest habe ich die Sache so

verstanden, dann setzt er sie in der Welt aus, damit sie einander suchen und finden. Wenn sie denn können! Er ist ihnen böse wegen jenem Apfel, den die ersten Liebenden gestohlen haben, und hat sie vertrieben. Deshalb sucht der Mann die Frau und die Frau den Mann, damit sie wieder eins werden, wie sie aus den Gussformen gekommen sind. Klar? Und jetzt ist der Moment, dir eins auf den Deckel zu geben, ich habe gesehen, wie du vorgestern vom späten Apfelbaum der Nachbarn gestohlen hast! ... Was anderes geht durch, Kirsche, Weichsel, Birne ... kannst du eher mal pflücken, bist ja ein lebend Mensch, nicht wahr ... Aber einen fremden Apfel, den fass nie an! ... Man nennt ihn die verbotene Frucht! Gott sieht alles ..."

Also wirklich, was dieser Gott alles anstellt!

„Aber ich habe Angst, Chrisula, dass Ovanes dich aus Liebe aussaugen könnte, dass von dir nur noch die braune Haut zurückbleibt! Wie eine abgezogene Schlangenhaut im Bett!"

„Ach, du hörst dir den Unsinn an, den Irinjo schwätzt, eine Dohle hat ihr den Verstand ausgetrunken."

„Ja, aber sie hat mir von Kira Elenica erzählt und ..."

„Kira Elenica, Kira Elenica! Ich bin doch nicht hässlicher, Despinjo? Schau, bin ich hässlicher?"

So hochgradig lebendig ist die tote Frau des Glasers in Pinjos Vorstellung geworden, dass sie die beiden sofort vergleicht. Sie sieht sie nebeneinander, die sanftmütige goldene Elenica mit den samtenen Augen und die Tochter des Windes Chrisula mit den hervorstehenden Wangenknochen im braunen Gesicht, erleuchtet vom himmelblauen Blick, mit dem dichten und festen lockigen Haar, mit ihrer tiefen heiseren Stimme.

„Na, du bist schön, wie keine Zweite!"

Sie wirft sich ihr an den Hals, küsst sie heiß auf die Wange, Chrisula strahlt vor Behagen.

Nach diesem Gespräch schlief sie nun ruhiger ein, sie horchte nicht angestrengt darauf, wann Chrisula nachts heimkam. Sie hatte keine Angst mehr um sie. Sie fragte sich nur, wer von beiden, Ovanes oder Jorgos, der einzige Mann war, ihre Hälfte aus der Gussform vom lieben Gott. Sie hatte gesagt, *es ist überhaupt nicht das Gleiche wie mit Jorgos.*

Eines Abends zu Beginn des Winters brauste ein Schneesturm los. Hunde heulten, Türen knallten, der Schnee fiel unablässig. Die Nacht war stürmisch und unruhig. Chrisula war nicht im Zimmer, sie war nach ihrer Schicht am Ofen nicht zurückgekehrt. Trotz des Sturms draußen schlief Pinjo unmerklich ein. Irgendwann spürte sie, wie eine Hand sie an der Schulter rüttelte. Es ist Sirui, sie steht da im Nachthemd über ihren Kopf gebeugt und zittert:

„Wo ist Chrisula?"

Plötzlich dreht sie sich ruckartig um und geht zur Tür, wackelnd, als falle sie in Löcher.

„Sirui, geh in dein Zimmer, du erfrierst und erkältest dich noch! Komm, ich begleite dich in dein Zimmer, und wenn du willst, kann ich bleiben und bei dir schlafen. Komm schon, Siruinjo!"

Pinjo umschmeichelt sie, starr vor Entsetzen, Sirui geht bereits den Flur entlang auf Ovanes' Tür zu. Pinjo holt sie ein und zieht am Zipfel ihres Nachthemds, Sirui entschlüpft und drückt die Türklinke hinunter.

Der Sturm hinderte die beiden zu hören, und die Mädchen sahen sie. Die bunte Lampe strahlte wie eine Blume und beleuchtete das Bett, in dem Ovanes Chrisulas Brüste mit den Lippen austrank. Sie waren aneinandergeklammert – die zwei Hälften eines Ganzen, der Mann und die Frau hatten sich gefunden, um nicht einsam zu sein.

Mit dem Stimmchen eines Kükens kreischte Sirui auf und fiel zu Boden. Pinjo stürzte die Treppe hinunter in ihr Zimmer und sprang unter die Decke. Sie presste die Augen zu, steckte die Finger in die Ohren, um nicht sehen und hören zu müssen, was da noch kommen würde.

Es geschah Folgendes: Sirui verstummte und erkaltete wie ein Stein: Regungslos saß sie auf dem Bett, aß nicht, trank nicht, nur ihr gläserner Kopf wurde immer größer, der lange, dünne Hals konnte ihn kaum noch halten. Sie ließ niemanden zu sich. Umsonst stand ihr Vater vor der Tür oder ging mit großen, schweren Schritten hin und her. Auch Irinjo versuchte zu ihr zu gehen, Sirui verwies sie mit dem Blick. Pinjo spähte manchmal hinein, eines der Kätzchen in den Armen, das Mädchen beachtete auch sie nicht. Vor ihren Augen schwand sie dahin, klein und streng, die schmalen, kalkigen Lippen zugekniffen, und sie konnten nichts tun. Chrisula und Ovanes würdigten einander keines Blicks, sie mieden einander. In der Küche stieß die Köchin die Deckel gegeneinander und ließ es beißende Flüche hageln.

Eines Tages bemerkte Sirui, wie Pinjo hineinspähte, hob ihren dünnen gelben Arm und rief sie mit einer Geste zu sich. Das Mädchen trat vorsichtig heran und reichte ihr den Korb. Die Kätzchen hüpften heraus und begannen ihre Handflächen zu lecken.

„Ich bin draufgekommen, weil Mama nicht mehr kam. Solange Chrisula in diesem Haus lebt, wird Mama nie wieder kommen."

Sie gab sich dem Spiel mit den Kätzchen hin, ohne diese anzusehen.

„Manchmal glaube ich, ich bin hundert Jahre alt. Wahrscheinlich bin ich das auch, die Zeit in mir fließt anders, das spüre ich. Ich bin ganz alt, Pinjo!"

„Du bist nur zwei Jahre älter als ich, Sirui …"

„Hundertjährig bin ich, hundertjährig!"

Ich allein kannte ihr tiefstes Geheimnis, einmal hatte meine
Nase den milden Duft von etwas eingesogen, das unsichtbar war,
aber wie erschütternd war diese Empfindung! Ich beschloss, Ovanes
davon zu erzählen.

Ovanes hörte Pinjo zu, seine düsteren Augen leuchteten auf:
„Ich werde das Teleskop machen! Ich habe die Konstruktions-
zeichnungen für den Mechanismus aus Marseille bekommen,
Vetter Bedros hat mir auch einige Teile mitgeschickt!"

Und er machte sich daran, das Teleskop anzufertigen.
Wieder begann er, jenes dicke Glas zu schleifen, um daraus
zwei Linsen zu machen, eine nach innen und eine nach außen
gewölbt, die hundertfach vergrößern, damit Sirui durch sie
ihre Mutter im Himmel sehen konnte und zu trauern aufhörte.
Nicht im Geringsten fiel Ovanes ein, dass es auch einen einfa-
cheren Weg gab, um Sirui gesund zu machen: die zwei Mädchen aus dem Haus zu jagen.

Eines Abends in der Mitte des Winters vollendete Ovanes das
Teleskop. Er hatte die Werkstatt nicht verlassen, man hatte ihm
das Essen dahin gebracht, allerdings aß er auch nicht mehr
richtig – er verlor an Gewicht, seine Nase wurde noch länger,
seine Augen leuchteten fieberhaft. Als er den Mechanismus
endlich am Rohr befestigt hatte, warf er den Kopf zurück, verschränkte die Finger hinter dem Nacken und blieb lange mit
geschlossenen Augen so stehen. Ob er wohl zu Gott oder zu
Kira Elenica betete – über sein Gesicht zogen seine Gefühle
dahin wie Wolkenschatten … Dann stand er auf, hob vorsichtig
das Rohr und ging ins Haus.

Niedergeschlagen kam er zurück. Schlug mit der Faust
gegen die Wand: Ein Teleskop für die Seelen gibt es nicht, sagt
sie! Gehe bitte zu ihr, Pinjo, sie wartet auf dich.

Sirui hatte so sehr abgenommen, dass sie nur mehr ein
großer, geschwollener, nun wirklich durchsichtiger Kopf war.

Sie saß im Bett, während auf dem Fenstersims das Teleskop befestigt war. Pinjo setzte sich kurz zu ihr an den Bettrand, ohne zu wissen, was sie sagen sollte. Sirui sah sie an, und ihre Augen waren fern und kühl wie Eis.

„Wenn du Lust hast, sieh dir die Sterne an, sie sind wirklich schön."

„Aber ... heute Abend gibt es doch keine Sterne, der Himmel ist dunkel!"

„Geh nur, geh schauen."

Pinjo stellte sich hinters Rohr, schaute hindurch und sprang erschrocken zurück – ein riesiger Himmel trat ihr entgegen, sie prallte mit ihm zusammen, versank schließlich darin. Groß und hellleuchtend waren die Sterne, furchteinflößend waren sie. Sie löste sich vom Rohr, und der Himmel erlosch. Schlagartig fühlte sie sich winzig und unbedeutend.

„Warum bist du erschrocken? Du weißt es nicht, stimmt's? Erschrocken bist du aber, liebe Despinjo, weil du die Vollkommenheit erblickt hast. Mein Vater wiederholt unablässig Gott, Vollkommenheit, kann aber nicht begreifen, dass die Schönheit nicht weniger furchteinflößend ist als die Hässlichkeit. Wenn ein Mensch sie nicht ertragen kann, dann ist die Schönheit für ihn gefährlich."

Etwas Ähnliches hatte ich damals empfunden, als mich Chrisula mit Blumen und Kräutern zugeschüttet hatte in meinem Babykorb.

„Und Gott ist aber wirklich da oben, in diesem ganzen, die Verstandeskraft übersteigenden Etwas, das du eben durchs Teleskop gesehen hast. Was nützt es aber meinem Vater Ovanes, Gott unter den Sternen zu suchen, wenn er doch nicht begriffen hat, dass Gott an Tausenden Orten ist und in Tausenden Dingen – nicht an einem Ort ist Gott, er ist überall ein bisschen. Und in allen Sternen und in jedem Menschen."

„In mir auch?"

„In dir auch, Despinjo, spürst du ihn nicht? Wenn du gut und glücklich bist, da hast du nicht genug Platz in dir. Und wirst weiter, weil dich etwas von innen aufbläht."

„Stimmt!"

Dann schwiegen sie. Wind kam auf, sie lauschten seinem Weinen. Irgendwann neigte sich Sirui Pinjos Ohr zu:

„Und die Schönheit Chrisulas brach über meinen Vater herein, und er hat keine Kraft, sie zu ertragen, weil sie gefährlich für ihn ist. Er ist nicht bereit für sie!"

„Und wieso … wieso werft ihr uns nicht hinaus, Chrisula und mich?"

„Weil die Schönheit auch aus der Ferne töten kann, Pinjo. Stärker noch sogar. Gehe jetzt bitte, ich bin müde geworden."

An ihrer Rede war zu erkennen, dass Sirui in jeder Minute um Jahre alterte. Das machte Pinjo Angst, und sie fing an, sie zu meiden.

Ovanes rief einen Arzt, einen Franzosen mit schmalem Schnurrbart und blauschwarzem, mit Vaseline glattgestrichenem Haar.

„Das Mädchen hat einen Hydrocephalus, nicht? Es ist ein Wunder, dass sie noch lebt, man sieht sogar durch den Schädel hindurch, dass sich das Gehirn ganz in Wasser verwandelt hat! Ich frage mich, wie sie noch nicht den Verstand verloren hat, nicht wahr? Zu allem schafft sie es irgendwie auch noch zu denken", erklärte der Franzose gleichgültig, anscheinend ohne die geringste Ahnung von der eigenen Grausamkeit. Beim Hinausgehen schüttelte er den Schnee von einer blaulila Chrysantheme ab, die nur durch ein Wunder am Leben geblieben war, pflückte sie und steckte sie in sein Knopfloch.

Ovanes schloss sich in sein Zimmer ein. Chrisula verkroch sich in ihr Bett. Nur Pinjo lief treppauf, treppab – bald zu Sirui, bald zu Chrisula.

Eines Tages fragte Sirui unerwartet, wie es ihrem Vater gehe. Pinjo erzählte es ihr. Der Arme, stieß Sirui hervor, geh und sag ihm, dass ich letzte Nacht Mama gesehen habe, durchs Teleskop habe ich sie gesehen. Sag ihm auch noch, dass ich ihn bitte, mich zu besuchen.

Ovanes brach in Schluchzen aus. Wischte seine Augen mit dem Ärmel ab und machte sich mit seinem Bärengang auf zum Zimmer seiner Tochter. Er zögerte, öffnete die Tür und blieb auf der Schwelle stehen.

„Komm rein, Väterchen, hab keine Angst."

Später kamen die beiden heraus, ihre Gesichter waren vom Licht der gegenseitigen Vergebung erleuchtet. Sirui blieb bei Chrisula stehen, die den Staub von den Möbeln wischte, und berührte ihre Hand. Chrisula zuckte erschrocken zusammen und erstarrte.

„Du bist nicht schuld, nur lerne deine Schönheit zu lenken, denn sie ist wie der Schneesturm da draußen!"

Sie ging in die Küche und bat, ihr Palatschinken mit Zwetschgenkonfitüre zu machen. Irinjo legte los, schon klapperten Deckel und Pfannen, schon roch es nach gebratenem Teig. Sirui rief Pinjo zu sich, damit sie die Palatschinken zusammen aßen, und während sie wie ein Kätzchen daran leckte, vertraute sie ihr an:

„Ich habe gelogen, dass ich Mama durchs Teleskop gesehen habe. Heute Nacht aber wird sie wahrscheinlich kommen, weil … es Samstag ist."

Chrisula wartete unten im Zimmer. Sie stand am Fenster, hielt den Spitzenvorhang mit zwei Fingern und ließ ihren Blick über das blendende Weiß des Schnees schweifen. Es war ein wirklich schöner Anblick: eine braune junge Frau vor dem Hintergrund des leuchtenden Schnees. Sie nahm Pinjo wahr und zuckte zusammen, blieb aber so, mit dem Rücken zu ihr. Setz dich hin, ich will dir etwas sagen!

Den Korb mit den Kätzchen ließen sie bei Irinjo, damit Sirui mit ihnen spielen konnte, wann immer sie wollte. Die Köchin nahm den Korb entgegen und tat, als begriffe sie nichts. Weder fragte sie, wohin sie gingen, noch erklärten sie es ihr. Ovanes war nicht zu Hause, und das war Chrisulas Meinung nach gut, *um ihm die Verlegenheit zu ersparen, uns aufhalten zu wollen, während auch er sich wünscht, dass wir gehen!*

„Wieder fliehen wir!", sagte die Kleine.

Chrisula gab keine Antwort.

Von der Belagerung Edirnes während des Krieges und von dem Wunder, welches das Schicksal vor allem zu seinem eigenen Vergnügen geschehen ließ

Beim Kürschner Vassilaki blieben sie bis in den Hochsommer. Er hatte sich bereit erklärt, sie ohne die Kätzchen aufzunehmen. Er lebte allein und hatte nie eine Frau oder sonst ein Lebewesen um sich gehabt. Den ganzen Tag über saß er in seinem Laden an der Handelsstraße, während seine zwei Lehrlinge in der Werkstatt am hinteren Ende des schmalen Hofs, wo sie auch wohnten, das Schneidern und Nähen besorgten. Es waren zwei Jungen, Albaner, Brüder, aschblond mit blassen Augen, jeder mit einem dunklen Fes auf dem Kopf. Essad, immer lächelnd, pfiff von morgens bis abends vor sich hin und nahm immer mal einen Schluck aus einer kleinen Schnapsflasche, der jüngere, Efi, stotterte stark und zog es darum vor zu schweigen. Chrisula und Pinjo klopften auch hier Kissen und Teppiche, scheuerten und putzten bis zum Mittag, am Nachmittag setzten sie sich in ein Zimmer, das bis zur Decke voll war mit ungereinigter Wolle, und machten sich da an die Arbeit. Dutzende Kilos gingen durch ihre Hände, sie rauten sie mit den Fingern auf, entfernten die Kletten und Dornen und zerfransten sie weiter, bis eine flaumige, voluminöse Wolke vor ihnen lag. Dann füllten sie Säcke damit und reihten sie der Wand entlang auf. Abends setzten sie sich an eine gemeinsame Tafel, aßen Eintopf oder Linsensuppe. Sie gingen früh zu Bett und standen früh auf. Zu tun gab es viel, und abgemacht war ja, nur für Kost und Logis zu arbeiten.

Unmerklich wurde es Frühling, und Chrisula pflückte die erste Rose aus dem Garten, ließ die Blütenblätter in ihr Dekolleté fallen, sah in den blauen Himmel und lachte: Siehst du, Pinjo, der Himmel hat wirklich kein Ende. Sobald der Sommer da ist, gehen wir, mein Mädchen, wo auch immer uns unsere Augen hinführen unter diesem Himmel. Wenn sich im Menschen drin etwas bewegt, wie soll er dem standhalten und nicht losziehen. Vielleicht kommen wir bis nach Italien, zu jenem, wie hieß er noch, zum Gelilenogalilen in Venedig. Was meinst du, hm?

Sie hatte sich in den Kopf gesetzt, in eine andere Stadt zu ziehen, nach Çorlu oder Rodosto[17], die Namen gefielen ihr. Ihr Wanderblut kochte nun, sie konnte nicht still sitzen. In Ovanes' Haus kam ihr Derartiges nie in den Sinn. Pinjo versuchte herauszufinden, ob sie den Armenier vermisste, denn von außen betrachtet, schien sie ihn vergessen zu haben. Ihr fiel ein, wie sich ein zarter Nebel über Chrisulas Augen legte, wenn sie in der Hütte saß und sich nach Jorgos sehnte. An Ovanes schien sie überhaupt nicht mehr zu denken. Warum hatte sie ihm dann erlaubt, sie zu liebkosen und sich mit ihr ins gleiche Bett zu legen? Nach jenem Gespräch war ihre Verlegenheit verflogen, und eines Tages fragte Pinjo sie gerade heraus: Du vermisst Ovanes nicht! Ich weiß, wie du Jorgos vermisst hast, der Armenier ist dir nicht mehr lieb. Warum hast du dann zugelassen, dass er dich auszieht und mit dir das Eine macht? Wenn er ja nicht deine Hälfte ist, aus der Gussform, mein ich.

Chrisula klatschte in die Hände. Dieser Haufen vom Boden bis zur Decke, der warte auf sie, während mancher Leute Köpfe voll Raupen seien! Sie gab ihr einen Nasenstüber, stürzte sie in die weiche Wolle und begann sie zu kitzeln, Pinjo riss sich los.

„Du bist schamlos, Chrisula! Willst mit allen Männern auf der Welt sein!"

---

17 *Çorlu* und *Rodosto* (türk.: *Tekirdağ*) sind Städte in Ostthrakien, in der Türkei, Letztere am Marmarameer, 135 km westlich von Istanbul entfernt. (Anm. d. Ü.)

Da warf Chrisula sie hinaus.

Bis zum Abend lungerte sie in den umliegenden Straßen herum, ging irgendwann hinunter zum Fluss und fing direkt mit dem Kupfereimer ein paar Fische ein, da das Wasser von Sonnenfischchen regelrecht brodelte, kehrte wieder heim und kochte eine Suppe. Erst da erbarmte sich Chrisula. Hör dir das an, mein Mädchen, und merk es dir, weil du von Natur aus eine Frau bist und in der Tat schon jetzt Bescheid wissen musst. Der Mann, den Gott zusammen mit dir aus einer Gussform gegossen hat, ist ein einziger, das versteht sich. Es ist möglich, dass du ihn überhaupt nicht findest in diesem Leben. Was, wenn dieser Mann in einem anderen Land lebt, in jenem Venedig oder Marseille, hm? Wie ihn dann suchen, Pinjo, diesen einzigen Mann, wenn er am Ende der Welt lebt? Bleibt dir zu hoffen, dass das Schicksal weiß, was es tut, stimmt's oder hab ich recht? Sieh dir Jorgos an. Wie er nicht auf mich gewartet hat, bis ich groß wurde, und stattdessen meine Schwester Katerina geheiratet hat, an ihrer Hochzeit hat er mir dann eine goldene Münze und einen Klaps auf den Po gegeben. Der begriff ja ganz und gar nicht, dass ich es bin! Auf ein und demselben Berg lebten wir, Schulter an Schulter – das Schicksal hatte sich Mühe gegeben, ja sich selbst übertroffen, aber nix da! Wenn er gewusst hätte, dass ich die Einzige für ihn bin, hätte Jorgos dann auf mich gewartet? Ich bezweifle es, sehr sogar. Der Mann ist etwas ganz Eigenartiges, mein Mädchen. Der Mann ist wie der Löwe in der Wüste oder wie der Esel, sieht er kein Weibchen, wird ihm schwarz vor Augen. Ai, der Esel ist bereit, die erste Eselin zu besteigen, die ihm über den Weg läuft – na, genau wie der Mann mit einer beliebigen Frau! Was in der Seele und im Herzen des Mannes vor sich geht, hat nichts mit dem anderen zu tun. Jorgos verging vor Liebe in meinen Armen und ging trotzdem wieder mit Katerina ins Bett, du erinnerst dich noch, oder, als *das* mit mir geschah.

Dann hat er mir anvertraut, er presse die Augen zusammen und sehe mich, so als mache er Liebe mit mir. Ich zürnte ihm damals, doch jetzt mit Ovanes presste auch ich die Augen zusammen!

Kurz und bündig und ohne Schamhaftigkeit, als sei sie eine Erwachsene, erzählte ihr Chrisula diese Dinge. Sie war sich im Klaren darüber, dass Pina so oder so schon einiges wusste, oder sie glaubte, dass die Zeit reif sei, sie auf ihr Leben als Frau vorzubereiten. Als sie fertig war, schickte sie sie ins Bett, doch Pinjo wurde störrisch: Warum bist du dann mit Ovanes zusammengekommen?

„Warum, Pinjo – darum! Wenn ich denn wüsste, was das war, sei's drum! Aber, was gilt – ich habe Ovanes' Trauer gespürt und seine große Einsamkeit, aus ihm wehte ein Hauch wie aus einer Höhle, kühl und feucht, und nur seine Seele schimmerte weiß irgendwo dort, in der Dunkelheit. So war das. Zuerst kamen unsere Seelen zusammen, dann wollten auch unsere Körper einander, und uns war wohl. Nur weiß ich nicht und frage mich noch, ob nicht auch Ovanes die Augen zupresste, während er mich liebkoste!"

„Und was ist denn das genau, hm, Chrisula? Na, das im Bett ..."

„Das wirst du selbst herausfinden, es rennt dir nicht davon. Wenn du groß bist, nach dem einen oder anderen Jahr. Sieh du nur zu, dass du deinen Menschen findest, sonst wirst du dein Leben lang die Augen zupressen, und das Süße wird dir bitter schmecken."

Ich erinnere mich, dass ich mich lange im Bett hin und her wälzte und mir Chrisulas Worte durch den Kopf gehen ließ. Ich schob meine Hand unters Hemd und betastete meine winzigen, wie unreife Pflaumen harten Brüste. Sie sprossen gerade erst, sie schmerzten und juckten, aber ich ertrug es und triumphierte innerlich: Bald werde ich Frau sein.

Chrisula bereitete mich angeblich aufs Leben vor, doch hatte sie nicht an alles gedacht.

Pinjo und Efi hatten sich einander angenähert und waren gute Freunde geworden. Er war zu der Zeit vierzehnjährig, also drei Jahre älter als sie. Weil er stark stotterte, sprach er nicht viel, und wenn er aufgeregt war, riss er die Augen weit auf, dann wurde sein Gesicht weiß, und die braunen Sommersprossen schienen wie Fruchtfliegen über seine Haut zu wuseln. Er schwieg meistens, während Pinjo ununterbrochen plapperte, nun glich sie Chrisula durch und durch. Sie erzählte ihm von der Hirschkuh, von den Karakatschanen, von Sirui und ihrem gläsernen Kopf, von Ovanes' Teleskop und von Kira Elenica. Efi hörte zu, riss die Augen weit auf und wurde ganz weiß, meeehl, bat er manchmal, wenn Pinjo absichtlich an der interessantesten Stelle anhielt, und das Mädchen schwadronierte rundheraus weiter über alles Mögliche.

Anfang des Sommers wässerten die beiden bei Abendanbruch zusammen die Tomaten und Auberginen im Garten hinter dem Haus, Efi zog Wasser aus dem Brunnen, Pinjo goss, den Saum ihres Rocks im Gürtel hochgesteckt. Eines Abends schüttete Efi Wasser vor Pinjo, damit sie sich waschen konnte, ja er ließ das Wasser direkt über ihre mit Schlamm bedeckten Beine fließen. Der Wasserstrom rann rostbräunlich ihre Waden hinunter. Efi, Blut! Zieht sie ihren Rock höher, ein dünnes Rinnsal verschwommenen Blutes schlängelt sich über ihre Oberschenkel, ich sterbe, Efi!

Sein Gesicht wurde weiß wie eine Leinwand. Er nahm ihre Hand, versuchte sie mit den Augen zu beruhigen. Ließ sie los, fing mit der einen Hand an, ihr übers Haar zu streicheln, mit der anderen wischte er das Blut von ihren Oberschenkeln. Dann legte er sie aufs Gras unter den Quittenbaum, sie begann sich hin und her zu werfen: Hilfe, Efi, ich sterbe! Vielleicht bin ich schon tot! Der Junge stürzte los, um Chrisula zu suchen. Sie kam gelaufen, klatschte in die Hände und brach in Lachen aus, sowie sie Pinjo mit ihren vor Entsetzen weit aufgerissenen Augen sah. Na so was! Sie schickte Efi weg und beruhigte sie rasch: So würden die Mädchen zu Frauen werden. In ihrem Körper platze eine Apfelsine, und deren Saft fließe heraus, nun würde ihr das jeden Monat einmal passieren. Sie wusch sie und gab ihr saubere Lappen zum Unterziehen. Das sei sehr früh gekommen, aber Pinjo sei auch früh gereift.

Ich mied den Albanerjungen, aber er verstand nicht warum. Einmal kam er mir entgegen, starrte mich mit weit aufgerissenen Augen an und bemühte sich lange, mich zu fragen, wie ich mich fühle.

„Es geht mir gut", antwortete ich unbestimmt. Hielt es aber nicht aus und prahlte: „Ich bin jetzt eine Frau!"

Eines Morgens läutete jemand die Türglocke. Sie machten auf und sahen die aufgerissenen Augen der gelben, trockenen Irinjo. Sie baten sie herein, sie wandte verärgert den Kopf ab und zischte Chrisula überheblich an:

„Der Herr bittet euch zu kommen, weil es Sirui sehr schlecht geht. Von wegen, du und ihr helfen, aber nanu, er ruft dich. Nimm auch die Kleine mit, meinte er. Als ihr damals weggegangen seid, wurde Kir Ovanes rasend, wie ein echter Elefant brach er alles in Stücke und jene Lampe zuallererst. Wär ja noch schöner, du und eine Frau, weiß und Zucker wie Kira Elenica, aber es geht mich ja nichts an, drum schweige ich. Kein Wort geb' ich von mir! Los, komm mit, sag ich!"

Sie rannten. Ihre Pantoletten klackerten traurig übers Pflaster. Ovanes wartete im Garten auf sie, Chrisula ging an ihm vorbei, dass ihr Rock sich im Wind bauschte. Dann stiegen sie hinauf zu Sirui und waren bestürzt: Ganz Augen, starrt sie sie an und wiegt ihren geschwollenen grünlichen Kopf. Sie sah erschreckend aus. Sie war alt, ihr Gesicht faltig, der Blick reglos, sie ist hässlich, dachte die Kleine bei sich, Jesses, wie hässlich Sirui ist, meine arme Sirui!

Im selben Augenblick hörte sie ihre Stimme, dünn wie ein Faden:

„Das bin nicht ich, Pinjo, hab keine Angst! Ich bin jung und schön!"

Pinjo bekam Angst.

Sirui wies an, sie beide allein zu lassen. Die Besucherin setzte sich auf den Bettrand, zwang sich, ihre verdorrte Hand zu berühren. Du hast ... ein bisschen ... abgenommen. Sirui gab keine Antwort. Sie griff unters Kissen und zog ein kleines Büchlein mit buntem Umschlag hervor. Ovanes hatte es ihr aus Paris bestellt, er brachte ihr bei, französische Wörter zu lesen, er brachte es manchmal auch Pinjo bei. Jetzt schlug Sirui es auf und fand etwas zwischen zwei Seiten. Vorsichtig nahm sie es mit zwei Fingern heraus und legte es sich auf die Handfläche:

„Schau, das ist Gott."

Auf ihrer Handfläche lag eine getrocknete Blume, nahezu Staub.

„Siehst du, wie bunt sie ist, ganz von selbst? Ohne jede Spur von einer menschlichen Hand, wer hat sie nur so erschaffen? Schau, da in der Mitte ist ein blauer Tropfen hineingeträufelt worden, dann die rosa Blattadern und dieser gelbe Funke. Wenn du genau hinsiehst, erkennst du am Rand auch rote Pünktchen. Und wie winzig sie ist, das winzigste Blümlein, das ich je gefunden habe ... Wer hat es denn geschaffen, wenn es nicht der Mensch war? Die Zeichen Gottes sind unablässig vor unseren Augen, aber sie werden zur Gewohnheit, als wären sie etwas ganz Gewöhnliches. Der Mensch hört auf, über die Welt zu staunen, und das ist ganz und gar nicht gut."

Sie presste ihre Handfläche gegen Pinjos Hand, das Blümchen blieb auf Pinjos kleinem Finger kleben. Zischend flüsterte Sirui weiter:

„Ovanes hatte recht: Auf dieser Welt gibt es keine zufälligen Dinge, in jedem und allem steckt ein verborgener Sinn. Nichts ist zufällig!"

„Und diese Blume auch nicht?"

Zum ersten Mal hörte Pinjo Sirui lachen.

„Auch die nicht, mein Dummerchen! Auch sie ist nicht zufällig. Gott hat sie geschaffen, damit ich sie finde, sie zwischen die Seiten dieses Buches lege, sie dir eines Tages zeige und du begreifst, dass nichts zufällig ist!"

„Und … was ist dann der Sinn davon, dass es mich gibt?"

„Da siehst du's! Der Sinn davon, dass es dich gibt, ist, dass du dich zu fragen beginnst, was der Sinn davon ist, dass es uns gibt. Eines Tages wird dich die Antwort von selbst finden."

Es war, als redete sie im Schlaf. Pina war benommen von ihrer Nähe und rührte sich nicht. So saßen sie da, die Schultern aneinandergelehnt – von Sirui her wehte ein eisiger Hauch, ihr kleiner Körper verströmte keine Wärme mehr.

„Warum ist Gott so, Sirui? Warum flößt er Angst ein? Ein guter Mensch macht mir nie Angst, doch sehr oft habe ich Angst vor Gott!"

Sirui lächelte: „Dein Fehler ist, dass du Gott als Ebenbild des Menschen suchst, du vergisst, dass es umgekehrt ist. Gott ist weder gut noch böse. Er ist gerecht. Die Angst, die Gott einflößt, ist nichts weiter als unser schlechtes Gewissen."

Da schien die Luft im Zimmer aufgebraucht. Pinjo wollte nicht länger bleiben, und Sirui bemerkte es. Sie verstaute ihr Blümchen wieder und berührte die Hand des Mädchens:

„Vergiss alles, was ich dir gesagt habe. Du brauchst es noch nicht. Jeder wird seinen eigenen Gott finden, und für jeden wird er anders sein, dem Gewissen des Menschen entsprechend.

Und es bleibt offen, worin er ihn finden wird. Mein Vater spürt die Dinge richtig, kann sie aber nicht gut ausdrücken. Er ist viel zu pathetisch. Allerdings hat er unrecht, wenn er sagt, dass Gott im Zentrum des Universums sei. Wenn das so wäre, dann hieße das, dass das Zentrum überall ist. Und du, vergiss!"

Sirui sah Pinjo zum letzten Mal an, und aus ihrem Blick strömte wieder jene ewige Kühle.

Und Pinjo vergaß. Und ließ völlig zusammenhangslos stolz fallen:

„Und ich bin jetzt eine Frau!"

Mit Erleichterung wischte sie alles, was Sirui auf sie eingeredet hatte, aus ihren Gedanken fort. Sie brauchte es nicht, es machte sie nur beklommen. Sirui hatte ihren Gott in einem winzigen Teilchen der Welt entdeckt, in einem unbedeutenden kleinen Blümchen, weil ihr das Ganze fehlte. Die Umstände zwangen sie dazu, Gott im Kleinen zu suchen, ihn sich Stück für Stück zusammenzusammeln. *Meine Welt war ganz, weit geschneidert: Ich hatte im jungfräulichen Gebirge gelebt, mit all den Bäumen und dem dichten Gestrüpp, mit den Spinnennetzen in der Luft und den wilden Tieren in den Höhlen, mit den bunten Schlangenketten über den Felsen und mit dem ganzen Himmel auf einmal. Tausende Blumen habe ich gepflückt, aber nie in ihr Inneres gestarrt. Im Gegensatz zu Sirui besaß ich das Ganze schon, deshalb fehlte mir die Fähigkeit, mich ins Einzelne zu vertiefen. Ich brauchte Gott nicht, zumindest bis dahin.*

Danach rief Sirui Chrisula zu sich. Als diese wieder zurückkam, nahm sie die Kleine bei der Hand und zerrte sie hinter sich her, Richtung Tor. Dort stand Ovanes und schaute zu ihnen herüber. Chrisula schlich an ihm vorbei, ohne den Blick zu heben. Dasselbe tat auch Pinjo. Auf der Straße seufzte Chrisula erleichtert und hielt nachdenklich inne: Dieses Mädchen, Sirui, hat mich gebeten, zu seinem Vater zurückzukehren.

Noch am Abend desselben Tages kam Irinjo wieder angerannt. Schnell, kommt schnell! Sie sprangen los, Pinjos Herz
stieg in den Hals. Sie stürmten in den Hof und blieben wie
angenagelt stehen.

Sirui sitzt im geflochtenen Bambussessel, und ihr kleiner
Körper lässt das Licht des Sonnenuntergangs hindurch, wie
eine Statuette mit einem großen geschwollenen Kopf, die von
oben bis unten leuchtet. Sie ist wirklich durchsichtig geworden,
als wäre sie kein Mensch aus Fleisch und Knochen, als hätte
sie der Glaser Ovanes mit der Tonpfeife geblasen, aus reinstem
Glas. Ovanes steht hinter dem Sessel und stützt ihren Kopf,
der auf dem elenden dünnen Hals kraftlos hin und her wankt.

Sirui sah sie und lächelte, ihr Stimmchen zog sich in die
Länge wie eine dünne Samtfaser:

„Despinjooo … wie schön … dass du eine Frau geworden
bist!"

Und da brach ihre Stimme. Schlagartig glitt ihr Körper zu
Boden, ihr kristallener Kopf zerschellte auf dem Pflaster, und
weißes Wasser floss heraus, rein und glänzend – ein dünnes
Rinnsal bahnte sich den Weg zum nahen Granatapfelbaum, den
sie letztes Jahr gesetzt hatten. Er war klein wie ein Zwerg, das
Wasser sickerte schnell um ihn herum ein, das Bäumchen erhob
sich vor ihren Augen und schoss eine ganze Handbreit empor.

Pinjo erzählte Efi, wie schön Sirui gewesen sei. Als das Wasser
ganz ausgeflossen und in die Erde um das Granatapfelbäumchen gesickert sei, sei ihr Kopf klein geworden und gemeißelt
wie der einer Puppe, im nun schlanken Gesicht hätten sich die
Regenbogen ihrer Brauen wie Flügel aufgespannt, ihre Lippen
seien errötet, ihre Haut habe sich geklärt wie Porzellan. Erst
im Tod sei das Mädchen ein wirkliches geworden, so als hätte
es eine aschene Maske fortgeworfen – verblüfft habe sich da
Irinjo bekreuzigt, *ganz die Kira Elenica!*

Das erzählte Pinjo, während ihre Hände aus blinder Gewohnheit die Wolle zerfransten. Die beiden saßen im Zimmer und arbeiteten, er half ihr, fertig zu werden, damit sie im Hinterhof Čelik[18] spielen konnten.

„Wahrscheinlich liegen sie einander nun in den Armen, Sirui und Kira Elenica, was meinst du, Efi? Vierzig Tage sind ja um.[19]"

Efi kam ins Stottern. Er wollte etwas sagen, winkte aber nur mit der Hand ab. Neugierig betrachtete das Mädchen sein Gesicht. Die Sommersprossen ließen ihn ganz kindlich aussehen. Und wenn ich ihn bitte, mich zu küssen? Ich kann ja herausfinden, was es ist, was der Mann und die Frau zusammen machen. Jetzt gleich! Sie ließ die Hand mit dem Wollebausch in ihren Schoß sinken, winkte den Albanerjungen mit dem Finger zu sich, komm mal her! Zog ihn heran, neben sich und sah ihm in die Augen:

„Küss mich, Efi!"

Er küsste sie unentschlossen auf die Wange.

„Auf den Mund!"

Sie schlang die Arme um seinen Hals, ihre Lippen berührten sich. Seine waren weich und warm, sie ekelte sich ein bisschen, sie wie ein lebendiges Stück Fleisch zu spüren. Und wich zurück. So machen es die Großen, erklärte sie ihm, und die beiden rauten weiter die Wolle auf.

---

18 *Čelik* – челик – Spiel mit einem kurzen und einem langen Stock. Der kurze wird auf einen Stein gelegt, seine Enden sind so beschnitten, dass der Spieler mit dem langen dort draufschlagen kann. Fliegt der kurze Stock in die Luft, wird nochmals mit voller Kraft draufgeschlagen, damit er möglichst weit fliegt. Es gewinnt der mit dem stärksten Schlag, dessen Stock die größte Distanz zurückgelegt hat. (Anm. d. Ü.)

19 Die orthodoxen Christen glauben, dass die Seele eines Menschen diese Welt erst vierzig Tage nach dem Tod verlässt und so lange die persönlichen Züge des Menschen bewahrt, der sie verkörpert hat. (Anm. d. Ü.)

Am nächsten Tag trat Essad zu ihr herein. Er lächelte verschmitzt, seine Augen waren ein wenig zusammengekniffen. Er setzte sich zu ihr auf den Boden, direkt auf die aufgeraute Wolle und legte seine Handfläche sofort auf ihre Handfläche: Efi hat mir erzählt, wie ihr miteinander spielt! Pinjo wurde verlegen, zeigte aber sofort die Zähne: Wir tun, als ob, alles klar? Essad ergriff auch ihre andere Hand.

„Ich zeige dir, wie es in echt ist, willst du?"

Sie rückte von ihm weg, horchte nach Efi und den anderen. Keiner war zu hören. Sie wollte aufstehen und davonlaufen, doch Essad warf sie mitten in den Wollehaufen. Seine festen Lippen sogen ihre ein, sein Schnurrbart pikste sie. Der Lehrling warf sein Bein über ihren Schenkel, und sie spürte jenes harte, straffe Ding. Da bekam sie richtig Angst, versuchte sich loszureißen und begann zu schreien. Er hielt ihr mit der Handfläche sachte den Mund zu und steckte seine andere Hand in ihr Dekolleté, ihre Brüste waren klein wie herbe Birnchen, doch Essad geriet in Wallung und knetete sie noch fester. Sie biss ihn, er zog seine Hand weg, Pinjo brach in Geschrei aus, als würde man sie schlachten. Der Albaner fasste sich wieder und sprang auf die Beine:

„Sei still, du kleiner Pfeifhase! Ich weiß, was ich tue! Nichts wär dir passiert, wir hätten nur ein wenig gespielt!"

Er ließ sie in der Wolle zurück und ging hinaus.

Erst jetzt verließ sie die Kraft. Der Duft nach Mann entströmte ihm schwer und stark und drang auf sie ein: Sein Körper hatte die Muskeln angespannt und horchte wie ein junges Tier in seine Natur hinein, er hätte sie decken und in sie eindringen können, wenn sie sich nur ein bisschen entspannt hätte.

Sie stand auf, rückte ihren Rock zurecht und stellte sich neben das Fenster. Und schaute hinaus, ohne zu sehen. Hätte Chrisula davon gehört, hätte sie Pinjo grün und blau geprügelt. Sie suchte sich ihren Ärger, und wenn sie so weitermachte, hätte sie ihn auch glatt bekommen, das war ihr nun sonnenklar.

Chrisula und sie gingen zurück zu Ovanes. Sie hatte es Sirui versprochen und wollte ihr Wort halten. Der Armenier empfing sie schweigsam, während sich Irinjo sogar sichtlich über sie freute – das Leben im menschenleeren Haus war ihr zur Last geworden. Sie bezogen wieder ihr altes Zimmer, doch bald fing Chrisula an, bei Ovanes zu nächtigen. Er lebte ein wenig auf, seine Augen klärten sich; er machte sich an die Arbeit, fing wieder an, Pinjo beizubringen, aus den französischen Büchlein von Sirui zu lesen, und weil sie eine begabte Schülerin war, lobte er sie ständig. Nach und nach ging alles im Haus wieder seinen Gang. Die beiden klopften, scheuerten, wischten Staub, gossen die Blumen im Garten. Pinjo kümmerte sich besonders um den kleinen Granatapfelbaum: Sie riss das Gras um seine Wurzeln aus, sprach mit ihm, streichelte seine Blätter und wurde staunend gewahr, dass kein einziges welkte. Ringsherum war alles von Herbstlaub zugeschüttet, nur er schimmerte grün und zitterte mit seinen silbrigen Blättern.

Eines Tages klopfte jemand an der Pforte, lange und besorgniserregend pochte er mit dem Ring. Ovanes machte auf und bat einen kleinen, gebeugten Mann mit krummer Nase in den Hof. Es war der Goldschmied Kevork, ein Freund des Hausherrn. Die beiden setzten sich in den Saal an den schweren Tisch, Chrisula kochte Kaffee, Pinjo brachte die Tassen und stellte sie vor die beiden hin. Sie hörte den Goldschmied leise sagen:

„In Massen strömen sie herbei, sie sind wie ein Fluss! Man quartiert sie in den muslimischen Häusern bei Verwandten oder in den Kasernen ein. Sie fliehen aus Lozengrad[20], der Krieg ist nur eine Frage von Tagen, das sage ich dir!"

Am nächsten Tag dann, als sie zum Fluss hinunterging, um mit dem Kupfereimer Fische zu fangen, sah Pinjo die Massen, über die Kevork gesprochen hatte. Ganze Familien Türken saßen auf ihrem Gepäck, das sich auf Ochsenwagen und Fuhrwerken türmte, furchtsam blitzten die Türkinnen mit den Augen durch die Schlitze ihrer Schleier, die Bengel waren außergewöhnlich brav und schritten ebenbürtig mit den Männern neben den Wagen her. Wagen an Wagen zogen sie den ganzen Tag über die Brücke am Eingang zur Stadt, das sah man auch vom christlichen Viertel aus. Edirne war ein einziger Stau aus Zuwanderern.

Pinjo eilte zu Essad und Efi und erfuhr, dass ein großer und fürchterlicher Krieg begann. Essad rieb sich zufrieden die Hände: Jetzt werden sie sehen, ich gehe mit, ich werde mich einer der Armeen anschließen, vielleicht der griechischen, vielleicht auch der bulgarischen oder der serbischen, denn jetzt entscheiden die Verbündeten[21] auch das Schicksal Albaniens mit. Ich bin doch Albaner! Es geht nicht, dass ich in Kir Vassilakis Werkstatt bleibe und mit der Schere herumschnipple, ich gehe auf dem Schlachtfeld schnippeln, nicht wahr! Schnipp-schnapp, fünf pro Säbel!"

Einmal in Fahrt, fing Essad an, mit der Schere durch die Luft zu klappern. Seine Augen sprangen beinahe aus den Höhlen. Erschrocken versuchten sie, ihn zu besänftigen. Er verließ die Stadt tatsächlich schon am nächsten Tag, in der Werkstatt blieb nur Efi.

---

20 *Lozengrad,* türk. *Kırklareli* – türkische Stadt und Hauptstadt der gleichnamigen Provinz am Fuße des Strandža-Gebirges in der Region Ostthrakien, nahe der Grenze zu Bulgarien. (Anm. d. Ü.)

21 Bündnispartner im ersten Balkankrieg waren Bulgarien, Griechenland, Serbien und Montenegro. (Anm. d. Ü.)

Zu Hause ordnete Ovanes an, das nötigste Gepäck in Bündel zu packen. Es kann sein, dass die Front bis Edirne vorrückt, dann müssen wir nach Çorlu ziehen, dort lebt Vetter Dikran, er wird uns vorläufig aufnehmen. Vorerst warten wir ab.

Anfang Oktober brach der Krieg aus. Die bulgarische Armee, die losgezogen war, ihre Landsleute in Ostthrakien zu befreien, nahm Lozengrad in zwei Tagen ein. Die Türken lagen auf der Lauer, die Christen triumphierten im Stillen. Ovanes begann, die Fenster mit Brettern zu vernageln: Jetzt ist Edirne an der Reihe, wir haben es nicht geschafft, rechtzeitig herauszukommen ... Die türkische Armee sei auf dem Weg von Lozengrad hierher, um die Festung von Edirne zu stützen. Niemand könne mehr die Stadt verlassen, niemand komme mehr herein. Ovanes habe versucht, die Wachtposten zu bestechen, doch keiner sei darauf eingegangen.

Mitte Oktober ließ ein dumpfes Donnern die Gegend erbeben. Haubitzen feuerten, der Wind wehte den Geruch von Schießpulver bis in die Stadt. Dann kam am Himmel über ihren Köpfen ein schwerer grauer Vogel mit steifen Flügeln herangeflogen.

„Ein Aeroplan, ein Aeroplan!", schrien die Kinder begeistert.

Auch Pinjo wollte mit ihnen davonstürzen, aber Chrisula packte sie am Ohr und zerrte sie zurück. Sie hatten einen Aeroplan im Frühling auf dem Jahrmarkt gesehen, er kreiste wie ein geknicktes Entchen durch den Himmel und spuckte weiße und rote Girlanden aus. Lass mich die Girlanden sehen, wurde Pinjo störrisch, Chrisula stieß sie mit dem Knie ins Kreuz, und sie flog in den Hof.

Sie stiegen auf den Čardak[22] und sahen von da aus, wie die graue Flugmaschine Richtung Festung zurücktaumelte und plötzlich eine Ladung Feuer draufhageln ließ. Ovanes fasste sich an den Kopf: „Verrückte! Nie habe ich gehört, dass man vom Himmel geschossen hätte! Die werden den Krieg gewinnen, und wie!"

„Wer sind die, Ovanes?"

„Man sagt, es seien die Bulgaren. Wer immer sie auch sind, sie sind Christen, und ihr Krieg ist ein Befreiungskrieg. Gott wird sie durch den Kampf geleiten!"

„Ovanes, Gott gestattet doch nicht, dass sich die Menschen gegenseitig töten, oder? Das hast du selbst gesagt!"

„Lassen wir doch Gott bei unseren menschlichen Taten aus dem Spiel, Despinjo! Du hast recht, aber allem voran erlaubt Gott keinem, des anderen Freiheit zu rauben. Ich glaube nicht, dass er den Christen eine Schuld zuweisen wird, denn ihr Kampf ist gerecht. Sie kämpfen für ihre reine Freiheit."

Vom Čardak aus sah Pinjo, wie der grüne Granatapfelbaum mit allen seinen Blättern erzitterte.

„Es gibt keine reine Freiheit, Ovanes!"

Da erschrak sie selbst.

Ovanes und Chrisula starrten sie prüfend an.

„Warum redest du denn so?", fragte Ovanes angespannt. „Geht es um die Freiheit, ist es dir erlaubt, sie dir mit allen Mitteln zurückzuholen."

„Du wählst deine Worte aber nicht richtig, Ovanes! Die Freiheit kann nie rein sein. Jene Kadaver, die jetzt über die Schlachtfelder rollen, jene Menschen mit den hervorquellenden Augen, die im eigenen Gedärm liegen und verwesen,

---

22 *Čardak* – чардак – architektonische Besonderheit der Häuser auf dem Balkan: ein großer, offener, überdachter Raum ohne Wände und Fenster, der in den warmen Jahreszeiten als zusätzliches Zimmer verwendet wird. (Anm. d. Ü.)

sie sind die Freiheit. Und hör auf, so pathetisch zu reden, sprich von der Freiheit wie von einem Kind. Verstehst du?"

„Nein!"

„Es ist so einfach! Es gibt eine Freiheit nach außen, es gibt eine Freiheit nach innen, Ovanes! Zum Staubblatt der Blume, kannst du mir folgen? Du blickst durch das Staubblatt, gehst hindurch und bist frei!"

Pinjo sprach immer unverständlicher und fürchtete sich immer mehr vor den eigenen Worten.

Da meldete sich Chrisula: „Ich habe doch das Gleiche gesagt, oder, Pinjo?"

Ihr Einwurf kam zur Unzeit, er unterbrach den Gedankengang der Kleinen. Rasch, wie eine heisere Ratsche haspelte diese den Rest herunter, der ihr auf der Zunge lag: Gott sei grausam, er habe den Menschen die Sehnsucht gegeben, die unstillbare Sehnsucht, und sie hätten sie mit der Freiheit verwechselt; wahrer sei was anderes – nicht die Sehnsucht gebäre die Freiheit, sondern die Freiheit gebäre die Sehnsucht, die Freiheit im Menschen drinnen gebäre die Sehnsucht nach der Freiheit draußen. Nur Freie können für ihre Freiheit kämpfen.

„Du willst mich verspotten! Du provozierst mich wieder!", weinte der Armenier beinahe heraus. „Du spielst mit den Worten!"

Dann fasste er sich und fragte ergeben:

„Warum ist denn die Freiheit der Bulgaren nicht rein?"

„Weil sie nicht von ihnen allein abhängt. An der Freiheit haben auch ihre Eroberer teil. Der Freiheit werden wir uns aus dem einzigen Grund bewusst, dass es immer irgendwo und irgendwann wie hier und jetzt Unfreiheit gegeben hat", schaffte es Pinjo gerade noch mit ihrer fremden Stimme zu antworten.

Ovanes versuchte Waffenstillstand zu erbitten.

„Das, was gerade mit all den Menschen gleichzeitig passiert, das ist wichtig, egal wie du es nennst!"

Da antwortete Pinjo, das Weiß ihrer Augen sehen lassend, mit letzter Kraft:

„Es ist nicht wichtig, was mit allen Menschen geschieht, Ovanes! Wichtig ist, was mit jedem Menschen geschieht!"

Sie stürzte zu Chrisula und kuschelte sich in ihre Schürze.

Das Granatapfelbäumchen hörte endlich auf zu zittern und entspannte seine Blätter.

Um Edirne wurde es still. Ein dichtes Spinnennetz aus Stacheldraht trennte die verfeindeten Armeen. Die Türken blieben in der hoch gesicherten Festung und segneten womöglich die deutsche Ingenieuridee vom modernen Festungsbau, die sie ihnen beschert hatte. Die Bulgaren hatten ihren Kreis um die Festungsanlage geschlossen und schienen abzuwarten. Das Volk in der Stadt atmete ein wenig auf. Jene, die geblieben waren, schwärmten in die Straßen aus, die Ladenbesitzer stellten ihre Waren in die Schaufenster, die Einkaufspassage nahm ihren Betrieb wieder auf. Despinjo ließ ihre Röcke durchs Viertel flattern, fasste sich manchmal ein Herz und ging bis zum Zentrum. Sie schnupperte umher, witterte die Körpergerüche, die Sorgen und Ängste der Menschen, ihre Niedergeschlagenheit und ihre angespannte Erwartung. Völlig unverhofft begannen ihre Nüstern auch einen geheimnisvollen, salzigen Duft auszumachen, der sich mit den anderen Aromen mischte, sie allein erspürte ihn mit ihrem überentwickelten Geruchssinn. Sie ahnte, dass er nichts anderes war als jene Liebe.

Und begriff, dass mit ihr noch etwas anderes geschah, etwas Außergewöhnliches.

Als sie eines Morgens die langgezogenen Klänge des Morgengebets vom Minarett der Sultan-Selim-Moschee hörte, krochen jähzornige Ameisen über ihren Körper. Sie steckte sich die Finger in die Ohren. Sie hatte sich an das Leben im Orient gewöhnt, weder kam ihr in den Sinn, darüber nachzudenken, an welchen Punkt auf dem Erdball sie das Schicksal verfrachtet hatte, noch war dies von allzu großer Bedeutung für sie. Doch siehe da, unklar warum, veränderten sich die Dinge nun mit einem Mal. Die zum Himmel gerichteten, langgezogenen Klagerufe des Hodschas kamen ihr geheimnisvoll, dunkel und klebrig vor. Als stehe auf dem Minarett kein Mensch, sondern als sei da nur eine Stimme, altertümlich und schluchzend, ihren Gram zu Gott ausweinend, ihre dunkle menschliche Pein. Das war bedrückend und furchteinflößend, Pinjo spürte zum ersten Mal, wie fremd es ihr war. Hätte sie in diesem Augenblick das Gesicht des Menschen sehen können, hätte sie sich womöglich nicht so gefühlt, doch sie sah nur seine Stimme. Sie sah nur seine untröstliche menschliche Seele. Und Mitleid mit allen Menschen dieser Erde füllte sie aus.

Eine unkindliche Trauer überkam sie. Sie verstummte, ihre Lippen klebten zusammen. Sie setzte sich in die abgeschiedenste Ecke des Hauses und starrte auf einen Punkt. Sobald sie jenes Heulen hörte, presste sie die Ohren mit den Handflächen zu, sie spürte, dass sie verrückt wurde. Sagt ihm, er soll aufhören, ich halte das nicht aus! Eines Tages hielt sie es wirklich nicht mehr aus und schlug mit den Fäusten auf den eigenen Kopf ein.

Ovanes setzte sich zu ihr.

„Hast du Angst vor dem Krieg, Pinjo?"

„Es ist, als weinten alle Menschen in ihr, Ovanes! In dieser Stimme aus dem Minarett! Ich habe Angst, er ist Türke!"

Ovanes schwieg eine Weile, er versuchte zu verstehen, was sie ihm sagen wollte.

„Diese Stimme ist zum Himmel gerichtet, Despinjo! Hab keine Angst vor ihr, so fremd sie dir auch scheint! Denn sie kommt zwar aus dem Schoß der Erde, erhebt sich aber zum Himmel hinauf."

Die Kleine vergrub das Gesicht in die Knie des Mannes. Dieser Impuls war unerwartet für beide. Er legte die Handfläche auf ihren Kopf, seine Stimme erzitterte:

„So ein Wesen ist der Mensch, Pinjo! Aus dunkler Erde und weißem Wasser ist er gemacht."

„Aber wenn er Gott darum bittet, ihnen zum Sieg zu verhelfen? Was wird dann mit den anderen passieren?"

„Ich sagte dir doch, diese Stimme erhebt sich zum Himmel. Und dort gibt es einen, der über Recht und Unrecht, Wahr und Falsch entscheidet."

„Jetzt habe ich vor allen Türken Angst!"

„Ach was! Wir sind allesamt Menschen, Pinjo, nur dass wir verschiedene Sprachen sprechen, sonst unterscheiden wir uns kaum … Hab du keine Angst vor den Menschen, weil sie Türken, Griechen oder Armenier sind, sondern habe dann Angst, wenn sie dir Böses tun wollen. Dann suche Schutz …"

Nicht dass ihr Ovanes etwas Besonderes gesagt hätte, aber ihr wurde es leichter ums Herz. Sie hatte ihre Angst mitgeteilt, und dadurch war sie nur noch halb so groß. Nach und nach ging es ihr wie von selbst besser. Chrisula atmete auf, verpasste ihr einen Nasenstüber, ich hatte schon Angst, du hättest auch damit angefangen, mit dem Korkenzieher in deinem Gehirn herumzustöbern, du verstehst mich, oder?

Von neuem ließ sie ihre Röcke durchs Viertel flattern, und als sie eines Tages, ohne es zu merken, die Handelsstraße erreichte, blieb sie ein wenig vor der kleinen Konditorei von Opa[23] Ali dem Türken stehen. Seine Baklava war die köstlichste in ganz Edirne. Als er sie in die Vitrine starren und trocken schlucken sah, kam Opa Ali mit einem Lächeln bis über die Ohren heraus. Könnte man das Gebäck mit Blicken auf-

---

23 In Bulgarien werden alle Männer im Alter der eigenen Großväter auch Opa – дядо djado – genannt. (Anm. d. Ü.)

essen, würde in meiner Vitrine jetzt nichts mehr stehen! Er steckte ihr ein Päckchen mit Gebäck in die Hände, strich ihr übers Haar und ging wieder hinein, nicht ohne ihr vorher zuzuzwinkern.

Irinjo brachte die Nachricht, dass die türkische Armee, auf dem Rückzug aus Lozengrad, nun da sei, den Bulgaren im Nacken. Die Türken in der Festung seien durch die Verstärkung wieder erstarkt, also komme, was kommen muss. Und wie sie die Bulgaren in die Mangel nehmen werden, schade um ihren Mut und ihr Heldentum, ich meine, schade um ihre Freiheit! Man sagt, sechzigtausend Türken seien zusammengekommen, und all das um uns herum, und wir in diesem Kessel, heilige Maria!
Irinjo hatte große Angst, sie bekreuzigte sich oft, ließ immer wieder die Töpfe und Pfannen aneinanderknallen und murmelte ihre gepfefferten Flüche vor sich hin. Auch Chrisula war unruhig. Ovanes wirkte unverändert, Pinjo und er beschäftigten sich weiterhin mit dem Französisch, die Kleine konnte nun fließend lesen und schreiben. Im Haus jedoch ging etwas um, das Veränderung voraussagte und mit dem Krieg so gar nichts zu tun hatte, Pinjo witterte es mit ihrem neuen Sinn.

Vier Tage dauerten die Kämpfe. Sie waren grausam, die Erde wankte unter den Füßen, kein Mensch war auf der Straße zu sehen. Abends beobachteten die Kaltblütigeren den Krieg von ihren Čardaken aus. Es war ein unvorstellbares Spektakel. Das Donnern der Kanonen hielt ohne Pausen über Stunden an, das Licht der Scheinwerfer zündete den Himmel an wie ein gewaltiger Brand, die explodierenden Granaten sahen aus der Ferne aus wie Feuerwerke. Dann trat plötzlich Stille ein. Sie horchten lange, kein Schuss durchbrach sie. Hinterher erfuhren sie die bewegende Neuigkeit, dass die Türken draußen aufgegeben hätten, während die Bulgaren drangeblieben seien und die Belagerung aufrechterhalten hätten.

Und wieder schwärmten die Menschen in die Stadt hinaus, wie aus einem tiefen Ameisenhaufen. Ein wenig zaghaft machten sie sich auf und gingen ihrer Arbeit nach, aber ohne Panik. So lange hatten sie zusammengelebt, Bulgaren, Türken, Griechen, Armenier – über Jahre, Jahrhunderte. Sie gingen zurückhaltend miteinander um, entgegenkommend und friedlich, doch von jeher hatte sie etwas Unsichtbares getrennt – es saß so tief innen, dass sie niemals offen darüber sprachen und auch nie ernstzunehmende Konflikte deswegen eingegangen waren.

Irgendwie war es ihnen gelungen, zwischen zwei derart gegensätzlichen religiösen Gemeinschaften im Gleichgewicht zu leben. Das religiöse Gefühl hatte sich in der Tat als ebenso tiefsitzend erwiesen wie die Liebe, wie sie konnte es mit einem Einzigen geteilt werden … und dieser war nicht mehr und nicht weniger Gott. Die Muslime gingen mit ihren Mitbürgern anderen Glaubens zurückhaltend, aber nachbarlich respektvoll um.

Nun hatten sich die Dinge von selbst verändert. Keiner aus dem christlichen Viertel machte Anstalten, die unsichtbare Grenze zu überschreiten, die ihn vom türkischen Viertel trennte, und auch die Türken grüßten die christlichen Händler nicht mehr, die ihre Läden neben ihnen aufmachten. Die einen wie die anderen fühlten sich seltsam dabei. Immer entschied jemand anderes über sie: ob es nun darum ging, einander anzugreifen oder Frieden zu schließen. Jetzt konnte man sie wieder gegeneinander in Stellung bringen, wie einst, wie immer, wenn jener Unsichtbare mit der Gleichgültigkeit und der Überheblichkeit eines Allmächtigen, mit dem Selbstvertrauen eines Stellvertreters Gottes über ihr Schicksal kleiner Leute bestimmte. Manchmal schoss durch ihre verängstigten

Gehirne wie ein Blitz der frevelhafte Gedanke, dass es ja eigentlich Gott ist, der entscheidet, aber von wegen ... und die einen bekreuzigten sich, die anderen schlugen die Stirn gegen die Erde und beteten, dass der blutige Fluss, der seinen Körper durch die Felder Thrakiens wälzte, an ihnen vorbeifließen möge. Dass sich wenn möglich alles menschlich vollziehen möge, wenn möglich ohne Blut ...

Wenn es menschlich möglich gewesen wäre, wäre es längst passiert, sprach eines Tages Irinjo laut aus, und sie waren verblüfft, dies aus ihrem Mund zu hören.

Eines Tages kamen ein paar bulgarische Kinder angelaufen. Sie hätten am Ufer gespielt, türkische Kinder hätten sie plötzlich mit Steinen beschossen. Die Kinder hielten sich ihre aufgeplatzten Köpfe, wischten sich die Gesichter und verschmierten Blut und Tränen. Verdammte blutrünstige Bestien, jetzt sind sie dran, sprangen die Väter auf. Ach, Kindereien, schrien die Frauen auf und konnten sie gerade noch zurückhalten.

Die Männer hätten sich scheinbar gefangen, hieß es später, hätten dann aber doch die Köpfe zusammengesteckt, sich abgesprochen und irgendwann ihre Häuser verlassen. Sie seien geradewegs ins türkische Viertel gegangen, hätten sich dort mit den Vätern der Angreifer zusammengesetzt, um Kaffee zu trinken und ihre Sache indirekt anzubringen. Ein Wort habe das andere gegeben, und so seien sie denn auch zum Thema gekommen.

„Geht's euch denn schlecht hier? Keiner krümmt euch ein Haar! Was ist mit euch los, Nachbarn, dass ihr Krieg führen wollt?", habe einer der Türken düster fallen lassen und geräuschvoll an seinem Kaffee geschlürft. Seinem Blick sei anzusehen gewesen, dass er entgegenkommend gestimmt gewesen sei.

„All das Blut, das noch vergossen werden wird, die Marica, die Arda und die Tundža wird's füllen anstelle des Wassers!", habe ein anderer finster hinzugefügt und ebenso laut geschlürft.

Die Bulgaren hätten geschwiegen. Dann habe sich einer von ihnen ein wenig geräuspert und mit Mühe herausgebracht:

„Es war höchste Zeit, Effendi[24]!"

Die gegenüber hätten die Augen aufgerissen.

„Hörst du, was du da redest! Was fehlt euch denn hier, lass uns hören!"

„Heimat fehlt uns, Effendi!"

Der Bulgare habe diese Worte gerade noch flüstern können. Er sei Hilfshakim[25] beim französischen Arzt gewesen. Sein Name sei Kiril gewesen und er ein ziemlich gebildeter, jedoch sehr stiller Mensch. Nun habe er plötzlich so zu sprechen begonnen, wie er sich nie hätte ausmalen können, dass er es könnte. Er habe versucht, sich zu bremsen, doch seien die Worte seinem Mund entsprungen, als seien sie nicht von seinem Willen gelenkt. Diese Worte hätten nur darauf gewartet, endlich von einem Giaur[26] ausgesprochen zu werden – starke Worte seien es gewesen, von fünfhundertjähriger Kraft. Der Türke sei rot angelaufen wie sein Fes und habe mit den Fingerknöcheln auf den Tisch gehauen: Du Frechling, sei still! Ihr habt alles, was ihr braucht! Und Freiheit habt ihr auch! Hat euch einer in dieser Stadt auch nur mit dem Finger angerührt, dass ihr jetzt aufspringt, Blut zu vergießen, als wäre es für sie? Eine reine und unbefleckte Freiheit habt ihr hier!

Kiril habe ruhig entgegnet:

„Die Freiheit ist keine Jungfrau, Komšu[27]. Die Freiheit ist … von der Wiege an defloriert. Wir tun ihr Gewalt an, spreizen sie wie eine dreckige Hure, ich bitte um Verzeihung, wir verhöhnen sie von hinten bis vorne. Wir nehmen sie einer

---

24 *Effendi* – höfliche Anrede in der Türkei. (Anm. d. Ü.)

25 *Hakim* – arabisch: Arzt. (Anm. d. Ü.)

26 *Giaur* – Ungläubiger, im Islam Bezeichnung für einen Nicht-muslim. (Anm. d. Ü.)

27 *Komšu* – türkisch: *komşu* – Nachbar. (Anm. d. Ü.)

dem anderen weg, wirklich wie ein Flittchen, weil wir glauben, dass sie nur uns gehören muss. Wenn wir begreifen, dass sie keinem gehört, dann wird sie vielleicht uns allen beschert sein. Schließlich hat doch die Freiheit kein Ende, sie reicht für alle! Wir aber, nichts da, seit es die Welt gibt, vergreifen wir uns an ihr wie Schürzenjäger. Wir vergreifen uns am Heiligsten, das uns von Gott gegeben ist, um dann den Allmächtigen zu bitten, mit uns zu sein, weil wir angeblich für es kämpfen. Die einen wie die anderen! Das kann unmöglich was werden, nicht wahr, Effendi? Der Allmächtige hat damit nichts zu tun, das sind allein unsere menschlichen Angelegenheiten. Was für niederträchtige Menschen sind wir, Türke, wenn wir mit einer solchen Wildheit einander die Freiheit rauben. Das mit der Hure, das stimmt nicht genau. Als hätten wir eine fremde Frau geraubt. Oder noch mehr, als hätten wir eine fremde Mutter geraubt."

Er habe eine Weile geschwiegen und dann noch leiser gesagt:

„Damit wir uns verstehen, ihr habt sie uns geraubt, Effendi. Unsere Mutter mit dem weißen Haar[28] habt ihr uns genommen und habt sie verhöhnt. Das ist die Wahrheit, und es ist nicht angebracht, beleidigt zu sein ..."

Zurück zu Hause wischten alle drei das Blut von ihren Gesichtern, genau wie ihre Söhne zuvor. Die Frauen brachen wieder in Klagen und Schreie aus, um dann auf ihre Männer zu schimpfen: Halbstarke, allesamt!

Ovanes verbot Pinjo, auf die Straße zu gehen, und um sie auch wirklich zu Hause zu behalten, machte er sich daran, ihr weiter französische Lektüre und Schreiben beizubringen, allerdings viel schwieriger als vorher. Der Armenier freute sich,

---

28 Sinnbild für die Heimat, geläufig in jener Zeit, da ein ziemlich gesteigerter Patriotismus vorherrschte. (Anm. d. Ü.)

dass die Kleine solche Fortschritte machte: Nicht einmal Sirui hat die Aussprache so gut erfasst wie du.

Bonjour, Madame Irinjo, bonjour, Mademoiselle Chrisula, bonjour, Monsieur Ovanes, grüßte ich in alle Richtungen. Eines Tages ging ich zum Granatapfelbäumchen und sagte leise:
„Bonjour, Sirui!"

Nun begann der Wind die Wipfel der Bäume zu verbiegen. Es war Ende Oktober, ein langer und unbehaglicher Herbst zog herauf. Eines Morgens saßen sie unten im Zimmer und schwiegen. Chrisula hatte den Ellenbogen aufs Knie gelegt und stützte ihren Kopf mit der Hand. Ihre Schönheit hatte sich irgendwie besänftigt, sie war heller und weicher geworden. Sie flocht ihr Haar zu zwei dicken Zöpfen, steckte sie mit Haarklammern am Nacken zusammen, nur vor ihren Ohren hingen dünne Locken.

Irgendwann hob sie den Kopf und blickte erstaunt:

„Wie viel Zeit vergangen ist, hm, Pinjo?"

Es war nicht offensichtlich, was sie genau meinte.

„Wie viele Dinge durch unsere Köpfe gegangen sind, hm, Pinjo? Und dir bringt Ovanes Französisch bei! Ein guter Mensch ist er, wohlerzogen, in Frankreich aufgewachsen, nicht wie wir in der Wildnis! Sehr lieb ist er mir, mein Mädchen, meine Seele gebe ich für ihn her!"

In ihren Augen lag Trauer.

„Wir haben es nicht geschafft abzureisen, mein Mädchen, weder nach Venedig zu Galilenogalilen, noch nach Çorlu. Bei Çorlu kämpfen jetzt deine Bulgaren, kurz und klein schlagen sie die Türken. Weißt du, mir tun die Türken leid! Alle Besiegten tun mir leid! Die Männer kämpfen also, und wir sitzen hier und wagen nicht, uns zu rühren, weil die Belagerung von Edirne andauert und kein Ende abzusehen ist. Wer abgereist ist, ist abgereist. Nun kann kein Vogel hinüberfliegen. Schade, dass du und ich es nicht geschafft haben aufzubrechen, Despinjo! Würden wir aufbrechen, so könnten wir auch finden, was wir suchen!"

„Wir suchen nichts! Hast du Jorgos noch immer nicht vergessen?"

„Noch immer nicht, mein Mädchen. Ich weiß nicht warum, nur an ihn denke ich in diesen Tagen."

„Man sieht's dir ja gar nicht an!"

„Ich kann es nicht erwarten, ihn zu sehen."

„Du wirst ihn sehen, wenn Ostern und Pfingsten auf einen Tag fallen!"

Chrisula drehte sich mit dem Gesicht zur Wand.

Dann klopfte Irinjo an und sagte, dass der Herr darum gebeten habe, dass sie mit einem Käser redeten und so viel Käse kauften, wie sie für nötig befänden. Du bist ja jetzt die Hausherrin, drehte sie sich brüsk um und ging davon. Die beiden schlüpften in ihre Pantoletten und schlurften quer durch den Hof zum Tor.

Dort stand Jorgos.

Chrisula wurde bleich wie eine Leinwand. Jorgos sah sie an, und unter dem Bart bewegten sich seine Kiefer. Als Erste fasste sich Pinjo: Komm rein, Jorgos, komm rein, Mensch!

Er stand da wie ein Ölgötze. Chrisulas Lippen lösten sich endlich:

„Wo kommst du denn her?"

Er sei schon Anfang Oktober, vor der Belagerung, in die Stadt gekommen und zum Bleiben gezwungen gewesen, die Posten hätten ihn nicht zurück gelassen. Zusammen mit anderen Karakatschanen habe er ungegerbte Felle und Käse ins Flachland hinuntergebracht, aber wegen des Krieges saßen sie in Edirne fest, also habe Jorgos bei Kir Vassilaki Quartier genommen, nachdem sie beide ausgezogen seien, er helfe Efi in der Werkstatt.

Chrisula kam nach der Überraschung allmählich wieder zu sich:

„Na, zeig den Käse her!"

Pinjo sah sie verblüfft an. Als hätte sie sich nicht bis vor einer Minute nach diesem Mann gesehnt. Streng und kühl wies Chrisula ihn an: Gib mir zwei Blechdosen von dem in der Salzlake und einen Laib Kaškaval[29]. Dann kannst du mit dem Hausherrn abrechnen.

Ihr Gesicht war starr, ihr Mund war unangenehm zusammengezogen. Jorgos sah Pinjo kurz an, sie schaute weg. Er drehte sich um und ging. Sie folgten ihm auf die Straße. Jorgos lud die Bleche und den Kaškaval aus, trug sie in den Hof, kam zurück und führte das Maultier schweigend davon.

Erst jetzt rief ihm Pinjo nach:

„Jorgos, der Hausherr hat dich noch nicht bezahlt!"

Er drehte sich nicht um.

Der Karakatschane tauchte erst im Frühling wieder in ihrer Straße auf. Sag Chrisula, dass ich heute Abend unter dem Gemüsegarten von Kir Vassilaki auf sie warten werde, sag ihr, sie soll sich in Acht nehmen, weil Soldaten das Ufer ablaufen, morgen sollen die Kämpfe von neuem beginnen!

Chrisula hörte Pinjo angestrengt an. Ihre Augen erstrahlten für einen Augenblick, dann presste sie die Lippen hart zusammen. Da macht es sich Jorgos zu einfach! Ich will ihn nicht mehr!

Sie ging zu Irinjo und ließ die Kleine vollkommen verwirrt stehen. Bald kam sie wieder, zog neue Pantoletten an, bespuckte ihre Finger und fuhr damit über ihre Augenbrauen,

---

29 *Kaškaval* – fester gelber Kuhkäse, neben dem weißen Kuh- oder Ziegenkäse ist er der traditionelle bulgarische Käse. (Anm. d. Ü.)

strich mit zitternder Hand ihren Rock gerade. Ich geh kurz zur Nachbarin.

Sie kam wieder heim, als alle am schweren Tisch saßen und schweigsam zu Abend aßen. Ovanes stellte keine Fragen, Chrisula sagte nichts. Pinjo versuchte von ihrem Gesicht abzulesen, was geschehen war, doch es war starr und ausdruckslos.

Die beiden halfen Irinjo, die Teller zu spülen, und schlüpften ins kleine Zimmer. Chrisula stellte sich ans Fenster und schaute hinaus in die Nacht. Ein feiner grauer Märzregen fiel und goss wahrhafte Schlänglein mit geschmeidigen Schwänzchen über die Scheiben. Chrisula fiel erst jetzt ein, dass ihr Haar nass war, sie wickelte es um ihr Handgelenk und wrang es aus.

„Ich habe ihm nichts gesagt. Ein schwacher Mensch bin ich, Pinjo."

Dann gingen sie zu Ovanes zum Ofen. Halfen ihm, den vom Herbst übriggebliebenen Sand abzusieben. Füllten die Säcke, der Armenier stellte sie an der Wand auf und klopfte sich die Hände ab. Plötzlich sah er Chrisula in die Augen und ließ nicht ab, bis sie den Blick senkte.

„Geht rein, es ist zu kalt für euch", sagte Ovanes leise und kehrte ihnen den Rücken zu. „Ich komme allein klar. Ich komme schon klar!"

Diese Nacht blieb Chrisula bei Pinjo. Ovanes suchte sie nicht auf. Die beiden machten bis zur Morgendämmerung kein Auge zu, weil Chrisula Schüttelfrost bekam. Die Kleine deckte sie mit einem Berg Decken zu, fand in der Küche Rakija und rieb Chrisula die Fußsohlen damit ein. Sie massierte ihr die Schläfen und hätte laut heulen können, aber schalt sie nur träge: „He, du bist doch kein Kind mehr!"

Erst als der Vormorgen durch die Scheiben zu sickern begann, drückte Chrisula ihre Hand:

„Sag du, Pinjo! Was du mir sagst, das werde ich tun!"

Mir blieb die Luft weg. Zum ersten Mal sah ich sie so unent-schlossen. Sie war direkt krank geworden von der Unmöglichkeit zu entscheiden, was sie tun sollte. An diesem Abend wurde ich, Pinjo, unwiederbringlich erwachsen. Ich erinnerte mich an die Worte der Bäuerin, die mit der ganzen Natur sprach: Wir sind Staubkörner, die ihre wirklichen Dimensionen noch nicht kennen, die wahren Dimensionen der Liebe und des Leids.

Chrisula sprach weiter:

„Jorgos ist einsam, und Ovanes ist einsam, und auch ich bin einsam. Wahrscheinlich heißt die Liebe manchmal auch Einsamkeit. Siehst du, wie kompliziert das ist? Ich will mit ihm zusammen sein und kann es nicht!"

Pinjo gab schroff zurück:

„Mit wem willst du sein? Mit Ovanes oder mit Jorgos?"

Und Chrisula seufzte erschrocken:

„Ich weiß es auch nicht! Ich weiß es wirklich nicht, Despinjo!"

Die Kleine versuchte ihr in Erinnerung zu rufen, wie sie gesagt hatte, dass Jorgos ihre einzige Hälfte sei und dass sie die Augen zupresse, wenn sie mit Ovanes zusammen sei, Chrisula unterbrach sie:

„Es kann aber auch sein, dass das nicht das Wichtigste ist, Pinjo! Finde einen Ausweg für mich, wenn du kannst, denn mein Herz ist bei Jorgos und meine Seele bei Ovanes! Sag du es mir, Pinjo, wenn du kannst!"

Das war nun wirklich zu viel für Pinjo. Chrisula verlangte zu viel von ihr, sie wollte, dass Pinjo über ihr Leben entschied. Sie handelte kopflos, schmerzhaft, blindlings. Und weil sie am Rande der Hysterie stand, begann sie plötzlich mit den Fäusten gegen ihre Brust zu hämmern, sag schnell, sag schon!

Die Kleine klatschte ihr eine, gab ihr Wasser zu trinken, schob noch ein Kissen unter ihren Kopf. Chrisula ließ die Lider sinken und schaffte es beim Einschlafen noch zu sagen:

„Heute Abend haben Jorgos und ich im Sand Liebe gemacht, Pinjo! Dort, im Sand, haben wir Liebe gemacht! Ich presste die Augen zu, während wir uns liebten, ich sah Ovanes!"

Am selben Tag kochte der Krieg um Edirne hoch. Nach einer langen Flaute, in der die Menschen ein Stück weit vergessen hatten, in welcher Falle sie steckten, griffen die Bulgaren unversehens die Festung an. Die Erde bebte, dichte Rauchschwaden verhüllten den Himmel, der Geruch nach Schießpulver legte sich wie ein schwerer Flügel über die Dächer. Jeder suchte sich ein Versteck, die Stadt verödete. Man wusste, dass siebzigtausend türkische Soldaten die Festungswerke verteidigten, wie viele die Bulgaren waren, das wusste keiner. In allen fünfhundert Festungsanlagen spien die schweren Geschütze wie Drachen Feuer gegen die bulgarische Armee. Es war nie da gewesen und mit nichts zu vergleichen, es war die Hölle selbst. Die Frauen irrten kopflos im Haus umher, umsonst versuchte Ovanes sie zu beruhigen, seine Stimme war in all dem Gedröhn überhaupt nicht zu hören. Irinjo fiel in Ohnmacht, und als sie wieder zu sich kam, stieg sie in den großen Kessel, den sie zum Seifensieden verwendeten, und deckte sich mit dem Deckel zu. Trotz des Schrecks sahen Chrisula und Pinjo einander verblüfft an und fingen an zu lachen, ihr Lachen wurde immer herzhafter, sie krümmten sich, aus ihren Augen flossen Tränen. Das beruhigte sie. Sie stopften sich Watte in die Ohren und setzten sich zu Ovanes in den Saal. Er lächelte sie an und hielt ihnen ein Blatt Papier vor die Augen: Er hatte auf Französisch geschrieben, dass sie sich keine Sorgen zu machen brauchten, da weder die Türken noch die Bulgaren die gemischte Bevölkerung angreifen würden.

Kurz vor Mittag erstarb das Donnern plötzlich, und in ihren Ohren brach das Pfeifen der Stille aus. Lange hielt diese Stille an, und sie wussten nicht, was sie davon halten sollten.

Am Mittag kam Efi angerannt. Er war so aufgeregt, dass sie von seinem Gestotter nichts verstehen konnten: Schhhhüü! Hinter ihm kam Kir Vassilaki angelaufen:

„Schükri Pascha hat die Fahnen gestreckt! Er hat den bulgarischen Parlamentären seinen Säbel abgegeben! Die Festung ist gefallen, die Bulgaren sind in der Stadt!"

Sie stürmten hinaus. Das Volk drängte sich in Scharen in den Straßen des christlichen Viertels, die Leute brüllten wie wild und rannten ins Zentrum von Edirne. Über der Sultan-Selim-Moschee wehte die bulgarische Fahne.

In diesem Augenblick geschah mit Pinjo etwas Seltsames. Sie drehte sich wie ein Kreisel um die eigene Achse, hob die Hand, zeigte auf die Fahne, die im beißenden Wind knatterte, und schrie:

„Unsere Fahne! Das ist unsere Fahne! Das ist meine Fahne! Ich bin Bulgarin!"

Dieser patriotische Ausbruch war auch für sie selbst unerwartet. Nie hatte sie bis zu diesem Moment ernsthaft an ihre Abstammung gedacht. Sie hatte lange in den Bergen gelebt, jetzt lebte sie in Edirne mit der Karakatschanin Chrisula, mit dem Armenier Ovanes und mit der Griechin Irinjo, ihr Freund war der Albanerjunge Efi, und dass sie verschieden waren, hinderte sie in keiner Weise daran, einander die Nächsten zu sein. Jetzt aber hatte die Elementargewalt des Krieges die gesamte menschliche Masse in Bewegung versetzt, wie von einem Wirbelwind erfasst, wurde auch Pinjo immer leichter, als wäre sie die verlorene Feder eines Spatzen. Die Ekstase hob sie in die Höhe, separierte sie und machte sie irgendwie unabhängig von ihren nächsten Menschen, sie ließ sie über die spitzigen Minarette der Sultan-Selim-Moschee aufsteigen, über die drei Flüsse Arda, Tundža und Marica, über die Stadt Edirne und über die ganze aufgewühlte Menschenmenge, die weinte, lachte, schrie, flüsterte, das eine Wort: Freiheit. Eine derart starke menschliche Energie hatte sich in diesem Moment vereinigt, dass sie ihre physische Gewalt spürte. Ihr Kopf begann sich zu drehen, ihre Knie wurden weich, und Pinjo sank an der Mauer eines Ladens zu Boden. Sie wäre ohne Weiteres zertrampelt worden, doch ein Mann stolperte über sie, hob ihren schwer gewordenen Körper an, und als er das Weiß in ihren Augenhöhlen sah, verpasste er ihr eine solche Ohrfeige, dass Funken aus ihren Augen sprühten. Marsch nach Hause, du kleine Göre, dort kannst du springen und schreien, soviel du willst! Sie drehte sich um und ging heim, bevor sie auch nur einen bulgarischen Soldaten gesehen hatte, wo sie doch gerade darum auf die Straße gebraust war, um sie zu sehen und zu erkennen. Doch das spielte jetzt keine Rolle mehr.

Während ich mich zurückschleppte, dachte ich an das neue Gefühl, das mich bewohnte. Mir wurde bewusst, dass ich bisher etwas ziemlich Großes besessen hatte, nämlich die Mutter Natur selbst, und mir eine Heimat ganz und gar nicht fehlte, an ihrer statt hatte ich die ganze Erde. Von heute an würde ich weder hinnehmen können, keine Heimat zu haben, noch, sie bloß als ein Gefühl zu haben, das gerade eben geweckt wurde. Ich wusste, dass in diesem Leben jeder zu jemandem oder etwas gehörte: Von Chrisula hatte ich erfahren, dass der Mann zur Frau gehörte und die Frau zum Mann, in der Natur war es noch einfacher und simpler: Das Wasser gehörte zum Meer, die Hagebutte zum Wald, der Adler zum Himmel. Heute begriff ich im Taumel, dass die Heimat zu den Menschen gehörte, die ihre Kinder sind, und dass die Kinder zu ihr gehörten. Ich war viel zu jung, um zu begreifen, dass ich, indem ich zu meiner nationalen Identität fand, das viel Größere und Unermessliche verlor, jene unbewusste Kosmopolität, die mich bis dahin ausgemacht hatte, als Mensch. Die Welt zog sich zusammen, ging ein, und ich würde bald vor der Unmöglichkeit stehen, mich entweder nur mit dem Kleinen, dem Intimsten zu begnügen, oder bloß mit meinem früheren Leben, das keinen Anfang und kein Ende kannte. Ich würde beides auf einmal haben wollen und hatte noch keine Ahnung, wie unmöglich das ist.

Zum zweiten Mal in Pinjos Leben geschah ein Wunder, urplötzlich, wie es mit Wundern so geht. Der Tag fiel mit jenem zusammen, an dem Chrisula ihre Entscheidung endgültig traf. Und damit das Wunder auch zum höchsten aller Wunder im Schicksal der Kleinen wurde, fiel es denn auch mit dem Tag zusammen, an dem sie erfuhren, dass der Krieg beendet war.

Der Tag des dreifachen Wunders war ein heller, blaugrüner Apriltag, und an sich das Wunder aller Wunder, wie jeder Tag auf Erden. Im Viertel erblühten unaufhaltsam die Pfirsiche und die Aprikosen, und die Menschen freuten sich seit Tagesanbruch ohne jeden Grund. Diese grundlose Freude war eigentlich nichts anderes als jenes Vorgefühl, das durch Äußerlichkeiten nie getäuscht werden kann. Glockenhelle Stimmen waren zu hören, über den Zaun führten die Frauen zwangslose, herzliche Gespräche, die Männer erinnerten einander daran, wie Schükri Pascha seinen Säbel vor einem Monat den bulgarischen Parlamentären abgegeben hatte, und schüttelten die Köpfe. Sie machten sich Sorgen, dass die anhaltenden heftigen Regengüsse die Flüsse zum Überlaufen bringen und die Gemüsegärten in den tiefer gelegenen Stadtvierteln überschwemmen könnten, und waren dabei doch irgendwie unbekümmert, sie tauschten belanglosen Tratsch aus, irgendein Mann fing in einem fernen Hof zu singen an, und seine Stimme zitterte. Diese Erregung war außergewöhnlich, denn nicht zum ersten Mal kamen solch hellleuchtende Tage im April vor. Alle, die die Stadt vor der Belagerung verlassen hatten, waren zurückgekehrt, das Viertel glich einem aufgewühlten Bienenstock, es war, als wollten die Menschen die Zeit totschlagen, in der Erwartung von etwas Großem und Wichtigem. Und dann geschah es.

Zuerst kam auf den Flügeln eines zarten grünen Lüftchens gebettet die Nachricht, dass der Krieg zu Ende war, ganz und für immer. Und dass ihn die verbündeten Christen gewonnen hatten. Die Erregung explodierte wie schäumender Champagner, gleichzeitig und durcheinander riefen die Leute hurra, soldatisch betont auf dem R, sie sprangen in die Luft wie Kinder und taten noch viel Derartiges mehr, während Ovanes wirklich schäumenden Champagner ausschenkte, denselben, den er zusammen mit den Bauplänen für das Teleskop aus Marseille bekommen hatte. Mitgerissen von der allgemeinen Freude, schrie Pinjo auf Französisch: Vive la victoire!

Der Tag wurde immer blauer und strahlender.

Nur Chrisula ging trübselig umher, blickte Ovanes mit großen kummervollen Augen an und fragte sich, wie sie ihm das mitteilen sollte, was sie endgültig entschieden hatte. Schließlich warf sie sich ihm zu Füßen:

„Vergib mir, Ovanes!"

Das geschah mitten auf dem Hof, und alle sahen es, sowohl Pinjo als auch die Irinjo, und das Granatapfelbäumchen erzitterte mit seinen winzigen Blättern. Ovanes stand wie angewurzelt da. Chrisula stürzte nach drinnen, ihre Sachen packen. Irgendwann rief sie Pinjo zu sich und begann sich ihr entschlossen zu erklären:

„Ovanes ist gut! Ich bin schlecht! Deshalb gehe ich zu Jorgos!"

Irinjo war in die Küche gegangen, und man hörte, wie sie mit den Topfdeckeln knallte. Chrisula begann Pinjo zusammenzuschreien:

„Ich bin nicht schuld! Ist das klar! Fang ja nicht damit an!"

Dabei war die Kleine stumm wie ein Fisch.

Chrisula rannte wieder zu Ovanes:

„Vergib mir, Ovanes!"

Der Mann drehte sich um und ging in sein Haus. Chrisula blieb kurz stehen und ging dann zum Granatapfelbäumchen:

„Es muss sein! Ovanes wird seine bessere Hälfte finden, ich würde ihn vor den Leuten nur blamieren. Ich passe nicht zu ihm, wirklich! Gewiss, unsere Seelen, die passen zusammen, das ist wahr und unbestritten! Unsere Seelen liebkosen und suchen einander, aber da sie an einem versteckten Ort sind, wird's keiner glauben! Wer könnte auch eine Liebe achten, die so tief im Inneren sitzt, dass sie auf der Oberfläche nicht wiederzuerkennen ist! Alle werden sie für etwas anderes halten! Man redet Ovanes ohnehin schon meinetwegen nach, und das verdient er nicht!"

Das Granatapfelbäumchen machte keinen Wank, obwohl ein zarter Wind wehte.

Chrisula rannte zur Köchin:

„Ich geh mit Jorgos. Ihn und mich hat Gott aus ein und derselben Gussform gegossen, so wie er ist, so bin auch ich! Außerdem tragen wir beide jeder für sich dieselbe eine Schuld. Bedenke nur, wir haben diese Schuld verdoppelt, da wir getrennt leben! Ich gehe, Irinjo, zu Jorgos, um unsere Schuld zusammenzufügen, dass wir einander nicht rechtzeitig erkannt und solch gute Menschen verletzt haben, Jesses!"

Irinjo sagte auch nichts, hörte aber zumindest auf, mit den Pfannen zu knallen. Chrisula, von allen diesen Erklärungen erschöpft, kehrte in ihr Zimmer zurück und legte sich aufs Gesicht. Pinjo kam herein und fuhr sie an:

„Und mich hast du vergessen, oder?"

Chrisula stieß ein Ah aus und sprang auf.

„Ich habe viel nachgedacht, Pinjo! Zusammen mit Jorgos habe ich nachgedacht! Du bist klug und schnell von Begriff, schau nur, wie rasch du Französisch gelernt hast, dich wird Ovanes nach Marseille zum Studieren schicken, vielleicht auch nach Venedig! Bedenke nur, mit uns wirst du verwildern, das dort ist kein Ort mehr für dich; und wir werden auch gar nicht auf unseren Berg zurückkehren, wir werden uns anderen Karakatschanen anschließen."

Pinjo brach in Tränen aus und endlich auch Chrisula.

Währenddessen ging das Fest draußen weiter. Die Straßen waren belebt, der Himmel leuchtete noch strahlender, und Pinjo wurde es ein wenig leichter. Ovanes war kein schlechter Mensch, er liebte sie wie ein eigenes Kind …

Sie spazierte weiter, ohne zu ahnen, dass in just diesem Augenblick das Schicksal die letzten Sekunden ihres bisherigen Lebens abzählte und sich anschickte, zu seinem eigenen kleinen Vergnügen ein Wunder zu vollbringen – ziemlich knauserig ist es in dieser Hinsicht und veranstaltet so was nicht allzu oft.

Auf der Handelsstraße grüßte Pinjo Opa Ali mit einem Zwinkern und hielt an, um dem lebhaften Disput einer großen Gruppe von Menschen zu lauschen. Sie unterhielten sich auf Bulgarisch. Hinter ihnen auf dem kleinen Platz standen abgeschirrt Ochsenwagen, in den Wagen saßen die Frauen, gegürtet mit purpurroten Schürzen.

Ich verspürte eine plötzliche Atemnot. Der Atem kam nur mehr zischend aus meinem Mund hervor. Das geschah in dem Augenblick, in dem ich die Worte hörte, mit denen sich die unbekannten Menschen unterhielten.

Ein wenig abseits von der Gruppe, neben einem Zaun, standen zwei Frauen, die ebenfalls rote Schürzen anhatten. Die eine streckte sich, nahm ein aufgequollenes Rosenbüschel vom Strauch, der durch den Zaun ragte, in die Hand, vergrub die Nase in sein samtenes Herz, mmmh, wie gut das riecht! Die andere, groß und schlank, mit sehr hellen Augen im vom Wind gegerbten Gesicht, betrachtete mit einer gewissen Unruhe den Rosenstrauch. In ihm krochen goldene, grellblau schillernde Käfer herum.

„Schau, Erlenblattkäfer", sagte die Frau ganz leise, ich hörte sie und wurde vollends steif, „ach, sieh nur, ein kleiner, blauer Erlenblattkäfer! Wie lange habe ich keine mehr gesehen!"

Ich ging geradewegs auf die Frau zu. Ich nahm ihren Körpergeruch wahr, ihre Kleider dufteten nach Seife mit Rosenpelargonie, doch dieser Duft konnte den anderen nicht übertreffen: Ich erinnerte mich, dass ich denselben Geruch nach Brot, nach Milch und nach Liebe einst von der Brust ebendieser Frau einatmete.

In diesem Augenblick kehrten alle Worte meiner Muttersprache in meinen Hals zurück: Erlenblattkäfer, Milch, Brot, Rose, Wasser, Himmel, Elada, Mutter, vergib mir, verzeih mir, ich kann nicht!

Ohnmächtig sprach ich sie aus.

Die Frau klatschte in die Hände:

„Ach, um Gottes willen!"

Und sank längs des Zaunes zu Boden.

Zweiter Teil

Der Brief

Vor einer Stunde habe ich deinen Brief erhalten und kann ihn schon auswendig und habe beschlossen, dir zu antworten auf deinen teuren Brief. Ich halte ihn in meinen Händen, und es ist so außergewöhnlich, dass dieser Brief durch ganz Europa gereist und angekommen ist, wo er ankommen musste, ohne verloren zu gehen in irgendeinem Postflugzeug, in irgendeinem Nachtzug, ja sogar hier, in der Post von Burgas, hätte man ihn irgendwo verstauen und vergessen können, und doch hat er mich gefunden, ich halte ihn, und mir ist noch außergewöhnlicher zumute, dass diese Buchstaben mit dieser lila Tinte von dir geschrieben wurden und von keinem anderen, es ist, als wärst du im Haus und nicht nur in diesem Blatt Papier, mein Sohn.

Mein Sohn.

So viele Jahre sind nun vergangen, seit du mit jener Regina España abgereist bist, du bist erwachsen geworden in der Zwischenzeit, bist ein Mann geworden. Schön siehst du aus auf dem Foto, doch ich kann nicht glauben, dass du das bist. Wenn die Söhne fern von ihren Müttern aufwachsen, reifen sie rascher zu Männern heran, so ist das auch mit dir passiert, wobei ich mir vor Augen halte, dass du auch vorher reif gewesen bist über dein Alter hinaus, mir sogar Angst machtest mit deinen Fragen und vor allem mit deinen Gedanken, die ich natürlich nicht hörte, aber sah, wie sie über deine Stirn glitten wie die Schatten von Wolken. In meiner Erinnerung habe ich dich wie vor der Regina España, da bist du etwa sechzehnjährig, und ich weiß nicht, wie ich mich fühlen werde, wenn wir uns sehen; du schreibst, dass du und Miriam im Frühling kommen werdet, und ich kann es nicht erwarten, dich zu empfangen. Die Kriege hier sind, glaube ich, vorbei, die Brände sind verraucht, und hoffentlich könnt ihr gefahrlos reisen.

Ich habe mich sehr gefreut, dass du nun die Gebärdensprache beherrschst und dass du auch noch eine Schule in Pantomime absolviert hast, ich weiß nicht, was das genau ist, du schreibst, das seien künstlerische Bewegungen für die Bühne, die sprechen, und dass du vor Publikum spielst; also beherrschst du schon zwei Sprachen, und wenn wir auch die Sprache des Schweigens, die du gewählt hast, hinzuzählen, sind es schon drei. Ich habe auch vor, deine Sprache zu lernen, obschon ich stark daran glaube, dass du eines Tages alles überwinden wirst und von neuem sprechen wirst. Es gibt keinen körperlichen Grund, der dich daran hindert. Solange sprich ruhig mit den Händen, wenn du das vorziehst, vergiss aber deine Worte nicht, mein Sohn, am menschlichsten ist es, sich mit Worten auszudrücken. Ich habe vor, deine neue Sprache zu erlernen, hier gibt es eine Flüchtlingsfamilie aus Edirne, ihr Junge ist taubstumm und spricht sehr geschickt mit den Händen, er wird es mir beibringen – nicht dass du mich nicht auch so verstehen wirst, aber ich möchte dein Schweigen mit dir teilen. In unserem Viertel ist es sehr belebt geworden, hier hat man die Flüchtlinge aus der Umgebung von Edirne angesiedelt, am Seeufer wurden niedrige identische Häuschen gebaut, das Geld dafür hat, heißt es, der reiche Jude Charon[30] aus Frankreich gegeben, so haben die Leute ein Obdach bekommen, und wir haben uns gut eingelebt zusammen, es ist interessanter geworden.

Da ich dir über die Flüchtlinge schreibe, will ich dich auch wissen lassen, dass auch jenes blaue Mädchen hier ist, erinnerst du dich, als es mit dir zusammenstieß auf dem Platz und auflachte und par-

---

30 Die *Charon-Häuser* oder *Flüchtlingshäuser* wurden in Bulgarien zu Beginn des 20. Jahrhunderts für die Zehntausende von Flüchtlingen aus Mazedonien und Westthrakien gebaut. Die Häuser tragen den Namen des französischen Bankiers René Charon – ein eigens berufener Kommissar des Völkerbunds für die Flüchtlinge in Bulgarien, mit dem Auftrag, diese mit Wohnstätten, Werkzeug und Vieh auszustatten. Geschützte Charon-Häuser bestehen in den Dörfern des Strandža-Gebirges an der südlichen Schwarzmeerküste noch heute. (Anm. d. Ü.)

donnez-moi sagte! Von ebendiesem Mädchen ist die Rede, so ein unvergessliches, sie heißt Elada, sieh nur, was für ein Name, als das Mädchen geboren wurde, habe man, wird erzählt, eine befreundete Griechin gerufen, es zu taufen, und sie habe diesen Namen ersonnen, damit das Mädchen mit ihm glorreich und weise heranwachse, aber die junge Dame möchte, dass wir Pinjo zu ihr sagen, weil wiederum die Karakatschanen, die sie noch bei der ersten Flüchtlingswelle, im Jahr 1903, im Wald gefunden haben, sie Despina, Despinjo nannten. Sie kann Französisch, weil ihr angeblich irgendein gebildeter Armenier aus Edirne beigebracht hat, diese Sprache zu schreiben und zu sprechen. Sie beherrscht es erstaunlich gut. Sie und Ferso sind Freundinnen geworden, sie sind so langsam Frauen und sehr schön nebeneinander, Ferso mit dem feuerroten Haar und grünäugig wie eine Trauerweide und diese dunkle Elada Pinjo mit den himmelblauen Augen, und damit du weißt, Ferso fragt oft nach dir, schreib ihm, dass ich auf ihn warte, das sagt sie jedes Mal, wenn sie mich sieht, und lacht mit ihren Grübchen. Die Konditorin Manjo hat ihre kleine Werkstatt ins Zentrum verlegt, und Ferso geht ihr helfen, sie will auch Konditorin werden, ich glaube, dass das sehr zu ihr passen wird, weil es wichtig ist, was für Hände den Teig kneten – nicht nur vom Mehl, vom Zucker und von der Hefe hängt sein Geschmack ab, sondern auch vom Menschen, der ihn knetet.

Alles hängt vom Menschen ab, mein Sohn. Und die Liebe – auch. Angeblich gibt es eine Liebe für alle Menschen, aber jeder verwendet sie anders. Jetzt werde ich dir ein wenig von der Liebe erzählen, nicht nur, weil ich an Ferso denken musste, sondern weil ich vor allem über deinen Vater und mich sprechen will. Das, was du damals gesehen hast, ist nicht alles zwischen einem Mann und einer Frau. Ich will, dass du weißt, dass wir zwei aus Liebe geheiratet haben. Auch wenn ich Jüdin bin, hat keiner Tano daran hindern können, mich zur Frau zu nehmen. Nur verwendet er die Liebe sehr eigenartig. Manche Menschen lieben mit allem, was ihnen eigen ist: mit ihrem Herzen, mit ihren Augen, mit ihren Händen, mit ihren

*Worten. Andere halten die Liebe zuunterst in ihrem Grund ver-
borgen und wollen gar nicht, dass der andere davon erfährt – wirklich seltsam ist eine solche Liebe, nicht Liebe, sondern wie ein
Schatten, wie ein Geist; so liebt mich auch dein Vater, doch wenn wir
uns vor unseren Gefühlen fürchten, dann verlassen sie uns früher
oder später oder verwandeln sich in etwas anderes. Und dein Vater,
den hat ja auch das Trinken durcheinandergebracht, es ist ja alles
vor allem wegen diesem Trinken passiert, und doch wirkt sich auch
das auf den Menschen aus, was er sein Leben lang tut, also ist es
unmöglich, dass sich das Schlachterhandwerk nicht auch auf seinen
Kopf ausgewirkt hat. Tano glaubt mir aber nicht und wird böse,
wenn ich so mit ihm rede, er ist der Meinung, dass jede Arbeit
geachtet werden muss. Ob er vielleicht nicht doch recht hat? Ich
glaube, mein Sohn, dass du und ich auch mit schuld sind, wir
wollten den Menschen nicht verstehen, nicht einen Versuch haben
wir unternommen und hegten in uns drin, insgeheim, weiterhin
Abscheu vor seinem Handwerk, anstatt es ihm offen zu sagen, und
zwar nicht, weil wir damit etwas verändert hätten, aber mindestens
hätte er verstanden, dass nicht er es ist, der uns abstößt, ich weiß
nicht, ob du mich verstehst. Jeder Mensch bewahrt in seiner Seele
einen unberührten Winkel, dieser ist nicht mehr und nicht weniger
ein Stückchen Himmel. Weißt du zum Beispiel, wie viele Lieder
dein Vater hat? Mehr als zweihundert! Singt er zweihundertmal,
wird er zweihundertmal das Gesicht zum Himmel heben, weil das
Lied so ein Ding ist, es wendet das Gesicht des Menschen nach
oben. Und womit sonst erinnert Tano die Lieder, wenn nicht mit der
Seele. Er ist kein böser Mensch, glaub mir, mein Sohn, und versuch
zu verzeihen, wenn du es noch nicht getan hast. Weil auch die Vergebung heilt.*

*Was soll ich dir noch schreiben, wenn doch all jenes so viel ist,
wofür ich die Worte nicht finde, und doch, uns geht es gut, dein Vater
rührt den Rakija nicht an, ich habe neue Krücken, viel bequemer
als die alten, und das Wichtigste, sie sind weiß wie Tauben, und eine*

*neue Sorte Nelken habe ich angepflanzt und habe auch deinem
Vater abgewöhnt, in die Nelken zu pinkeln, und das ist, glaube ich,
alles für den Moment.*

Liebe Grüße schickt dir deine Mutter Zelma.

*Mein Sohn, ich schau mir deine Fotografie an und frage mich,
warum, wenn du doch so groß geworden bist, deine Augen gleich
geblieben sind.*

Endlich

Im späten Herbst des Jahres dreizehn empfing die Flüchtlinge als Erste die Fischerin: Sie stehen am Ufer mit von der Feuchtigkeit schimmeligen Fußsohlen, mit vor Müdigkeit und Anspannung ergrauten Gesichtern, sie stehen da und schauen aufs Meer, und das ist unendlich, und sie können ewig so bleiben und wie behext hinausschauen.

Endlich haben sie es hierhergeschafft, sind geradezu hergekrochen, nach Bulgarien, und erst hier beginnen sie, den bestürzenden Widersinn zu begreifen: Bulgarisch ist das Gebiet an diesem Ufer, aber auch dort, wo ihre Dörfer zurückgeblieben sind. In der Mitte verläuft die Grenze. Ob es auf der Welt wohl ein anderes Land wie Bulgarien gibt, dessen Grenze es in zwei teilt, das hüben-drüben ist, eigen und fremd, dessen beide Hälften kein Ganzes ergeben? In Edirne sind nach dem Gewitter eines weiteren, kurzen, furchterregenden Krieges, diesmal zwischen den Verbündeten des vorigen, ihre Häuser, ihre Äcker, ihre Erinnerungen, ihre Träume zurückgeblieben, vor ihnen fliehen sie, schleppen sich durch die dichten Wälder des Strandža-Gebirges, Flüchtlinge aus der eigenen Heimat und Flüchtlinge in ihr, Flüchtlinge aus dem eigenen Leben.[31]

Es stellt sich heraus, dass Flüchtling zu sein vor allem ein Gefühl ist. Die Menschen geben einander das geerbte Gefühl von Heimat weiter, die hier werden ihren Nachkommen das Gefühl von verlorener Heimat weitergeben. Der Älteste von ihnen, unverhofft von einer Eingebung ergriffen, versucht sie

---

31 Der unmittelbar auf den ersten folgende zweite Balkankrieg wird in Bulgarien Krieg-zwischen-den-Verbündeten genannt. Sein Grund liegt im Disput um die Aufteilung der von den Osmanen zurückeroberten Gebiete. (Anm. d. Ü.)

unsicher mitzuteilen, ja geradezu schüchtern: Schaut man sich das an, ist es ganz simpel, Heimat ist da, wo du ein Dach über dem Kopf hast. Die Jungen erheben stürmischen Einspruch: Ein Dach über dem Kopf ist allen Kreaturen der Himmel, aber die ganze Welt kann ja nicht deine Heimat sein, das können wir nicht sagen!

Darin liegt unser Fehler, darin liegt der Defekt des menschlichen Geschlechts, murmelt der Alte nur mehr zu sich selbst.

Die jungen Leute suchen weiter nach dem besten Ort, wo sie versuchen wollen, neue Nester für ihre Kinder zu bauen – wie die Schwalben werden sie Schlamm und Wasser unter ihren Zungen tragen, Federn und Halme, denn sonst ist da nichts, womit sie eine Zukunft zu errichten beginnen könnten. Das Meer ist die Mutter der Hungrigen, hat jemand unterwegs eingeworfen, und sie gehen einmütig darauf ein: Das Meer ist voller Fisch, der nie ausgeht. Nur der Alte wagt zu murren, auch das Meer braucht Pflug und Spaten, wenn ihr mich versteht, sie verstehen ihn auch jetzt nicht und brechen auf zum großen Wasser.

… Sie stehen an der Küste, beginnen Feuer zu machen, eilen geschäftig darum herum. *Das ist der Ort.* Die Fischerin beobachtet sie von oben. Eine winzige Gestalt löst sich vom Lager ab, hüpft über die Steine, klettert den steilen Hang hinauf, sie ist wie ein Zicklein, sehr wahrscheinlich ist sie in den Bergen aufgewachsen, denkt die Frau über das Mädchen, das sehr geschickt die Höhe erklimmt und sich schnaufend an den Rand des Abgrunds stellt. Jesses, was für ein Schrecknis, ruft sie der Fischerin voller Begeisterung zu, die Frau lächelt unwillkürlich. Hast du keine Angst, oder wie?

„Jesses, ich und Angst! Ich bin doch in den Bergen aufgewachsen, was ich da für Hänge erklommen hab, was für Gipfel es da gibt!"

Die Fischerin geht in die Hütte, nimmt vom erkalteten Rost ein Stück gebackene Makrele, wirft es auf einen Brocken Brot, kommt wieder heraus und steckt ihn in die Hände ihrer Besucherin. Jesses, sagt das Mädchen bis über beide Ohren lächelnd, wie lange ich keine mehr gegessen hab! Ihre Rede ist eine wunderliche Mischung aus Griechisch und kärglichem Bulgarisch, was bist denn du, Griechin oder Bulgarin? Das Mädchen winkt mit der Hand ab: Ich weiß ganz und gar nicht, was ich bin, könnte alles Mögliche sein, aber die Mutter und der Vater sind Bulgaren. Rasch erzählt sie ihr Leben, wobei sie mit den Armen fuchtelt, das Weiß ihrer Augen zeigt und blendend lächelt. Ein Kind der Natur, denkt die Fischerin bei sich, und eine unerwartete Zärtlichkeit drückt ihren Hals zusammen: Gelobt seist du, Herr, dass du den Kindern diese Fähigkeit gabst, die Beschwernisse und Prüfungen des Lebens ohne Einwände hinzunehmen, das Leben so zu leben, wie es ist, und von selbst zu wissen, dass die Prüfungen unumgänglich sind. Aber das Wichtigste ist, dass sie uns mit solch einer Leichtigkeit und Großmütigkeit unsere Sünden vergeben, denn, Herr, wenn ein Kind dem Erwachsenen seine Sünden vergibt, ist es ganz so, als hättest du sie vergeben – dann leben alle einfacher!

Das Mädchen tritt an sie heran, berührt die Fischerin zutraulich, bedankt sich wortlos. Da wirft die Frau einen Blick in ihre Augen und fährt zusammen. Dieses Mädchen gehört nicht zu den Menschen, die das Leben ohne Einwände hinnehmen. Die Fischerin sieht weiter hinter den klarblauen Vorhang ihres Blicks und sieht: Sie ist eine Kämpferin von Natur aus, sie verfügt über die Kraft, mit diesem Leben zu kämpfen, wenn es nötig ist, und wird es mit Zähnen und Krallen bezwingen, weil sie glaubt, dass der Mensch sein Schicksal lenken kann, und weil sie nicht vorhat, sich seiner Willkür zu überlassen, *das Gegenteil von dem, was der Junge denkt, mit dem sie bald unwiderruflich zusammentreffen wird.*

Sieh an, ein gewitztes Mädchen, sieh an.

Die Fischerin bleibt regungslos in der Höhe stehen, um eine Weile zuzusehen, wie die Kleine den Abhang hinuntersteigt. Das Mädchen wendet den Kopf von Zeit zu Zeit und lächelt jedes Mal wie eine Sonne. Die Fischerin hält es nicht aus, *komm wieder, ein andermal!* Und staunt selbst über die Worte, die sich aus einem ungeahnten Winkel ihrer Seele losgerissen haben.

Die Freundin von Elada Pinjo hält es für notwendig, sich mit einer kurzen Erklärung in die Erzählung einzumischen

Ich habe nun auch das letzte Blatt des zweiten Heftes von Elada Pinjo gewendet. Vielleicht erinnert ihr euch daran – es endet an der Stelle, wo Elada ihrer leiblichen Mutter begegnet. Das ist alles. Nun muss ich alleine weitermachen, allerdings fällt es mir immer schwerer, weil Elada Pinjo in meiner Erinnerung mit der Zeit immer immaterieller wird, immer weniger stofflich, körperlos irgendwie, Erinnerung an eine Stimme, an einen Blick aus violettem Licht, Erinnerung an ein Lachen, Erinnerung an eine Träne, wo doch die Erinnerung eine andere Wirklichkeit ist, eine Abweichung von der Wahrheit ist die Erinnerung; immer mehr gerate ich durcheinander, während ich mit Leichtigkeit zwischen den beiden Wirklichkeiten hin und her gehe, das Chaos namens Elada Pinjo wird immer stürmischer, und deshalb gebe ich auf, ich verzichte darauf, Koautorin ihrer Lebensgeschichte zu sein, ja so langsam beschleicht mich der Gedanke, dass ich kein Recht darauf habe, das weiße Blatt anzurühren, bis ich die einfachsten Dinge für mich geklärt habe, die ich nicht begreife, zum Beispiel: Ist Elada Pinjo ein Kind oder eine hundertjährige Greisin, lebt sie oder ist sie tot, habe ich sie jemals getroffen oder steht es noch bevor, dass sich unsere Wege kreuzen, kann ich das, was sie mir mit ihren eigenen Worten erzählt hat, mit meinen Worten wiedergeben, ohne sein Wesen zu verformen, und vor allem: Werde ich dadurch den Glauben an meine eigenen Kräfte erlangen, denn glaubt einer nicht an sich selbst, dann sollte er nichts in die Hand nehmen, was andere Menschen betrifft, weil er ihnen sonst schaden könnte, seinen guten Absichten zum Trotz.

Also gebe ich kleinmütig auf, räume die Notizen weg, verstaue die Hefte mit den Pappumschlägen, ich habe keinen Glauben, ich habe kein Talent, ich habe kein Recht. Und da erinnere ich mich an den letzten Tag, den wir zusammen verbracht haben, ich will es nicht, doch ich erinnere mich daran, als würde es mir jemand aufdrängen, darauf beharren, es einfordern: Elada Pinjo, von den Jahren geschrumpft wie ein Vogel, saß im Strohsessel, ganz wie in einem großen goldigen Nest, und sah wirklich wie ein Vogel mit violetten Augen aus, mit zerrupftem Flaum auf dem kahlen Kopf, die Nägel derart verhärtet, als wären ihre Hände die Füße des Vogels, sie war alt, ja älter als alt, so uralt, dass sie begonnen hatte, sich in ein Kind zu verwandeln, ich habe schon zwei Milchzähne, ma chérie, und trinke immer mehr Milch, eigentlich kann ich nichts anderes essen, mein Magen lässt es nicht zu, nur Milch, ich hab angefangen, Babyduft auszuströmen, ich nehme ihn selbst wahr und mir ist seltsam zumute, nach all den Jahren sollte ich nun allmählich nach Erde riechen, du verstehst gewiss, aber nein, und ich erklär es mir damit, dass ich im Grunde mein Leben lang unersättlich Milch getrunken habe, aber was weiß ich, womöglich kehre ich einfach nur zurück.

Asthmatisch zischend hebt die hundertjährige Greisin wieder an, ihr unmögliches Leben zu erzählen, in den dunklen Tiefen der feuchten Seidelbastwälder war es leer und gewaltig, und blickt dem hundertjährigen Grauen kühn in die Augen, Herr im Himmel, Heeerr im Himmel, wir verstehen deinen göttlichen Plan nicht, nicht weil er zu kompliziert ist, sondern weil er zu einfach ist, damit wir ihn begreifen können, uns mangelt es an Glauben, unsere Köpfe bersten vor Grübelei, doch der Glaube lässt keine Grübeleien zu, nicht weil sie unvernünftig sind, sondern weil er jedes Nachsinnen übersteigt, Johannes von Antiochia hat das gesagt, und auch ich sage es aus eigener Erfahrung, denn was ist nicht alles durch meinen Kopf gegangen, all die Bücher, die ich gelesen habe, all die redegewandten Menschen, die ich getroffen habe, am Glauben aber mangelt es mir immer noch, weil wir so geschaffen sind und keiner dir beibringen kann, zu glauben, wenn der Augenblick nicht kommt, in dem er dich in seinem vollen Ausmaß heimsucht, doch auch dafür müssen wir arbeiten, sobald Gott sieht, dass wir an uns arbeiten, wird er uns alles geben, alles, was wir brauchen, und du wirst Glauben haben, ma chérie, du wirst aufhören, Schlussfolgerungen zu ziehen, weil der Glaube alle möglichen Martern und Grübeleien sinnlos macht ...

Und so nehme ich die Hefte mit meinen Notizen wieder hervor, versinke in meine Erinnerungen, lasse die lebhafte Erzählung Elada Pinjos über ihr Leben in Burgas wieder aufleben, hoffe, dass ich die Geschichte so weit erzählen kann, wie ich sie kenne, weil ich auf irgendeine mysteriöse Art und Weise den Glauben erlangt habe, dass ich es doch machen kann, dass mich die nötigen Worte von selbst finden – dann nämlich werde ich in aller Ruhe die Verantwortung für das, was ich schreibe, auf mich nehmen können.

Das Mädchen sitzt auf dem Boden und betrachtet die Welt um sich herum durch die Schlitze seiner halb geschlossenen Augen. Eine kleine, traurige, elende Welt: Ein Greis sitzt in der Sonne an der Mauer, er hat den Saum seines Oberkleides umgestülpt und versucht, einen Floh zu fangen, der Floh springt weg, der Alte ärgert sich; eine gelbe Katze streckt selig ihren Rücken, ihr Gerippe knackt, mit gedehnten wilden Schritten macht sie sich auf über den glühenden Hof, der Greis schmeißt einen Stein nach ihr und grinst, sie flitzt durch das Unkraut in den benachbarten Hof, das Mädchen beginnt wütend zu brüllen, vergreif dich nicht, vergreif dich nie, ich befehle es dir, der Greis kichert und wühlt weiter nach dem Floh.

Das Mädchen sitzt im Schatten des Quittenbaums, betrachtet geistesabwesend den verwahrlosten Hof und seufzt in kurzen Abständen, sein Seufzer ist noch schwerer als die gelbe Quitte, die über seinem Kopf hängt. Warum seufzt du, stänkert der Alte. Er hat den Floh erwischt und zerdrückt ihn jetzt zwischen den Nägeln seiner großen Finger. Seufze nicht, auf deiner Schulter liegt nur das Blatt, seufzen kannst du, wenn du den Baum geschultert hast.

Das Mädchen blickt unter den Brauen hervor. Der Alte gleitet die Mauer entlang heran und beginnt wieder am Gewand herumzustochern. Es waren einmal, liebes Mädchen, zwei Nachbarn, der eine arbeitsam und reich, der andere faul und arm, und sie verstanden sich gut, und als sich einmal der Reiche aufgemacht hat, im Wald Holzfällen zu gehen, um Balken anzufertigen und sich ein neues Haus zu bauen, da ist der andere hinterher, um ihm Gesellschaft zu leisten; in der Tiefe des Eichenwaldes hat der Mann einen Baum gefällt, sich zufrieden die Hände gerieben, hat ihn ungeästet geschultert und sich drangemacht, ihn ins Dorf zu schleifen. Der andere geht hinterher, hört, wie der Nachbar ächzt und stöhnt, der verflixte Baum ist so schwer, als wär er aus Eisen – Schuldgefühle kamen in ihm auf, dass er so ohne Last dahinschlurft und seinem Freund nicht hilft, aber seines Zeichens faul, hat er ein Blatt vom Baum gepflückt und es auf seine Schulter gelegt und hat auch zu stöhnen und zu ächzen begonnen, als trage auch er nun eine Last. So sind sie im Dorf angekommen, krumm bis zum Boden – der eine mit dem Baum auf der Schulter, der andere mit dem Blatt. Und mehr stöhnt und ächzt der hinten, der mit dem Blatt!

Der Alte schaut dem Mädchen endlich ins Gesicht:

„Also sag ich dir, liebes Mädchen, ich sage es noch einmal: Ächze nicht, wenn du das Blatt trägst, du hast noch Zeit zu ächzen, wenn du den Baum auf den Schultern hast.

Die Quitten hängen prall herab, sie duften säuerlich und mild. Was für ein Wunder der Baum doch ist, er steckt voll verschiedener Gerüche, Baumsaft, Früchte und Kerne, wahrscheinlich liegt in einem dieser Kernchen die Seele dieses Baumes verborgen, schon möglich. Einmal hatte ihr Sirui erklärt, warum die Bäume grün sind, sie sind auch lebendig, Pinjo, in ihnen fließt Chlorophyll, das ist das resedagrüne Blut der Pflanzen. Oh, Sirui …

Ein Stein saust durch die Luft, die Katze miaut scharf auf, der Greis gickelt, den Kopf an die Mauer gelehnt, alle seine zerbröckelten Zähne sind zu sehen. Méchant, méchant, misérable, blöder Zausel, du bist nicht gutes Mensch, brüllt das Mädchen außer sich, steht auf und läuft in den Hinterhof.

Dort steht die Mutter vor der Breche, einer hölzernen Hanfbrechmaschine, hält den Griff fest und schlägt heftig drauf ein. Knirschend brechen die Eisenzähne die Hanfstiele, von Zeit zu Zeit schlägt die Frau das Bündel über die Brechel, es fliegen Splitter von der dicken Rinde, der Schweif aus silbrigen Hanffasern windet sich immer weicher und geschmeidiger. Die Mutter legt in diese simple Arbeit ihre ganze Leidenschaft, inbrünstig schlägt sie mit aller Kraft drauf ein. Das Mädchen sieht ihr zu. Die Frau spürt seine Gegenwart mit dem Rücken. Hört auf zu schlagen und bleibt mit gesenktem Kopf stehen, die Knöchel ihrer Finger, am Griff festgeklammert, laufen weiß an.

Das Mädchen dreht sich ruckartig um und geht auf die Straße vors Haus. Dort fließt ein träges Rinnsal, ums Rinnsal kauern die Zwillinge, die Kleinsten in der Familie. Dreckig und beschmiert bis zu den Ohren, kneten sie eifrig Erde und Wasser. Am Ufer des Rinnsals sind Männchen aus Schlamm aufgereiht. Erschafft ihr eine neue Menschheit, ihr kleinen Lümmel, stänkert sie der Greis an, der sich ebenfalls herbequemt hat. Dann macht sie anders, ganz anders! Denn Gott hat was falsch gemacht mit uns, man sieht's ja auf allen Seiten! Der Greis gickelt in die Hand, die Zwillinge werfen ihm flüssigen Schlamm ins Gesicht und lachen auch – das Vergnügen ist groß, und die Menschenkinder werden offenbar auch dieses Mal mehr schlecht als recht gefertigt werden. Da seufzt der Alte unverhofft:

„Ach, Mädchen!"

Und beginnt plötzlich durch und durch zu zittern, eine Träne kullert aus seinem Auge. Sind wir schuld oder nicht schuld, noch kann ich es nicht begreifen. Sieh deine Mutter an, in was für einem Zustand sie ist, wagt es nicht, dir ins Gesicht zu sehen; seit ihr euch gefunden habt, wurde ihre Schuld vor ihren Augen lebendig, so blauäugig und lächelnd ist sie, doch zum Fürchten ist es, ihr ins Gesicht zu sehen. Wir ließen dich damals im Wald, weil du kränklich warst und weintest, du hättest mit deinem Weinen auch die anderen Kinder verraten können.

„Das weiß ich!", entgegnet das Mädchen schroff.

„Gar nichts weißt du! Die Menschen auf dieser Erde sind, scheint's, durch und durch Flüchtlinge nach Gottes Plan! Anderswo muss ihre Wurzel sein, nicht auf der Erde, aber wo ist sie dann, die verflixte, das bleibt mir verborgen! Darum passieren solche Verletzungen, die Seele deiner Mutter ist verkrüppelt, und anstatt sich zu freuen, dass sie dich gefunden hat, verdorrt sie ganz vor Schuldbewusstsein …"

Das Mädchen fühlt sich schuldig, dass die Mutter sich schuldig fühlt. Es ist ein Teufelskreis. Die größte Quitte löst sich vom Ast und plumpst auf den Boden. Ganz verfault, wie sie ist, riecht sie süßlich und frisch. Das Mädchen vergräbt die Nase in ihr breiiges Inneres, will das Gesicht nicht von der Quitte heben.

Der Greis steht auf und schleppt sich durchs Flüchtlingsviertel, sein trockener Husten entfernt sich. Pinjo, das Mädchen, hingegen wird in die nachmittägliche Ermattung zurücksinken, sich in die dunkelste Ecke des Hauses verkriechen und einschlafen wollen, um die Unermesslichkeit und die Herrlichkeit dieses Wunders namens Träumen zu spüren, das ihr mit einer so großen Verspätung seit kurzem widerfährt.

Solange sie in Edirne lebte, und auch vorher im Gebirge, träumte Pinjo nie, oder vielleicht doch, aber dann jene tiefen Visionen, von denen man keine Erinnerung zurückbehält. Hier begann sie plötzlich richtig zu träumen und fand verblüfft heraus, dass der Traum auch eine Art Wirklichkeit ist, in der sich die Dinge von neuem ereignen können, wobei sie die Zeit mit Leichtigkeit überwinden, wenn auch auf unerklärbar verworrene Weise. Am Anfang ängstigte sich Pinjo, um nichts in der Welt konnte sie begreifen, wie es möglich war, gleichzeitig hier und dort zu sein, aber mit der Zeit gewöhnte sie sich daran und hörte auf, im Augenblick des Erwachens zu schreien. Eines Nachts hörte sie in ihrem Traum Siruis Stimme, und es war keine geträumte Stimme, sondern eine lebendige, Pinjooo, jetzt bin ich das All, es ist herrlich, das All zu sein, Pinjo, in allem zu sein und alles in sich zu haben, hab du keine Angst und trauere nicht, ich würde dir gerne alles über mich erklären, aber jetzt kann ich nicht mehr erklärt werden; in Pinjos Traum war alles verworren und hell strahlend, da war Licht, schwindelerregende Geschwindigkeit, schwerelose Schemen und mittendrin aus unbestimmter Richtung Siruis Stimme sowie eine andere Stimme ganz aus der Nähe, die sich mit der ihren verflicht und unergründlich und streng sagt, *gib mehr Speck in den Brei, Maria;* ein Hahn spannt seinen hageren Hals und schreit feurig, der Wind peitscht wie mit echten Flügeln aus Silber, verstreute Hanfsplitter und eine Wolke aus Hanffasern fliegen auf, die Trauer um Sirui wächst und ballt eine süße Kugel im Magen, in dem, was geschieht, waltet nur Chaos, und Pinjo muss sich selbst aus dem Chaos schöpfen, sich selbst neu erschaffen,

und müsste dazu den Traum verlassen, um ihn sich zu erklären, alle machen das so, sie träumen und deuten dann ihre Träume, da aber der Mensch auch unerklärliche Dinge braucht, wird sie um nichts in der Welt aus diesem Traum heraustreten, sie braucht nicht in die bewusste Welt zurückzukehren,

wenn sich die Dinge auch so ereignen können.

Allerdings schöpft der Hahn mit dem hageren Hals unaufhaltsam den Morgen, klatscht mit mächtigen, schicksalsvollen Flügeln und erinnert daran, wie erklärbar und unumgänglich diese Welt ist, Pinjo öffnet widerstrebend die Augen. Echter war es für sie im Traum, noch immer klingen ihr Siruis letzte Worte in den Ohren, keiner verlässt keinen, weil es unmöglich ist,

die Lebenden träumen die Toten und die Toten träumen die Lebenden, und wenn das gleichzeitig geschieht, treffen sie aufeinander, auch wir beide, Pinjo, träumten ein und denselben Traum, der Hahn speit seine Lava aus euphorischer Lobpreisung aus,

und Pinjo erwachte ganz, sie stand auf und begann, den Brei zu schlürfen, *deine Mutter hat sie ein bisschen anbrennen lassen,* der Brei schmeckte gut, die frittierten Schwartestückchen waren goldbraun und knusprig, der Morgen war klar, und Pinjo erholte sich vom Traum, weil sie vorausfühlte, dass sie ein simpler und klarer Tag erwartete, der vielleicht genauso echt sein würde wie der Traum.

Mit der Zeit wurde die Gegenwart Siruis in ihren Träumen immer stärker, es genügte, dass sie an der Schwelle zum Traum *Sirui* dachte, und sie erschien, klein und streng, wiegte ihren gläsernen Kopf und begann ihre unkindlichen Worte zu sprechen. Auch Chrisula, Ovanes und Jorgos versuchte Pinjo in ihren Traum zu rufen, doch sie kamen ihrem Wunsch nie nach, wahrscheinlich schafften sie es nicht, sich gleichzeitig mit Pinjo zu träumen, und ihre Träume gingen aneinander vorbei, womöglich aber geschah das, wovon Sirui sprach, mit den Lebenden nicht; nur einmal tauchte ungeladen Irinjo auf, sagte etwas Undeutliches und blieb nicht einmal stehen, sondern verließ den Traum sofort.

Eines Nachts kam die Hirschkuh. Pinjo schmiegte das Gesicht an ihre warme Hüfte und fing endlich an zu weinen. Sie hatte seit ihrer Kindheit nicht geweint. Sie verwandelte sich in einen Tränenquell, der unversiegbar war, sie weinte, lächelnd vor Trauer, den Hals der Hirschkuh in den Armen. Im Traum erinnerte sie sich, dass ihr Ovanes gesagt hatte, *der Mensch ist siebzig Prozent Wasser, wir sind Wasserwesen,* und nun floss Pinjo durch die eigenen Augen aus, ihr Wasser verwandelte sich in einen Bach, der alle Ritzen des Hauses flutete, der Hof war vollgesaugt, die Bäume tranken und belaubten sich, und Pinjo floss immer und immer weiter, und als das ganze Wasser draußen war, wachte sie auf, überrascht, dass ihr Körper ganz und unversehrt war. So war einst Sirui ausgeflossen, aber für immer. Die unerklärlichen Dinge waren und blieben unerklärlich, Pinjo war ganz und gar damit einverstanden, dass die Menschen nicht danach trachten sollten, alles vollständig zu erkennen, ihr genügte es, von der Hirschkuh geträumt zu haben, das Gesicht an ihre warme Hüfte geschmiegt zu haben, und dass ihr Traum eine Möglichkeit war, sich das vermeintlich für immer Verlorene von Zeit zu Zeit zurückzuholen. Denn wo konnten sie und die Hirschkuh sich sonst treffen, wenn nicht in den Untiefen des Traumes.

Wer sagt denn, dass es in den Bergen zum Fürchten ist. Die Berge sind voll von Bäumen, voll von Chrisula und von der Hirschkuh, und von mir sind sie auch voll, für immer. Jesses! Wenn ich jetzt gleich loszöge, direkt durch den Stecheichenwald, quer durch die Brombeersträucher und über die Felsen, ich weiß, ich würde mich nicht verlaufen. Irgendein Pfad wird mich von selbst geleiten, und wie sehr wünsche ich mir das! Sie erschrak vor dem Drang, das zu tun. Sie sah sich um.

Sie standen in einem lichten, hellen Wald. Ihr Vater ist ziemlich weit weg, Pinjo beginnt ihm von ferne dabei zuzusehen, wie er schwarze Stempel auf die Rinde mancher ausgetrockneter Bäume drückt. Zuvor hat er den Baum von allen Seiten begutachtet, hat seine Rinde gestreichelt, hat sein Ohr dagegengepresst, um zu hören, wie der Zuckersaft im Bast fließt. Der hier ist krank. Der da wird noch ein oder zwei Jahre leben. Die schwarzen Stempel werden immer mehr, denn dieser Wald ist alt und krank.

Ihr Vater hatte eine Stelle bei der Forstwirtschaft angenommen, und Pinjo wurde von Herzen neidisch, Jesses, wie gern ich auch Baumwart wär! Der Vater lächelte, es heißt Forstwart. Ach, trotzte Pinjo, ich will Baumwart sein. Sie hatte ihre Sehnsucht nach dem Wald nicht ausgehalten, und ihr Vater hatte sie mitgenommen, um gemeinsam die Bäume zu markieren. Sie waren frühmorgens mit einem kleinen Pferdewagen angereist, und Pinjo war wie eine Wilde in den Wald gestürzt. Ihr Rock war voller Kletten und Dornen, ihr Gesicht glühte und ihr Herz zitterte.

Nun beobachtete sie weiter die gemessenen Bewegungen ihres Vaters und erschrak für einen Moment: Er gleicht einem Henker. Er gleicht einem Exekutor, wiederholte sie bei sich auf Französisch, und es klang noch entsetzlicher.

„Hee! Du bist doch ein Baumwart! Warum tötest du sie?"

„Sie sind dürr, Elada, sie taugen nichts. Man wird sie den Flüchtlingen zum Heizen geben …"

„Hör auf, dich zu rechtfertigen, hör auf, dich zu rechtfertigen! Was, wenn du einen Fehler machst und ein Baum wird irrtümlich getötet?"

Der Vater schwieg verwirrt.

Sie machte sich dran, ihm zu helfen, nun selbst verstummt. Ihr Vater war Forstwart, und das war gerade nicht Baumwart … Auch die Menschen sind so gebrandmarkt, liebes Mädchen, aber man sieht ihnen die Male nicht an, sagte er irgendwann, und seine Stimme bebte. So ist auch deine Mutter mit der Trauer gebrandmarkt, eine pechschwarze Sünde trägt sie in sich … der Stempel wurde ihr direkt in die Seele gebrannt …

Mir ist nichts Schlimmes passiert, *im Gegenteil sogar,* versucht Pinjo ihm zum zigsten Mal zu erklären, der Vater winkt mit der Hand ab: Verstehst du nicht, es ist *ihr* passiert! Sie musste ihre anderen Kinder retten, die älteren – die, die jetzt verheiratet sind und nicht bei uns leben … darum haben Opa Peter und sie dich zurückgelassen. Pinjo erinnerte sich: In den dunklen Tiefen der feuchten Seidelbastwälder war es leer und gewaltig. Und auch an die von ihrer Mutter in stiller Fassungslosigkeit ausgesprochenen Worte, *vergib mir, verzeih mir, ich kann nicht.* Für ihre Mutter war die Zeit damals stehengeblieben, sie war ganz im Sinne des Wortes stehengeblieben, und Pinjo sah nicht, wie sie hätte helfen können, damit sie wieder in Bewegung kam. Ich liebe Mama. Sie liebt mich. Warum genügt das nicht?

„Und du, wo warst du denn damals?", fiel ihr plötzlich ein, dieser Gedanke war ihr nie gekommen. Erst jetzt sah sie die Abwesenheit ihres Vaters in jenem Moment.

„Ich war nicht im Dorf, als man euch vertrieben hat, Elada, ich ging später mit einer anderen Gruppe. Nie hätte ich dich zurückgelassen, allein hätte ich dich durch den Wald getragen, weitab von den anderen … Aber das verfluchte menschliche Schicksal, so hat es kommen müssen."

Am Abend sagte Elada stolz: Heute habe ich mehr Stempel als *Papa* gemacht. Unwillkürlich sprach sie dieses Wort aus – zum ersten Mal, seit sie sich wiedergefunden hatten. Die Mutter zuckte mit dem ganzen Körper zusammen. Der Vater strich mit der Handfläche über die Augen, lächelte gequält: Weiter so, mein Liebes, du bist sehr schnell von Begriff, darum …

Da mischte sich hastig der Alte ein:

„Was gibst du so an mit diesen Stempeln, Mädchen, bist mir ja eine große Beamtin geworden! Du kannst doch auf Französisch fluchen … Stempel hat sie gestempelt, unsere Elada, wen schert's!"

„Ich heiße Pinjo, hör auf mit dieser Elada! Ich bin nicht zwei Menschen, ich bin kein anderer, ich bin Pinjo …"

Der Alte stellte sich taub:

„Auch der liebe Gott verteilt solche Stempel, rund und schwarz … er sitzt an einem laaangen Tisch, kratzt seine Flöhe mit der rechten Hand, mit der linken knallt er die Stempel drauf, ein Linkshänder also. Für jeden Menschen haut er einen schwarzen Stempel in die Kladde, dein Opa Gott. Zack – der da wird schon morgen zu mir kommen, 'ne Kreuzotter wird ihm ins Bein zwacken. Zack – noch einer – der da wird in einer Woche kommen, eine Influenza wird ihn umhalsen, an einem schlimmen Hals wirst du abkratzen, Mensch ... hier dein Stempel! Und dich, dich wird ein rostiger Nagel aufs Totenbrett befördern – siehst du jetzt, was los ist, drei Kriege in Folge hast du überstanden, im Kugelhagel hast du überlebt, Tausende von Bajonetten krümmten dir kein Haar, und jetzt so ein läppischer Nagel. Aber verrostet! Weil, wenn die Zeit reif ist, Gott die schwarzen Stempel draufhaut, genauso wie du und dein Papa. Bloß brüte und frage ich mich, liebes Mädchen, warum Gott so was anstellt: die einen Menschenkinder zur Unzeit zu sich holt, sie ihre Arbeit hier nicht fertigbringen lässt ... und andere, die ihre Arbeit getan haben und nur mehr durch die Welt trödeln, warum behält er die noch hier? Mir zum Beispiel wird er den Stempel verpassen, wenn ich vergreist und altersschwach das Zeitliche segne – sieht er denn nicht, dass ich mir selbst und den anderen unnütz bin? Weil ich ihn ab und zu verfluche, darum lässt er mich wahrscheinlich: Seht nur, seht, wie großherzig ich bin, ich bin ja Gott und mache, was ich will, und Opi Peter, dem werd ich ein überlanges Leben geben, das ihm ganz leid und langweilig wird, damit der verfluchte Greis endlich begreift, dass ein Zuviel an Leben eine ebenso große Strafe ist wie der frühe Tod. Das glaube ich, Elada, und Gott, der wird dann sagen, ob ich recht habe, wenn wir uns dann treffen ..."

„Jesses, wenn Sirui dich von irgendwo hört, wenn sie dich nur hört, dann weh dir, Opa Peter! Weh dir!"

Eines Tages im Winter brach der Vater auf, ein Dutzend Honoratioren der Stadt auf die Jagd zu führen. Pinjo sprang auf, ihre Augen sprühten. Ich komme auch mit. Opa Peter protestierte, verrücktes Gör, hat man das je gehört, eine junge

Frau, die mit den Männern auf die Jagd geht! Hock dich auf deinen Hintern und halt die Luft an, ist das klar, Elada!

Wenn Elada will, soll sie nur bleiben, ich bin Pinjo und gehe mit! Sie warf ihren schwarzblauen Zopf von der einen auf die andere Schulter, machte sich blitzschnell ans Packen, die Mutter sagte kein Wort, der Vater wagte nicht zu widersprechen, und Pinjo sprang in den Pferdewagen, eingemummt in den Wollumhang ihres Vaters. In den anderen Pferdewagen riefen die Jäger einander erregte Sprüche zu, scherzten, drehten Zigaretten und ließen das Feuereisen klacken, zogen an den Zigaretten und rollten sie kampfeslustig zwischen den Zähnen hin und her.

Auch Pinjo schüttelt ein Fieber, sie stampft mit den Füßen, ruft dem Pferd jjjjjhaaa zu, ihre Stimme vibriert im frostigen Morgen.

Sie wollten Wasservögel an der Küste und Waldschnepfen am Fuße des Strandža-Gebirges schießen. In knapp einer Stunde waren sie an der Küste von Otmanli, dicht bevölkert von Wasservögeln; als hätte sie auf sie gewartet, schwamm die Sonne aus dem eisigen Meer empor, die raubereifte Luft knisterte von den feurigen Funken, die der Himmel versprengte, der Schnee färbte sich rosa; Möwen kreischten auf, die Hunde begannen aufgestachelt zu bellen, ein fröhlicher Tumult brach aus. Die Männer stoben zwischen die Felsen davon, ihre Gewehre knallten in kurzen Abständen, die Mündungen rauchten, erschrocken raschelten Vogelflügel durch die Luft. Wir töten, dachte Pinjo und wiederholte erstaunt, wir töten, und ich bin glücklich, die Wasservögel sind doch dazu da, oder, sie stürzte ihrem Vater hinterher, freudig kreischend, und er gab ihr ein Zeichen, keinen Lärm zu machen.

Dann rückten sie vor in einen weitläufigen Wald. In der Ferne zurück blieb das Rauschen des Meeres, Stille lag in den schwer gewordenen Ästen der Bäume, Eichhörnchen fegten Schneestaub herunter; durchschossen, plumpsten die Waldschnepfen in die Wehen und hauchten erst dann ihr Leben aus, Pinjo hob sie auf und hängte sie an ihren Gürtel. Sie war aufgekratzt von der Jagd und vom frischen Tag, sie setzte sich kurz auf das Schneekissen eines Baumstumpfs und musste leise lachen; auch die Jäger gingen in die Knie, lehnten sich rundherum an die Bäume, machten sich daran, eine glänzende Flasche herumzureichen, tranken einer nach dem andern und legten die Nasen in Falten, Pinjo hörte sie Anspielungen machen, sie ist in diesem Wald, ganz sicher, wir werden sie schon einkesseln, sie kann nicht entkommen, ihr Vater, der Forstwart, blinzelte irgendwie beklommen und wischte mit einem quadratischen Leinentaschentuch seinen kahlen Kopf ab, der sich plötzlich rosa färbte, na … ihr wisst doch … es ist verboten, na … Ihr wisst doch, das Gesetz … Wir sind das Gesetz, lachten die Männer.

Die Stille hinter ihrem Rücken wird schwerer. Der Wald stößt einen Seufzer aus, Pinjo taumelt in einer Vorahnung. Eine plötzliche Kraft stellt sie auf die Beine, stößt sie an, durch den Schnee loszugehen, bis zu den Knien in den Wehen. Ohne Ziel geht sie dahin, ihr Herz hämmert, ihre Schläfen pulsieren, die von ihrem Gürtel herabhängenden toten Vögel schlagen über die Knie. Sie geht lange, gerät ins Herz der Stille. Bleibt in der Mitte einer runden Wiese stehen, horcht, schaut sich um. Ihre Nüstern zucken, bleiben kleben, öffnen sich und wittern den Geruch von etwas, es ist so bekannt, aber Pinjo kommt nicht drauf, was es ist, ihr Herz schlägt bis zum Hals, sie kann nur mehr mit Mühe stoßweise Luft holen und ist überwältigt von der Nähe dieses Etwas.

Und da sah sie sie.

Ganz weiß war sie geworden, aber nicht vom Schnee, sondern vom Alter. Auch ihre Nüstern zitterten wie kleine, bereifte, braune Blätter, aus ihrem halb offenen Mund traten warme Ströme Atem hervor. Ihre langgezogenen, leicht hervorstehenden Augen trafen auf die verblüfften Augen des Mädchens.

Oh Gott!

Sie blieben ewig so stehen, sie hatten Angst, sich zu rühren. Pinjo drückte schließlich den eigenen Hals mit den Fingern zusammen. Zum ersten Mal spürte sie, wie die Zeit zum Stehen kommen konnte, mehr noch, der Gedanke ging ihr durch den Kopf, dass sie sich überhaupt nie bewegt hatte, immer waren da diese Anfangslosigkeit und diese Unendlichkeit gewesen, erhaben erstarrt um sie herum. Nun geschah etwas, was keinen Namen hatte, jedenfalls konnte Pinjo es nicht benennen, es war stärker als die Sonne, als die gedächtnislose Stille, als die Luft und das Wasser, als das Pochen ihres Herzens in allen Adern des Körpers. Dann lebten die Zeiten wieder auf, von irgendwoher begannen die konzentrischen Kreise einer unbestimmten Gefahr heranzuströmen, während sie beide genau in ihrer Mitte standen, Pinjo spürte, wie sich ihr unsichtbares Netz um sie legte. In diesem Augenblick zerriss Hundegebell die Stille, die Hirschkuh zuckte, hatte aber irgendwie keine Eile loszurennen; Pinjo fasste sich, kam aus der Erstarrung und schwenkte panisch die Arme, lauf, geh weg, versteck dich, bitte; die Hirschkuh blieb weiter so stehen, ihr Blick wurde immer menschlicher, und dieser Blick ließ Pinjo durch und durch erbeben. Die Empfindung von Gefahr verwandelte sich in etwas anderes, auch dies hatte keinen Namen, das Mädchen nahm seine Unabwendbarkeit wahr, versuchte ihm aber zuvorzukommen, sie stürzte durch den Schnee, ihre Beine sanken ein, die steif gewordenen Waldschnepfen schlugen ihr über die Knie, sie nahm sie vom Gürtel und warf sie von sich, endlich erreichte sie die Hirschkuh, kniete sich in den Schnee und presste für eine Sekunde die Stirn an ihre warme Hüfte, im nächsten Augenblick schlug sie mit den Handflächen auf sie ein, geh, bitte, bitte, die Hirschkuh ließ müde ihre raubereiften Lider sinken, und da knallte der Schuss.

Ich hab's dir doch gesagt, Elada, eine Frau darf nicht auf die Jagd gehen, es bringt Unglück, aber du … sie hätten auch dich töten können, ein zweites Leben lebst du jetzt! Ein drittes, berichtigte das Mädchen den Alten. Die Mutter rang ihre bleich gewordenen Hände und sah mit weit offenen Augen aus dem Fenster, der Vater wischte mit seinem quadratischen Taschentuch sein Gesicht ab und stöhnte. Pinjo ballte die Fäuste, das Blut in ihren Venen wurde schwarz, ihre Augen wurden schwarz, schwarz wie Holunder wurden ihre Lippen:
„Das war meine Mutter, und ihr habt sie getötet!"
Im Zimmer wurde es still, Pinjo erschrak vom Hall ihrer Worte. Als blitzte eine kühle Klinge im Halbdunkeln auf, als hätte sie sie direkt in den zarten Rücken der Frau am Fenster gerammt, eine Klinge, bestrichen mit dem Gift kühler Rachelust.
Dann sprang sie auf, stürzte hinaus. Lief lange durch die schmalen Gassen des Viertels. In den Häusern zündete man schon die Petroleumlampen und Kerzen an, die flimmernden Lichtlein warfen die Schatten der Menschen widerwärtig vergrößert auf die Vorhänge, als wären die Zimmer von Gespenstern bewohnt. Eine Weile ging sie so durch den schlammigen Schnee, kehrte zurück und setzte sich auf die kleine Treppe vor der Tür. Es trat Opa Peter heraus, stellte sich in die Mitte des kleinen Hofs, stampfte ein wenig auf der Stelle und hob den Kopf zum Himmel.
„Schau diese Sterne, schau dieses Wunder, ob dort oben, auf jenem Stern, ob dort nicht vielleicht ein anderer kleiner Greis wie ich steht und ebenso herschaut, zu unserem Stern."
Pinjo gab keinen Laut von sich, der Opa hüstelte:

„Heiliger Strohsack, man sagt, die Erde sei rund und sie sei ein Stern im Himmel, das sagte mir mal der Lehrer Stamenov, aber wie soll man sich das nur vorstellen, ich hab ihm damals nicht geglaubt, dem Lehrer, und hab zu ihm gesagt, wie kommt's dann, dass wir nicht herunterfallen von der Erde, wenn sie denn eine Kugel ist, und er erklärte mir, dass wir Wurzeln wie die Bäume hätten, nur seien diese unsere Wurzeln unsichtbar und unendlich, sprich, sie erlaubten es uns, uns zu bewegen, wohin wir wollen. Man nenne sie Gravitation, einen solchen Namen hätten sie."

Unwillkürlich lächelte Pinjo im Dunkeln. Sie hatte über die Erdanziehung in einem von Siruis Büchern gelesen.

„Ich will dir sagen, mein Kindeskind, dass es sehr eigenartig ist, dass sich Gott die Mühe gemacht hat, so was einzurichten, und wir nicht einmal dran denken, seine Arbeit zu würdigen. Stell dir nur vor, einen Stern hat er uns als Haus erschaffen, und wir, wir haben dieses Haus in Stücke gerissen, um in Stämmen zu leben und uns gegenseitig abzuschlachten, um einander das Land zu rauben und was nicht noch alles. Ein Jammer! Auf einem Stern zu leben und sich dessen nicht bewusst zu sein!"

Dann schwieg auch der Alte, und die beiden hörten, wie im Haus einer der Zwillinge im Schlaf aufweinte, irgendwo am anderen Ende des Viertels miaute eine streunende Katze, und die Nacht wurde noch schwärzer, weil im Himmel weitere Sterne aufleuchteten.

„Hör zu, mein Mädchen, kann sein, sie ist es nicht gewesen, kann sein, dass es eine ganz andere war, eine fremde, hm! So viele Jahre sind vergangen, seit … Und auch der Wald war ja damals ein anderer, weit weg von hier, warum glaubst du, dass sie deinetwegen in diese Gegend und in diese Wälder gekommen ist?"

Die Stimme des Greises wurde ganz dünn und riss.

Pinjo richtete sich auf, öffnete lautlos die Tür und trat ins dunkle Haus. Opa Peter blieb noch ein Weilchen, stampfte noch ein paarmal auf der Stelle und winkte mit der Hand in Richtung eines fernen Sterns, mach's gut, alter Mann. Er klopfte den Schnee von den Füßen und ging dann auch hinein.

Eines späten Frühlingsabends, kurz vor Mitternacht, als sie im Bett lagen, als in keinem einzigen Fenster des Viertels Licht brannte und nur ein tiefhängender sorgenvoller Vollmond die Welt erhellte, erschien die Nackte Anna.

Einige waren ihr bereits auf den Straßen im Viertel begegnet und hatten den anderen davon erzählt, Pinjos Neugier war von unvorstellbaren Einzelheiten zunichtegemacht worden, und siehe da, nun kam sie an diesem Abend selbst aus dem fernen Sumpfviertel, von der Schlachterei her. Als Erstes vernahmen sie ihre hohe, glasklare Stimme, die Nackte sang eines ihrer Mondlieder, nur bei Vollmond mache sie sich auf durch die Straßen, hieß es. Das Lied bestand aus wirren Worten, nahezu sinnentleert, aber irgendwie sonderbar, kühl und trauervoll herrlich, Pinjo spürte, wie sich ihre Haare aufrichteten und zu regen begannen,

oooh Gott, mein lieber Goott, die Sonne ging auf und der Mond auch, beide strahlen am Himmel, und das Meer ist aus Fischen, und die Fische trinken's aus vor einer Million Jahren, und ein Baum blühte auf im Meer, ganz nackt ist das Meer, ganz nackt, oje, mein armer Baum, oje, der Armeeee,

das letzte Wort kennt kein Ende, ein rundes, stechendes E vibriert durch den Himmel, es ist auf etwas unendlich Fernes gerichtet, es hat sich in einen Klageruf verwandelt, in eine Bitte um Gnade, in einen Protest und in ein dunkles Gestöhn, in all das gleichzeitig, und es will nicht enden, die Nackte hat keine Kraft, es aufzuhalten, es daran zu hindern, immerfort aus ihren Tiefen herauszubrechen;

und so ging sie durch die Straßen, und auch die Hunde
heulten, der Mond beleuchtete ihren nackten Körper mit
seiner zitronengelben Haut und den zarten Gliedern, während
sich der Schweif ihres kranken Liedes über ihren Kopf empor-
wand und sich die Leute wie behext hinter die Vorhänge
stellten und ihre Augen nicht vom Anblick lösen konnten,

erzähl mir von ihr, Opa Peter,

wozu willst du das denn wissen, Elada, der fremde Schmerz
wird davon nicht kleiner werden, na gut, es heißt, passiert sei
das in der Zeit der ersten Flüchtlingswelle, als wir dich in der
Wiege zurückließen, zur selben Zeit; Räuber hätten ihre
Gruppe angegriffen, da sei Anna fünfzehn Jahre alt gewesen
und mit ihrer Familie unterwegs, zu siebent oder zu acht,

Pinjo hört mit weit aufgerissenen Augen zu und erzittert
schon jetzt vor Grauen: eines Nachts habe sich Anna ziemlich
tief im Wald abgesondert, um ihre Notdurft zu verrichten, und
während sie da gekauert habe und der Mond kühl über ihren
Kopf schien, habe sie in der Stille der Nacht entsetzte Schreie
und Geheul vernommen, sie seien von ihren Leuten herge-
kommen, sofort sei Anna in die Höhle eines alten Baumes
gekrochen, habe ihr Gesicht in die Knie vergraben, ihre Ohren
mit den Fingern zugepresst und habe durch und durch zu
beben begonnen; die Schreie hätten aufgehört, totenstill sei es
geworden, doch Anna sei in der Höhle geblieben und habe
weiter von Kopf bis Fuß gebebt, da habe der Mond weiße
Tropfen auszuschütten begonnen, und der Wald rundherum
sei in Bewegung gekommen, die Bäume hätten zu gehen
begonnen, seien umhergeschritten wie schweigende Riesen,
also habe Anna geglaubt, dass sie all das träume, wahrer sei ihr
vorgekommen, es zu träumen; sie sei aus dem Bauminnern
herausgekrochen, habe ihre steifen Glieder geschüttelt und
habe sich direkt durch die Mondflecken den Pfad entlang aufgemacht und die Ihren bald erreicht, sie aber schliefen schon

alle, lagen reglos da, und also beeilte Anna sich, bei ihrem Schwesterchen unterzukriechen, da habe sie etwas Unstimmiges bemerkt, im Mondlicht habe sie gesehen, wie sie mit offenen Augen schliefen, leer und fern seien ihre Augen gewesen, und am fernsten die Augen ihres Schwesterchens, komm zurück, habe Anna zu ihm gesagt, ich bitte dich zurückzukommen, was macht ihr denn da, erschreckt mich doch nicht so, während das Gepäck rundherum verstreut gelegen habe und es mitternächtlich und mondbeschienen gewesen sei, so dass Anna immer tiefer in diesen Traum gesunken sei, innerlich erstarrt,

äußerlich eilend, habe sie damals mit den Fingerspitzen die Augen der Ihren geschlossen und sich an die Arbeit gemacht: Sie habe sie einen nach dem anderen unter die Arme und über die Brust gepackt und sie durchs Gestrüpp in die nahegelegene trockene Schlucht geschleift, dort habe sie sie nebeneinander aufgereiht, ihre Schwester für den Schluss aufbehalten, habe sich dann hingesetzt und sie aufmerksam angeschaut, sie habe begonnen, ihr gleichmäßig und eindringlich zuzureden, du hattest recht, habe sie auf sie eingeredet, ihr eingeflößt, denn bevor sich all das wie aus dem Nichts zugetragen habe, da hätten die beiden über irgendetwas gestritten, sie seien sehr wütend aufeinander geworden, und weil sie nicht sprechen durften, hätten sie einander wie Schlangen angezischt, ich hasse dich, habe Anna geflüstert und ihrer Schwester sogar eine über die Finger gezogen, nun habe sie es aber nicht mehr zurücknehmen, es ungeschehen machen können, der Schlag über die Finger sei dageblieben und bleibe da, auf der Hand der Kleinen, und so habe Anna diese Hand vorsichtig in ihre Hände genommen, sie schuldbewusst zu streicheln begonnen,

komm, sieh nur, ich liebe dich, ja, Liebe bin ich durch und durch, alles andere ist nicht passiert, es war ganz nichtig und völlig unbedeutend, aber die Liebe ist für immer, jaaa, die Liebe, da hast du's, jetzt habe ich sogar vergessen, worüber wir gestritten haben, komm zurück jetzt, komm zurück, komm schon, ich werde mich voll und ganz ändern, wenn du willst, sogar meinen Namen werde ich wechseln, wenn du willst, Liebe werde ich von heute an heißen, jaaa, Liebe, verzeih mir nur und vergiss das mit dem Hass, ich bitte dich, Kleine, komm zurück.

Dann sei sie still geworden, um sich auszuruhen, habe den Kopf erhoben und den Mond angeschaut, mag sein, auch ihr sei es vorgekommen, als seien auf dem Mond ebenfalls Menschen, so kleine und eilende, um Gottes willen, wo flohen sie denn hin,

und da habe Anna ein Messer im Mondlicht glänzen sehen, ein großes krummes Messer, fremd und furchteinflößend sei es gewesen, dennoch habe sie danach gegriffen und das Messer genommen, damit habe sie es geschafft, die Erde auf beiden Seiten der trockenen Schlucht aufzuwühlen, mit zugepressten Augen, wie ein Maulwurf habe sie gewühlt, die Erde sei bröckelig gewesen und einfach über die Ihren gerutscht, damit habe sie Anna weich und warm zugedeckt,

und als sie endlich fertig gewesen sei, da sei der Mond verschwunden gewesen und es habe getaut, ein feiner morgendlicher Dunst, im Tageslicht habe Anna ihre von etwas Dunklem und Klebrigem befleckten Hände gesehen, nass und klebrig sei ihr Gesicht gewesen, schwer und süßlich habe auch ihr Kleid am Leib geklebt,

endlich habe es Anna geschafft, *oh Gott* auszusprechen, ein zweites und ein drittes Mal, und habe dann mit der Messerspitze ihre Kleider zerrissen, voller Ekel habe sie sie von sich gestreift, wütend habe sie draufgetreten und sich nackt ins nasse Gras gelegt, sie habe sich auf dem Gras den Hang hinuntergewälzt, sei zurückgekommen und habe es von neuem getan, immer wieder; mit einer Handvoll Blätter habe sie ihre Hände geputzt und ihr Gesicht abgerieben und sich dann wieder gewälzt, ohne zu merken, dass ihre Haut begonnen habe die Farbe zu ändern, allmählich habe sie einen grünlichen Schein ausgestrahlt. Schließlich habe sie sich inmitten der Gräser hingesetzt, habe gespürt, wie die Stille von allen Seiten angeschwollen sei, sodass man weder ihren Anfang noch ihr Ende habe absehen können, und erst jetzt sei Anna so richtig erschrocken,

weil sie nicht gewusst habe, wie sie diesen Traum hätte verlassen können,

wo sie sich doch irgendwie vor der Totenstille, die ihn ausgefüllt habe, habe schützen müssen, deshalb habe sie begonnen, leise und näselnd zu singen, sie habe ihren zugeklebten Mund nicht öffnen können, drum habe sie am Anfang innerlich mit dem Bauch gesungen, mit der Zeit aber sei ihre Stimme erstarkt, habe eine unerwartete Kraft erlangt, sich den Weg gebahnt und sich rein und glasklar zwischen die Bäume zum schweren, unnachgiebig schweigenden Himmel erhoben,

und also habe Anna alle Lieder gesungen, die sie gekannt habe, und als sie ausgesungen gewesen seien, habe sie weiter die Worte gesungen, die sie gekannt habe, sie habe sie durcheinandergesungen, bis ihre Stimme heiser geworden sei.

So habe sie eine andere Gruppe von Flüchtlingen aufgefunden, die sich vor den Räubern im gleichen Wald versteckt habe, sie hätten von weitem ihre Lieder gehört und seien ihnen gefolgt, um sie nackt und mit streng aufrechtem Rücken im Gras sitzen zu sehen, im Tageslicht sei ihre Haut krokusbleich gewesen und habe vom Tau geleuchtet, ihre Augen seien geschlossen gewesen, und aus ihrem Mund habe sich endlos ein Wort langgezogen:

„Božeeej!³²"

Der Gedanke an die Nackte Anna verdrängt den Gedanken an den Tod der Hirschkuh, Pinjo hört nicht auf, sich alles vorzustellen, was dieser seltsamen Frau passiert ist und am wenigsten die tote Hand der kleinen Schwester in Annas Händen, Božeej, zieht auch Pinjo unwillkürlich in die Länge und erschaudert, und da ahnt Pinjo, dass die Nackte Anna nicht zufällig in dieser Stadt ist, solche wie Anna sind nirgends zufällig, warum das so ist, weiß das Mädchen nicht, bloß wünscht sie sich sehr, eines Tages auf die Nackte zu treffen und einen Blick in ihre Augen zu werfen, durch ihre Augen zu sehen und eine Antwort auf die Frage zu bekommen, warum Anna nicht zufällig in dieser Stadt ist, und das heißt auch für Pinjo,

und eines Tages, da trifft sie sie und wirft einen Blick in den Abgrund von Annas Blick.

Es war ein gleißend heller Frühlingstag, und der Vogelmarkt peitschte mit den Flügeln, gackerte kehlig und krähte, es flogen Daunen und Gefieder, und es war vergnüglicher denn je. Pinjo schlenderte ziellos umher und betrachtete neugierig die Käfige, in denen Kanarienvögel vor sich hin pfiffen und Papageien näselten. Sie und die Bäuerinnen neckten einander, noch kreischender als die Vögel, die jene an den Beinen festhielten. Sie blieb stehen und begann einen schwarzen Hahn zu studieren, einen wilderen als den hatte sie nie gesehen, der Hahn starrte sie voller Ingrimm in seinem gelben Auge an, Pinjo trat zurück, Jesses, er wiegte seinen Kamm hin und her, klapperte mit dem Schnabel und wäre fast aus den Händen der kräftigen Bäuerin geflogen, die ihn bezwang, seinen Kopf hinunterpresste und ihn unter

---

32 *Bože!* – bulg.: Боже! – „oh mein Gott!", „um Gottes Willen!"
(Anm. d. Ü.)

einen seiner Flügel klemmte. Der Wilde beruhigte sich und schlief sofort ein, Pinjo zwinkerte der Frau zu und lachte.

Eben in diesem Moment schwoll über dem Vogelmarkt ein gemeinsamer Ruf an, ein Aaah, das aus vielen Mündern gleichzeitig kam, die Vögel hörten auf, mit den Flügeln zu klatschen, das Gurren der Tauben in den Käfigen erstarb, es hörten die Hühner zu glucken auf, und in der unerwarteten Stille wandte Pinjo ihren Blick dahin, wo alle hinschauten: Die Nackte Anna ging splitternackt durch die Menge, ihre Haut hatte bei Tageslicht wirklich die Farbe eines fahlen Krokus; sie war schlank, mit Armen wie Stöcke und langen, schmalen Oberschenkeln, darüber war der Schamhügel bedeckt von hellem, grünlichem Flaum, noch grünlicher war der Pelz, der unter ihren Armen hervorlugte, ihre Brüste waren zart, kaum erkennbar wie die eines noch nicht ausgewachsenen Mädchens, während sie im Gesicht derart gealtert aussah, dass Pinjo sie im ersten Moment weit über vierzig schätzte.

Die Nackte schritt dahin, ohne irgendwo anzuhalten, ging zielstrebig an den Käfigen mit den Papageien, Tauben und Kanarienvögeln vorbei, ohne sie anzusehen, sie schritt auf etwas zu, das womöglich nur sie sah, stets entwischte es einen Schritt vor ihren Füßen, und unbeirrt blieb sie auf seiner Spur, plötzlich aber hielt sie an,

sie blieb genau vor Pinjo stehen,

genau in ihren Augen hielt der Blick der Nackten Anna inne, und das Mädchen erstarrte vor diesem Blick, presste die Lider mit letzter Kraft zusammen und spürte, wie Anna nach ihm griff, sie fasste ihre Hand und schloss ihre Handfläche in ihre Hände. Pinjo öffnete endlich die Augen und blickte in Annas Augen, darin kehrte etwas aus einer sehr weiten Ferne zurück, ihre Irides begannen die Farbe zu verändern, ihr schlammiges Grün klärte sich auf, und sie erstrahlten saftig grün, ooh, lächelte die Nackte mitfühlend und begann das

Mädchen über die Finger zu streicheln, oooh, ihre eisigen Hände wurden allmählich warm, Pinjo spürte ihre Wärme in sie selbst abfließen, ooh, sprach die Nackte Anna zärtlich und mitfühlend in einem fort und hörte nicht auf, mit ihren dünnen Fingern zu streicheln,

macht nichts, maacht nichts, alle Zärtlichkeit der Welt in diesen Fingern, alle Liebe der Welt in diesen Augen,

Pinjo begann zu weinen, bis in ihren Grund versunken,

weine nicht, komm, es ist nichts passiert, nichts,

nur Liebe, jaa, nur Liebe, sooo eine Liebe, wie der Himmel, ja, Anna machte die Arme weit auf, um die Liebe zu zeigen,

und da warf eine Tante ein Mulltuch über ihre Schultern, eine Schande ist das doch, Leute, wenn sie es nicht begreift, so sehen wir's doch, eine Sünde ist's, dass sie nackt herumläuft.

Anna erzitterte am ganzen Körper, ihre Augen erloschen, ihre Hände erkalteten; sie ließ Pinjos Hand los und begann sich voll Ekel zu winden, sie versuchte, die Decke mit den Schultern von sich zu werfen, neeeijn, diese fiel in den Staub, die Nackte lief hinüber zum grünen Ampferstrauch, der neben dem naheliegenden Zaun wuchs, riss die Blätter in Stücke und begann sich wie wild damit abzuwischen, ihre Hände, ihr Gesicht, den Körper, sie rieb, bis sich die Blätter in einen grünen Brei verwandelten,

und wieder ist sie ganz sauber,

Anna ging davon, indem sie in einem fort ihr empörtes oou vor sich hin sprach, dieses hatte aber nun keine Kraft mehr, keine Farbe, der Anfall von Liebe war vorbei, und die Nackte drehte sich nicht einmal um, um Pinjo anzusehen oder irgendwen anderen, die Straße entlang entfernte sie sich Richtung Sumpf, und die Tanten fingen endlich an, sich zu bekreuzigen, die Hähne krähten auf, die Tauben stimmten ihr Gurren an, und alle vergaßen die Nackte Anna, einzig

Pinjo stürzte heim, wobei sie über ihre eigenen Beine stolperte und zischend atmete ...

Das war im Frühling, und an einem ruhigen Morgen am Ende des Sommers, da erfuhr Pinjo, dass die Nackte Anna den Schlachter Tano angegriffen hatte.

Im Viertel wurde rege über den Vorfall diskutiert, und man konnte nicht fassen, wie er hatte passieren können. Anna war friedfertig und belästigte keinen, die Anfälle von Zärtlichkeit und Mitgefühl nicht mitgerechnet, dann aber erzählte der Lehrling des Schlachters das eine oder andere, und die Sache war klar.

Sie sei einmal aus dem Haus der Flüchtlinge, bei denen sie im Viertel neben dem Sumpf wohnte, hinaus und spazieren gegangen; sei dahingeschritten, habe gelächelt und habe keinem ins Gesicht gesehen, wiewohl sie auf ihrem Weg so manchem Menschen begegnet sei: Eine Greisin habe sie träge mit der Hand vermaledeit, eine Frau habe mitleidig den Kopf geschüttelt, einige Kinder hätten fröhlich hinter ihr herge-kreischt, Anna die Nackte, die Nackte Anna, ein Mann habe sich bekreuzigt, Kindchen, Kindchen, doch Anna habe sie keines Blickes gewürdigt und sei schnurstracks in den Hof der Schlachterei marschiert, dort sei sie noch nie gewesen, sie sei direkt hinaufgegangen, habe Zelma gesehen und sei zu ihr ans Bett, sie habe sich zu ihren Füßen hingesetzt und begonnen, ihre Hand zu streicheln, lange habe sie sie gestreichelt, das Sumpfgrün in Annas Augen habe sich bis zum Grasgrün auf-gehellt, bis zum Resedagrün, bis zur Zärtlichkeit, bis zur Sehn-sucht. Dann habe sie zum ersten Mal gestattet, dass jemand ihre Hände streichelte, Liebe jaaa, alle, jaaaa, wonach Zelma die Hand ausgestreckt, eine purpurne Perlagonie gepflückt und ihr diese gegeben habe, die Nackte Anna habe breit gelä-chelt und sie in ihr Haar gesteckt, an der Schwelle sei sie stehen geblieben, habe noch breiter gelächelt und sei die Treppen hinuntergetrappelt, Zelma habe weder gehört noch gesehen, wie Anna zu Tano in die Schlachterei gegangen sei, lautlos habe sie es getan und den Mann erschreckt, sie habe sich lächelnd vor ihn hingestellt, nackt und erbärmlich wie ein großes Küken, eben aus seinem Ei geschlüpft, und habe ohne zu zögern begonnen, seine Hand zu streicheln, Tano habe verwirrt gelächelt und sei zurückgewichen, doch dann habe er sich rasch gefangen und Annas Gefasel zugehört, was dieses Mädchen von ihm wollte, diese nicht erwachsen gewordene Frau, was ihre Finger wollten und ihre schattigen leeren Augen, was ihre tiefe und zärtliche Stimme wollte, Liebe, jaaa, Liebe, habe Tano nicht begriffen, wollten sie nicht von ihm, sondern gaben sie ihm, das sei sein Fehler gewesen, er habe sich gedacht, dass er keine Frau angerührt habe, seit das mit Zelma passiert sei, irgendwie habe er sich noch nicht getraut, seine Frau zu berühren, obwohl viel Zeit vergangen sei, und dieser federlose Nestling vor ihm sei ja gar nicht so hässlich, bloß seine Augen seien ein wenig leer, nur das.

Liebe, Liebe, habe der Mann zu wiederholen begonnen, gute Liebe geben ich dir, machen dir gut, er habe zu ihr gesprochen, als könnte sie ihn besser verstehen, wenn er seine Worte verzerrte, warte kurz, zitternd habe er ihre Hand beiseitegeschoben und den Tisch mit der Handfläche abgewischt, und das sei sein zweiter Fehler gewesen, er habe Anna zu sich herangezogen, ihr schmächtiges Brüstchen gestreichelt, dann habe er das Mädchen unter die Knie gepackt und es auf den Tisch hingelegt; Anna habe versucht aufzustehen, beleidigt und vorwurfsvoll habe sie uouuu in die Länge gezogen, doch Tano habe nichts gehört, hei Mädchen, du hast ja eine Haut weich und feucht wie ein Sumpf, was ist denn das für 'ne Haut, ooou, habe sie versucht, ihn mit den Handflächen von sich zu stoßen, doch der Tisch habe schon losgeächzt, und da habe

Zelma den Schrei des Mädchens gehört; im gleichen Moment habe der Mann endlich begriffen: Gut, ist ja gut, warum hast du mich dann drum gebeten, komm, steh auf und geh, na, komm; oben sei Zelma auf die Krücken gestiegen, habe die Treppe erreicht und sei, um schneller zu sein, im Sitzen hinuntergerumpelt, unten habe Tano die Nackte Anna entschuldigend berührt, macht nichts, es ist nichts passiert, geh schon, sie aber habe seine mit etwas Klebrigem beschmierte Handfläche gesehen und sei durch und durch erschaudert, mit dieser Hand habe er versucht ihr Gesicht zu streicheln, sodass ihre Krokushaut feucht und klebrig geworden sei, und da, völlig entsetzt, habe Anna das Messer gesehen, groß, fremd und furchteinflößend, mit einer dunklen klebrigen Schneide, genau wie jenes, ganz genau, mit ihren starken Fingern habe sie es ergriffen, während Zelma es endlich geschafft habe, sich in die Schlachterei zu schleppen, aber zu spät.

All das habe der Lehrling gehört und gesehen, als er überraschend nach Hause gekommen sei, und bis er sich entschließen konnte, sich einzumischen, immerhin ist er ja mein Meister, habe er gesehen, wie sie zum alten Nussbaum gelaufen und in seine Höhle geschlüpft sei, das Gesicht in die Knie vergraben und durch und durch gebebt habe, während Zelma von der Schlachterei her in Schreie ausgebrochen sei …

… Anna hörte auf, ihre drangvollen Spaziergänge durch die Straßen zu machen. Ihre Anfälle versiegten, das Grün in ihren Augen wurde noch sumpfiger: Beim geringsten Geräusch sei sie in Zittern ausgebrochen und habe sich lange nicht beruhigen können. Von der Polizei suchten sie nach einem passenden Ort für sie und beschlossen dann endlich, sie in ein abgelegenes Dörfchen im Strandža-Gebirge überzusiedeln, da sie hier gefährlich werden könne. Den Schlachter Tano hatte sie aufgeschlitzt, der Mann rang um sein Leben in der Heilstätte, und man wusste nicht, ob er noch Tage zu leben hatte, und all das, weil die Nackte Anna plötzliche Liebesanfälle hatte, denen nicht immer ausgewichen werden konnte, aber auch weil ihre einsamen und nackten Gesänge nachts den Schauer der Erinnerung an Dinge weckten, die die Menschen ein und für alle Mal vergessen wollten.

Und so kam eines Morgens ein uniformierter Wachmann in den Hof des Hauses, in dem Anna wohnte. Eine Menschenmenge Neugieriger strömte zusammen, der Wachmann begann, von einem Fuß auf den anderen zu treten, los, zieht sie an, reichte er der Wirtin ein Bündel voll Kleider, sie blieb eine Weile unentschlossen mit dem Bündel in den Händen stehen, dann ging sie hinein, und sie hörten, wie Anna drinnen aufkreischte, wie die Frau etwas Beruhigendes zu sagen versuchte, dann ging die Tür auf, und die Nackte schoss in den Hof, sie lief zum Flechtzaun und kauerte sich dort hin und zitterte wie ein ausgemergeltes Küken, nun grüner als gewöhnlich, neeeeji, noch weitere Frauen gingen hinein und wollten helfen, da sprang Anna auf und preschte durch den kleinen Hof, sie hasteten hinterher, schafften es aber nicht, sie einzuholen, eine Staubwolke stob auf, plötzlich zeigte Anna das Weiß ihrer Augen und plumpste zu Boden, und die Frauen umringten sie, eine schneller als die andere machten sie sich daran, sie anzukleiden, am Ende verpassten sie ihr ein paar Ohrfeigen und brachten sie zu Bewusstsein.

Und da ist sie, die Nackte Anna, in einen neuen Rock gekleidet, sie trägt ein Kopftuch über dem Haar und Horror in den Augen, neeeji, versucht sie den Rock zu zerreißen, schafft es aber nur, die Spitze vom Saum des Dekolletés abzutrennen, auuu, zieht sie das purpurne Kopftuch ab und drückt es unbewusst an die Brust, die Finger dran festgekrallt, der Wachmann stößt sie leicht am Rücken an, pass auf, dass sie dir unterwegs nicht das Gewehr abnimmt und dich auch noch erschießt, foppen sie den Wachmann, wag ja nicht, ihr unter den Rock zu greifen, sie wird dich, ohne mit der Wimper zu zucken, abknallen.

Da trifft die Fischerin mit einem leeren Körbchen um die Schulter ein, sie kehrt von der Fischbörse zurück; sie hat alles über Anna erfahren, steht da und schaut unter den Brauen hervor, schwer und langsam wägt sie ab, nimmt Anna bei der Hand und zieht sie mit sich durch die Menge. Der Wachmann sieht ihnen nach, die Fischerin dreht sich nicht um, *das menschliche Geschlecht ist das niederträchtigste von allen Geschöpfen auf der Erde,* was sagtest du, Fischerin, fragt der Wachmann verwirrt, *nichts, wer Ohren hat zu hören, der höre, wer keine hat, dasselbe,* murmelt die Frau, der Wachmann schleppt seine Beine zum Revier, um über den Stand der Dinge zu berichten, und das Viertel beruhigt sich rasch.

Über die Zeit, als Pinjo endlich auf David traf und David auf Pinjo

Pinjo hüpft wie ein kleines Mädchen, ihr Rock baumelt wie eine blaue Glocke. Sie geht ins Zentrum, um Ferso in der Konditorei beim Kneten des Osterzopfs zuzusehen, um warme Luft mit Vanille- und Marmelade-Aroma zu atmen, bis sie ganz berauscht ist davon, um mit Ferso eine Weile ohne jeden Grund zu lachen und um beim Vorgefühl eines nahenden Festes schöner zu werden. Das Fest verwandelt die Menschen wirklich, warum, weiß Pinjo nicht; sie hüpft dahin und ihr Rock baumelt, hin und wieder deckt er ihre nackten Beine auf, ihre Form ähnelt anmutigen Lampenflaschen, schmal an den Knöcheln, aber mit gewölbten Waden, ihre Pantoletten klatschen über das steinerne Pflaster, und das Mädchen eilt, um dem Klang seiner eigenen Schritte zuvorzukommen, hinterm Rücken baumelt ihr Haar, ihre spitzen kleinen Brüste hüpfen unter ihrem Hemd, und Pinjo vibriert durch und durch.

Pass auf, dass du nicht davonfliegst, hält sie eine eiserne Hand an, wer hochfliegt, kann tief fallen, der Lastenträger Miron lächelt direkt in ihr Gesicht und umweht sie mit dem Geruch nach Barbier-Eau de Cologne, nach frisch gebügelten Kleidern und nach noch etwas, das sie nicht bestimmen kann, doch gerade das macht sie schwindlig, und so steht sie da, ohne sich zu beeilen, ihre Hand aus Mirons Zangenhand zu ziehen, für einen Moment ertrinkt ihr Blick in den Untiefen von Mirons Blick, ihr wird flau unter den Rippen, eine heiße Flamme leckt wie eine Zunge tief über ihren Bauch, ihre Knie werden weich, da aber findet Pinjo ihre Kräfte wieder, zieht panisch ihre Hand weg und stürzt davon, diesem Mann will sie nicht vor die Füße fallen. He, Flattervogel, lacht Miron hinter ihrem Rücken, Pinjo dreht sich nicht um, sie ist zu Tode erschrocken über das, was ihren Körper binnen Sekunden ausgebrannt hat, sie weiß nicht, wie sie es nennen soll, doch es erinnert sie an etwas Vergessenes, an die Karakatschanenhütte, in der Jorgos röchelnd atmet, während Chrisula ihre zischenden, besinnungslosen Worte flüstert, derweil sich ihre nackten Körper aneinander reiben, dass rundum blaue Funken sprühen und die Luft jeden Augenblick in Flammen aufgehen kann.

Erschrocken bleibt Pinjo stehen: Was sollte das nur, was war das?

Ist ein Drache hinter dir her, reißt Ferso sie aus den jähen Gedanken, sie steht am Eingang der Konditorei und lächelt mit ihren Grübchen, mit den taubenartigen Irides ihrer schmalen Augen lächelt sie, berührt sie mit ihrer weißen Hand, und Pinjo spürt erleichtert, wie der Schauer ihre Bauchmuskeln verlässt. Die Luft in der Backstube berauscht einen wirklich mit dem Aroma nach Vanille und Aprikosenmarmelade, Pinjo lächelt; Ferso und sie brechen in Lachen aus, grundloses Lachen ist das jüngste Gefühl der Welt, das grundlose Glücksgefühl ist ihr innerer Himmel, das Fest rauscht durch ihre Adern, sprüht aus ihren Augen, die beiden hören nicht auf zu lachen, in der Werkstatt ist es leicht und süß zu atmen, zu fühlen, zu vergessen, zu erinnern, ab einem bestimmten Moment ist es sogar gefährlich, aber warum das so ist, auch das kann Pinjo nicht wissen, komm, hören wir auf, Ferso, ich kann nicht mehr.

Gelöst geht Pinjo wieder heimwärts, ein Licht erhellt ihre Stirn, die Glocke ihres Rockes läuft um die Knöchel zusammen, ihr Haar liegt brav auf ihren Schultern.

He, Flattervogel, was ist denn dir Schönes passiert?

Miron steht am Eingang zum Flüchtlingsviertel und starrt ihr unverschämt in die Augen, mit erhobenem Kopf versucht Pinjo, stolz an ihm vorbeizukommen; wie unabhängig Pinjo ist, wie unnahbar, doch der Träger keilt ihr Handgelenk ein, umweht sie mit dem abgestandenen Geruch von Eau de Cologne und von jenem Etwas, das sie diesmal mit seiner schweren Energie abstößt – das Mädchen strauchelt und versucht, die Hand aus der Zange zu ziehen, nur wenn ich es will, nur ich kann dich aus dem Käfig lassen, Goldküken, Pinjo versteckt die Hand hinter dem Rücken, um ihr Handgelenk spürt sie einen schmerzhaften Reif, du hast kein Recht, wer bist du, zeigt sie von weitem die Zähne, und der Träger lacht kehlig, aşk olsun[33], Elada, so will ich dich, Mädchen, du bist genau mein Maß, Pinjo läuft davon und spürt die Brecher der männlichen Arroganz mit dem Rücken, und da begreift Pinjo plötzlich, dass der Mann, der hinter ihrem Rücken lacht, auf eine ungewöhnliche Art und Weise versuchen wird, ihr Leben zu lenken, indem er sich schicksalsvoll und unabwendbar hineinplatziert.

Eines Tages erzitterten ihre Nüstern wie die einer Hirschkuh. Ihr wurde unruhig, feierlich, unerträglich zumute. Und sie machte sich auf durch die Gässchen des Viertels, Guten Tag, Hallo, Lächeln, Sprünge, grundloses Hochgefühl, dann kam Pinjo auf die Hauptstraße und fing verwegen an, auch die Fremden zu grüßen, sie ging die ganze Straße hinunter, erreichte die Hafengegend und blieb neben dem Eingang des Hotels Imperial stehen; sie holte Luft und sah sich um: Es brüllen die Schuhputzer, schwärzer als die Schuhcreme, es krächzen und kacken die Möwen, an der Hotelmauer raschelt ein halb abgelöstes Plakat. Pinjos Hals ist ausgetrocknet, ihr Herz hämmert, doch nichts geschieht, heda, viel zu früh, dass du vor dem Imperial herumhängst, bist noch zu jung für so 'ne Arbeit, foppen sie eilende Träger, lachen laut und gehen vorbei.

---

33 Türkischer Ausruf – bravo, vortrefflich, ausgezeichnet. (Anm. d. Ü.)

Was suchst du hier, Elada, ab nach Hause, zieht sie Miron richtig verärgert am Ärmel und stößt sie in den Rücken, damit sie geht, ich verbiete dir, dich hier herumzutreiben, er stupst sie noch einmal an und dreht sich, während er die anderen Träger einholt, noch ein paarmal um, mürrisch wie eine Regenwolke.

Pinjo machte ruckartig kehrt und war den ganzen Nachhauseweg über in Gedanken versunken: Ihr Gespür hatte sie zum ersten Mal irregeführt, vielleicht verließ sie ihre Gabe, Aromen zu unterscheiden; da aber gerieten ihre Nüstern wieder ins Flattern, sie nahm den Duft von etwas Herbem, Unfernem und Überwältigendem wahr, ihr wurde schwindlig. Angesichts der Unmöglichkeit, seine Richtung auszumachen, konnte sie sich kaum halten, obschon sie wusste, dass es hier in Burgas war und sie es sich hätte ereignen lassen können, ohne selbst zu intervenieren, wenn sie denn nicht vorausgespürt hätte, dass dieses Ereignis sie mehr als alle anderen in dieser Stadt betraf. Und so kam sie abermals auf die Hauptstraße, geradezu im Galopp fand sie sich am selben Ort in der Hafengegend wieder, sie stellte sich an der Mauer des Hotels unter und musste fast weinen beim Gedanken, dass jemand sich über sie lustig machte, sie dazu brachte, wie von Sinnen durch die Straßen zu rennen, ohne zu verstehen, warum; an der Mauer neben ihr raschelte das Plakat weiter vor sich hin, und sie riss es gereizt ab, knüllte es in ihrer Faust zu einer Kugel und rannte nach Hause.

Pina-Apfelsina, streckten die Zwillinge ihr die Zunge heraus, sie traf den einen mit der Papierkugel, die sie noch festhielt; die Jungs strichen das Plakat glatt, breiteten es auf dem Boden aus, stießen einander verbissen an und stammelten los: Wohltätigkeits… kooonzert … für Flüchtlinge. Pinjo riss ihnen das Papier aus den Händen, vergrub das Gesicht darin und zog den Duft von Druckerschwärze ein: Das ist es!

Am Abend platzte der Saal des Kino Thrakia aus allen Nähten, die Stehenden traten einander auf die Füße, große Gaslaternen brannten an den Wänden – es roch nach Leuchtgas, der Geruch mischte sich mit dem Aroma von türkischem Kaffee, den die Diener hoch über den Köpfen auf glänzenden Serviertabletts austrugen und nur den Gästen in der ersten Reihe darreichten, allesamt Stadtobere.

Pinjo saß zwischen ihrer Mutter und ihrem Vater. Ihre Wangen glühten, ihre Nüstern flatterten unablässig. Ihre Gabe, Aromen zu wittern, war so stark geworden, dass sie sie zu einem druckerschwärzegetränkten Plakat geführt hatte; die Buchstaben, die auf diesem Plakat geschrieben standen, trugen eine Botschaft, die sie bis zu diesem Moment noch nicht ausgemacht hatte, doch sie spürte, dass sie heute Abend, in diesem Saal, ein Zeichen bekommen würde.

Zuallererst sangen alle Anwesenden gemeinsam *Ein klarer Mond geht endlich auf über dem Strandžaer Wald*, über die Gesichter der meisten rannen Tränen, und es war ein sehr ergreifender Anblick, diese Menschenmenge, die weinend sang oder singend weinte, über diese Frage dachte Pinjo eine Weile nach, dann setzten sich alle geräuschvoll hin und hefteten ihre Blicke auf die Bühne. Dort traten nacheinander die Künstler auf, sangen Volkslieder, schwangen das Tanzbein in Răčenica[34] und Reigen, stellten Volksbräuche aus Edirne vor, spielten Dudelsack, und das Publikum freute sich von Herzen.

Am Ende trat ein junger Mann in schwarzen europäischen Kleidern auf. Pinjo krallte die Finger am Vordersitz fest. Man kündigte an, dass der Mann aus Spanien komme und dass er ein sehr berühmter Pantomime-Darsteller in der dortigen Großstadt Madrid sei, keiner begriff, was darunter zu verstehen

---

34 *Răčenica* – Ръченица – bulgarischer Volkstanz im 7/8-Rhythmus, mit der typischen Betonung 2-2-3 (kurz-kurz-lang). (Anm. d. Ü.)

war, aber alle klatschten auch ihm herzlich Beifall und staunten hörbar, als man ihnen mitteilte, dass er hier in Burgas geboren sei, dann ging ein Flüstern durch den Saal, und so mancher Blick richtete sich auf die erste Reihe, wo eine liebenswürdige Frau mit aufgebauschtem Haar saß; die Frau brachte unablässig den Spitzenkragen ihres Kleides in Ordnung, an ihren Stuhl war ein Paar weiße Krücken gelehnt.

Die Diener löschten alle Lampen, es wurde dunkel, und mittendrin gingen nach und nach die Flammen hoher Kerzen auf, die in riesigen Kerzenständern vor der Bühne steckten. Der Mann schloss die Augen, das Kerzenlicht erhellte sein Gesicht. Musik erklang, eine einsame Geige spielte irgendwo hinter der Bühne, der Mann hörte ihr zu und hatte keine Eile; lange blieb er so stehen, und als er endlich die Augen aufmachte, war klar, dass er alle diese Menschen im Saal vergessen hatte. Pinjo spürte das und bekam erneut Gänsehaut. Der Mann warf den Kopf zurück, begann unvermittelt mit den Armen zu rudern und umfing den ganzen Himmel auf einmal; er stellte sich auf die Zehenspitzen, und schon flog er durch diesen Himmel, den er mit einer einzigen Bewegung erschaffen hatte. Sein langes blondes Haar wehte, sein Körper machte drangvolle Gebärden, als bewegte er sich in alle Richtungen gleichzeitig, seine Arme ruderten heftig, die weiten Seidenärmel seines Hemdes flatterten wie echte Flügel, während die Flämmchen der Kerzen wie ferne Sterne leuchteten. Pinjo klapperte mit den Zähnen und hätte schwören können, dass der Mann vor ihren Augen ganz wahrhaftig flog. Sie presste ihre Hände eine in die andere, damit sie nicht zitterten. Das war es. Ein Mensch war erschienen, fremd und einsam, hatte Räume und Jahrhunderte überwunden, hatte Tausende dunkle Augenblicke überstanden, sein Name war auf einem Plakat aufgetaucht, das nach Druckerschwärze roch, und Pinjo war in einem geradezu tranceartigen Zustand zu diesem Plakat, das vom Schicksal geschrieben worden zu sein schien, hingelaufen, um zu erfahren, dass unter den Menschen dieser Welt gerade dieser existierte, fremd, aber so furchtbar vertraut, dass sie bereit war, noch in dieser Sekunde auf die Bühne zu rennen, einen Blick in seine vor Sehnsucht kranken Augen zu werfen und ihn von hier fortzuführen und ihm auf dem Weg von der himmelsgroßen Einsamkeit zu erzählen, die einst auch sie zwischen die Sterne emporgehoben hatte, dort, in der dunklen Tiefe der feuchten Seidelbastwälder. Pinjo fing an zu weinen, ohne das anschwellende Murren des spektakelhungrigen Publikums zu hören, ach, kommt, das reicht jetzt, der Junge hat sich ein bisschen durch den Raum geschmissen, war ja ganz nett, jetzt aber zeigt endlich die Zigeunerin Zjumbjula her, die einen Kjuček[35] für die Seele aufs Parkett legt, na macht schon …

Er flog wirklich, habt ihr es denn nicht gesehen, er flog. Auf dem Heimweg fuchtelte Pinjo irgendwie sonderbar mit den Armen herum. Ihr habt es doch selbst gesehen. Sie gaben ihr keine Antwort, nur Opa Peter schnaubte unsicher: Sie sagen, seine Mutter, die Jüdin Zelma, sei einmal vom Dach der Synagoge hinuntergeflogen und habe zwei Stunden über Burgas geschwebt, aber da ich's nicht mit eigenen Augen gesehen habe, kann ich nichts dazu sagen. Blöder Zausel, lachten ihn die Zwillinge aus, und Opa Peter schwieg.

Auch Pinjo sagte nichts mehr.

Der Morgen ist goldschimmernd mit einem rötlichen Stich. Pinjo steht am Fenster und gähnt. Dann presst sie die Stirn an die Scheibe. Das Wichtigste heute wird das Erste sein, was sie sieht, irgendwie weiß sie das.

---

35 *Kjuček* – türk.: köçekçe – türkischer Bauchtanz. (Anm. d. Ü.)

Draußen ist es menschenleer. Immer dieselben krummen Gässchen, immer die gleichen Häuschen aus den Zwergenmärchen, schon das sechste Jahr ein und derselbe Anblick in diesem Stadtrandviertel von Burgas. Pinjo steht hinter dem Vorhang, schaut und wartet. Endlich, es tauchen ein Mann und eine Frau auf. Bleiben mitten auf der Straße mit dem Rücken zum Haus stehen. Das Mädchen erkennt am Haar der Frau, dass der Morgen schön sein wird, auf ihrem Kopf glänzt jedes Haar wie ein Sonnenstrahl. Es ist Zelma, über ihre weißen Krücken hängend, schaut sie dem jungen Mann verzückt ins Gesicht. Pinjo stockt das Herz. Auch jetzt fliegen seine Arme, seine Finger sind langgezogen und nervös, mit Hilfe dieser Arme brechen die Worte aus ihm heraus. Stumme, ruckartige Worte, das Mädchen gerät in Verzückung, hingerissen von ihrem eleganten Tanz. Die Sprache der Taubstummen ist schöner als das Französische, als das Griechische, als die Sprache des fließenden Wassers, sogar als die Sprache der Tauben. Der Mann verstummt, und Zelmas Arme beginnen zu sprechen, nackt bis zu den Schultern tauchen sie durch die Luft wie große weiße Fische, ungelenk und unsicher, deshalb schaut ihnen der Mann aufmerksam zu.

Auch Pinjo betrachtet dieses Bild in völliger Stille. Die Welt ist wirklich verstummt in diesem Moment: Die Möwen sind nicht da, die Tauben sind davongeflogen, man hört keinen Menschen und auch keine anderen Geräusche. Inmitten der lautlosen Welt ist auch das Mädchen stumm geworden, den offenen Blick auf die beiden geheftet. Der Mann spürt den fremden Blick und dreht sich um, ihre Augen treffen sich, und Pinjo zieht den dünnen Vorhang zu, während ihr Herz läutet wie eine Glocke, sie hört es mit ihren eigenen Ohren.

Sie steht mitten im Zimmer und hört sich selbst zu.

Dann schlüpfte Pinjo in ein Paar Pantoletten, ging auf die Straße und stellte sich vor den Mann. Sie sah ihm in die Augen, hast du mich nicht erkannt, ich bin es. Der Mann schwieg und schaute. Ich war gestern Abend im Saal und habe dich fliegen sehen, alles habe ich gesehen. Pinjo erzitterte von Kopf bis Fuß. Zelma legte die Hand auf die ihre und bat leise: Besprecht euch nur. Er ist nicht taubstumm, du wirst es selbst herausfinden, Pinjo. Lautlos entfernte sie sich auf ihren weißen Krücken, sie schwang sie durch die Luft wie Flügel.

Die beiden blieben stehen, von Angesicht zu Angesicht.

Pinjo begann ihn offen zu studieren, die hohe Stirn, die dunklen ernsten Augen, der ausdrucksvolle Mund, so sehr erinnert er sie an jemanden, aber sie weiß nicht, an wen. Auch er betrachtete sie eingehend, außergewöhnlich ist dieses Gesicht mit den hohen, harten Wangenknochen, mit dem Grübchen am Kinn, mit dem schwarzblauen Haar hinter den Ohren, und die Augen in diesem Gesicht sind so leuchtend, dass jenes Naturgegebene, Rohe, das man im Benehmen des Mädchens erkennt, bedeutungslos scheint, es ist das außergewöhnlichste Gesicht, das er je gesehen hat.

Ich hab's, du ähnelst Sirui! Jesses, du bist ihr wirklich ähnlich! Dort, in deinem Himmel, meine ich, gibt es eine Sirui, sie hat sich vor acht Jahren in weißes Wasser verwandelt und ist davongeflossen, ich sag dir die Wahrheit, manchmal träumen wir gleichzeitig voneinander, ich von hier, sie von drüben, und so unterhalten wir uns, ich lüge dich nicht an … Und dich habe ich nicht zufällig erkannt, das Schicksal hat dich auf einem Plakat angezeigt, und ich hab dich selbst gefunden. Ich weiß, wer du bist, auch wenn wir uns nicht kennen, ich weiß alles über dich, nur dass ich es nicht in Worten ausdrücken kann. Jesses, wie das nur passieren konnte!

Sie gehen nebeneinanderher, langsam, ohne Ziel. Schließlich kommen sie ans Meer. Siehst du, alle Wege führen zum Meer; warum Gott wohl so viel Wasser gemacht hat, aber alles salzig … das könnten seine Tränen sein, ob Gott wohl auch weint wie die Menschen … Hat Gott einen Grund zu weinen, was meinst du?

Der Mann lächelt.

Ihr fällt ein, dass sie seinen Namen nicht kennt, und sie fragt ihn, er fängt die Feder einer Möwe in der Luft auf, streicht mit der Handfläche den Sand glatt und schreibt David. Pinjo schreibt auch ihre beiden Namen, Elada Pinjo, ich weiß nicht, ob ich mich jemals als Elada fühlen werde, wie gerne würde ich meiner Mutter eine Freude machen und gestatten, dass man mich so nennt, da es mein Geburtsname ist, aber ich bin von Kopf bis Fuß Pinjo, drum weiß ich's nicht …

Sie gehen über den schwarzen Sand, unter ihren Füßen knirschen Muschelschalen, Möwen flattern über ihren Köpfen, Fischerboote fahren aufs Meer hinaus, allerorten regt sich der Tag, Pinjo ist Teil davon, auch in ihr klatschen die Wellen wie die des Meeres, doch nur sie spürt sie; ihr Gesicht hat sich rosa gefärbt, ihre Augen sprühen Funken, sie redet unaufhörlich, sie muss sich ganz aussprechen, von der purpurnen Wiege bis zum heutigen Tag alles über sich erzählen, doch sie kriegt die Worte nicht zusammen, irgendwie schafft sie es nicht, sie stieben auseinander, wahrscheinlich weil sie für zwei spricht, ich liebe die Berge, das Meer ängstigt mich ein bisschen, ich liebe Chrisula und … und Lindenblütentee, und zuzusehen, wie das Holzscheit im Feuer Funken schlägt, ich liebe es, rohe Milch zu trinken, Jesses, direkt vom Euter des Schafs habe ich sie getrunken in den Bergen, und ich liebe es, von Sirui zu träumen, an Ovanes zu denken, Mamas erschrockene Hände zu berühren und sie in Gedanken Mama zu nennen, und die Nackte Anna liebe ich sehr, aber sie hat man vertrieben, na, wegen deinem Vater …

Kleinlaut schlug sich Pinjo die Hand vor den Mund. David sagte nichts, zuckte nicht mit der Wimper. Er zeigte auf einen Felsen, und sie setzten sich dorthin und schwiegen lange, die

Blicke versunken in der blauen Ferne, und Pinjo spürte plötzlich, dass das Schweigen mit ihm gelöst und unendlich ist, weil er schweigt wie das Meer, wie der Himmel, wie die Berge. Und dass die Worte nicht so viel bringen, wenn das Schweigen der Menschen bedeutsamer als diese ist.

Lange erfuhr keiner etwas von ihren frühmorgendlichen Spaziergängen, Pinjo schlich unbemerkt hinaus – bis sie einmal auf Opa Peter stieß. Er kauerte gerade beim Klettenstrauch, wohin so früh, Elada, bist immer unterwegs in letzter Zeit, Mädchen, kannst gar nicht still bleiben. Er machte sich nicht einmal die Mühe, seine Positur zu kaschieren. Pinjo deutete mit der Hand einen Fluch an, kehrte allerdings wieder ins Haus zurück und ging an diesem Tag nicht zum Meeresufer, auch an den folgenden Tagen ging sie nicht hin, weil ihr Vater sie zum Bäumemarkieren in die Berge mitnahm und sie ihm nicht absagen konnte, obschon die Berge sie nicht mehr so anzogen wie früher. Als sie mit der Arbeit fertig waren, war sie gar nicht mehr sicher, ob sie David am Meeresufer antreffen würde.

Eines Morgens fasste sie doch wieder Mut und ging dorthin. David saß auf dem Felsen und schaute zur Insel der Heiligen Anastassija, über der Insel hing Nebel, und ganz darin gehüllt glich sie einem riesigen Geisterschiff.

„Du wirst nicht mit diesem Schiff nach Spanien fahren, oder?!"

David zuckte zusammen, sah dem Mädchen in die Augen, und es verstand, du hast Angst bekommen?, dass ich verschwunden bin?, für immer? Er nickte. Mein Gott, David, auch ich laufe zu dir, ich laufe in jedem Moment. Und da begann Pinjo ganz unvermittelt von Chrisula zu erzählen, von ihrer Liebe mit Jorgos und mit Ovanes und wie sie den einen mit ihrem Herzen liebte und den anderen mit ihrer Seele und wie verwirrend das sei, sind das Herz und die Seele denn nicht ein und dasselbe, David?

Es ist nicht dasselbe, schrieb David in den Sand.

„Und wie liebst du mich?"

Die Worte kamen ihr zuvor. Es gab keine Möglichkeit, sie zurückzunehmen, deshalb blieb ihr nichts anderes übrig, als dem jungen Mann direkt in die Augen zu blicken.

Dann gingen sie lange, kamen zu einer kleinen Bucht, die von allen Seiten von Felsen geschützt war, und dort legte David seine Handfläche auf Pinjos Rücken, und seine Hand zitterte, darum beruhigte ihn das Mädchen, hab keine Angst um mich, ich bin schon lange bereit, ich musste dich nur finden, sieh nur, welchen Weg ich zurückgelegt, wie viele Menschen ich getroffen habe, du warst nicht unter ihnen – auch du bist bis nach Spanien gegangen, hast so viele Menschen getroffen, bist aber zu dieser Küste zurückgekehrt, damit sich unsere Wege kreuzen, wichtiger aber ist, dass wir einander erkannt haben, denn die Menschen können einander auch verfehlen, das hat mir Chrisula gesagt, und irrtümlich auf irgendwelche andere Menschen treffen, aber wir haben einander nicht verfehlt.

Pinjo zog den schweren Rock selbst herunter und trat aus ihm heraus, nackt und glatt wie eine braune Kastanie. Die ersten Sonnenstrahlen hüllten ihre Haut in Gold, von der Brise geriet ihr Haar durcheinander wie ein dichtes Buschwerk, ihre kleinen Brüste erschauerten, und Pinjo stand mit locker herabfallenden Armen da, sah David direkt ins Gesicht, mit ihren hellen Augen, ohne Scham, ohne Verlegenheit, dann legte sie sich auf den warmen Sand, schloss die Lider und fand blindlings den sprachlosen Mund des Mannes, der über sie gebeugt war, die Lippen versuchten etwas zu sagen, zuckten, ich weiß, David, du sprichst auch ohne Worte, komm zu mir, dann lagen sie auf dem Rücken, ihr Kopf auf seinem Arm, seine trockenen Lippen berührten ihre Lider, während sie der Himmel wiegte.

Pinjo stand auf, wischte mit der Handfläche die klebengebliebenen Sandkörner ab, ihre Nacktheit war natürlich und aufrichtig, sie war nicht nur für David, sondern auch für die Welt rundherum, für den Himmel und das Meer, für den Wind und die Felsen war diese Nacktheit, damit man wusste, dass die Welt vermenschlicht werden konnte, wenn man sich nur besann, wo ihre einst weggeworfene Nabelschnur lag.

Sie zogen sich an und machten sich auf. Segelboote kehrten vom Meer zurück, während oben an der Steilküste die Träger in der Schenke saßen und Kuttelsuppe schlürften wie immer, bevor sie zum Hafen aufbrachen. Als David und Pinjo an ihnen vorbeigingen, schnaubten und schmunzelten die Männer, das Mädchen spürte ihre Blicke, schmierig wie Olivenöl, und schauderte, Gott sei Dank war Miron nicht da. Ist sie überall so lockig, hä, Señor?

Pinjo hakte sich bei ihm ein, lass nur, es ist nicht wichtig, doch in jähem Zorn und vor Anstrengung trat ihm der Schaum in die Mundwinkel, sie wischte ihn mit der Handfläche ab wie bei einem Kind, es ist nicht wichtig, David, wirklich.

Sie hatten sie hinter sich, doch mit ihrem Rücken spürte Pinjo die Blicke der Träger weiterhin und zog die Schultern nervös zum Buckel zusammen.

Die alte Dame Pinjo bewahrte bis zu ihren letzten Tagen eine Möwenfeder auf, damit habe David ich liebe dich *in den Sand geschrieben, und noch andere Dinge habe er ihr da hineingeschrieben, denn sie hätten sich weiterhin am Meeresufer getroffen. David habe beim blinden Maler gewohnt, er habe ein geräumiges Zimmer gehabt, bis zur Decke gefüllt mit Büchern. Abends habe er im Unterhaltungsprogramm des Hotels Imperial gearbeitet, tagsüber habe er bis zur Besinnungslosigkeit in seinem Zimmer gelesen, allerdings seien Pinjo und er da nie hineingegangen, so als ob ihre Liebe zwischen vier Wände eingesperrt einer Flucht oder etwas Verbo-*

tenem gleichgekommen wäre – draußen habe ihnen die Gegenwart des Meeres, sein riesenhaftes Atmen, seine Bewegtheit eines lebenden Wesens von gigantischem Ausmaß das Gefühl gegeben, geschützt zu sein, derweil der Gedanke daran, dass die unermesslichen Räume des Wassers und des Himmels die Zeugen ihrer Liebe gewesen seien, diese Liebe ebenso unerschöpflich hätten wirken lassen, so als könnte auf der Welt nichts Böses mehr geschehen, oder, David, nicht nur uns beiden, sondern überhaupt, doch eines Morgens, als Pinjo sich ihrer Liebe besonders frei hingegeben habe und ihr Körper gesungen habe, derweil der Wind ihr Haar angehoben und sie wie eine dunkelhäutige Reiterin ausgesehen habe, sei etwas auf den Strand herniedergebrochen. Pinjo sei zusammengezuckt, ohne ihren stürmischen Galopp über die wilde Wiese des Rausches anhalten zu können, das … sind fallende … Steine, habe sie mit Verspätung laut ausgesprochen, als sie selbst auf den Sand gestürzt sei und gespürt habe, wie Windschauer ihren feuchten Bauch zusammenspannten.

Allerdings seien das die Träger gewesen, die jeden Morgen in der kleinen Holzschenke an der Steilküste Kuttelsuppe zum Frühstück aßen, sie seien über den Sand auf die beiden zugegangen und hätten geschwiegen. Pinjo habe ihre Kleider geschnappt, sei wie eine Katze Richtung Felsen geschossen, habe ihr Hemd über den Kopf gezogen und habe von dort losgeschrien, lauf, David, sie sind viele, los, lauf, doch David habe da gestanden, und die Träger hätten ihn umzingelt, er habe sie von unter den Brauen angeschaut und die Fäuste geballt, während sie niederträchtig gegrinst hätten, immer mit der Ruhe, Señor Schlachterssohn, wenn du die Klappe hältst, passiert dir nix, wir wollen nur sehen, ist sie wirklich überall so kraus, da habe sich vor ihm ein kleiner schwarzer Typ aufgeplustert, der Goldzahn in seinem Mund habe aufgeblitzt, David habe ausgeholt und ihn am Kiefer getroffen, der Träger habe staunend Ach gerufen und den Goldzahn ausgespuckt, was die restlichen zehn aus der Gruppe für einen Augenblick verblüfft habe, wonach sie sich aber auf David geworfen und stumm drauflosgeprügelt hätten. Die Bucht sei zwi-

schen den Felsen versteckt gewesen und der Schall der Tritte habe widergehallt, auch sei zu hören gewesen, wie Pinjo dort in den Felsen entsetzt geschrien habe, sie aber hätten immer weitergetreten, und als David kraftlos zu Boden gesunken sei, habe der Kleine ein Klappmesser gezückt und ihm die Wange aufgeschlitzt.

Da sei Pinjo herangeeilt, habe sich auf den Rücken des Trägers geworfen und ihre Beine um seine Taille geklammert, ihre Finger habe sie in seine Augen gerammt, und er habe losgeschrien und sich mit Pinjo auf seinem Rücken hin und her zu werfen begonnen, nur mit Mühe hätten sie sie von ihm losgerissen. Sie sei zu David gestürzt, habe begonnen, ihm mit dem nassen Ende ihres Hemdes das Blut aus dem Gesicht zu wischen, und er habe aufgestöhnt, du lebst also, habe sie geflüstert und habe seine geballten Hände aufgetan, damit der Sand, in den er sich festgekrallt hatte, abfloss. Dann habe sie sich neben ihn gesetzt, habe ihren Kopf auf die Knie gelegt und die Augen geschlossen. David habe von Zeit zu Zeit aufgestöhnt. An die Felsen rundum gelehnt hätten die Träger geschwiegen. Am weitesten entfernt habe Miron gestanden, die Hände in den Hosentaschen und breitbeinig.

Wir tun dir nichts, wenn du ein bisschen für uns hin und her gehst, ganz nackt, wie die Nackte Anna, Liebe, jaaa, bin ich durch und durch, habe der Kleine wieder sein Grinsen aufgesetzt, worauf Pinjo aufgesprungen sei, ihr seid verrückt, haut sofort ab, sonst rufe ich den Wachmann Baj[36] Lefter, habe sie ihnen gedroht, sie aber hätten aufgelacht: Liebe, jaaa, mit allen Trägern Liebe, jaaa ...

Da habe Miron gebieterisch die Hand erhoben, und die Männer hätten gehorcht, sie seien still geworden und hätten abgewartet, was er sagen würde. Und er, er habe sich dem Mädchen genähert und eines ihrer Handgelenke in den Schraubstock seiner Finger eingespannt: Dein Kavalier, Elada, stumm wie ein Fisch, wie er ist, wird

---

36 *Baj* – bulg.: бай – umgangssprachliche Anrede eines älteren Mannes. (Anm. d. Ü.)

den Fischen gute Gesellschaft leisten. Pinjo habe auch ihm die Zähne gezeigt, Bate[37] Miron, kümmere du dich um deinen Kram, lass uns in Ruhe! Um deine Hand wollte ich anhalten, Elada, ich hatte dir gesagt, du sollst dich für mich aufsparen, du hast dich vor den Augen der ganzen Welt nackt gezeigt, um die verrückte Anna ja nicht zu unterbieten, da hast du jetzt deine Schmach, zieh sofort das Hemd aus, wie eine Muschel nackt will ich dich.

„Du spinnst, Bate Miron, nie im Leben!"

„Dann ist der stumme Klotz dort drüben geliefert, entweder wird er die Fische füttern, oder ich steche ihm die Augen aus, damit er dich nie mehr ansehen kann."

Als er das gehört habe, habe der Kleine die Messerklinge über Davids Gesicht aufgeklappt, der weiterhin bewusstlos gewesen sei. Hör doch auf, habe Pinjo entsetzt gebrüllt, ich ziehe mich auf der Stelle aus, lasst ihn in Frieden, und habe ihr Hemd von sich zu streifen begonnen, ihre Hände hätten den Stoff hochgerollt und gezittert, die Augen der Träger hätten wie polierte Oliven aufgeglänzt.

Nicht, habe David da gesagt.

Pinjo sei erstarrt, wie im Sand eingegraben. Habe dann die Kraft gefunden, sich zu David zu drehen, sei seinem Blick begegnet und habe heftig zu zittern begonnen, indes er dann wiederholt habe, nicht, Gott im Himmel, nicht zu glauben, ein Wunder ist geschehen, die Zeit habe aber nicht gereicht, um sich zu freuen, weil der Kleine mit dem Messer gespielt und die Klinge in der Sonne aufgeglänzt habe, deshalb habe sie ihr Hemd über die Schultern gezogen, es in den Sand fallen lassen, sei darüber gesprungen und habe sich vor Miron hingestellt.

Die Träger hätten den Atem angehalten und begonnen, ihre Nacktheit mit den Augen zu begrapschen, es sei zu hören gewesen,

---

37 *Bate* – бате Rufform von батко *batko* –: Anrede eines älteren Bruders, aber auch jedes älteren Mannes im Alter eines potenziellen älteren Bruders. (Anm. d. Ü.)

wie einer laut geseufzt habe. Gehe jetzt ein bisschen über den Sand zu dem Felsen da und zurück, habe Miron befohlen, und Pinjo habe gehorcht. Sie habe den Sand überwunden und ihre Muskeln hätten gefedert, ihr Missgeburten, ihr Schiefzähne, ihr sabbernden Nacktschnecken, habe sie die Träger wiederholt verflucht, doch der Wind sei über ihre Haut gekrochen und habe ihre Wut abgekühlt, zum eigenen Erstaunen habe sie bemerkt, dass nicht nur der Wind ihren Hass abkühlen ließ, sondern das Gefühl an sich von selbst schwand, schließlich habe es sich ganz aufgelöst, und endlich sei Pinjo frei über das Stickwerk der Brandung gegangen, ohne Scham und ohne Wut, sie habe sich den Liebkosungen der Sonne hingegeben, nackt wie die Fische im Meer, wie die Steine an der Küste, wie das Wasser und der Himmel, nackt wie die Nackte Anna, nur jene hinter ihrem Rücken seien angezogen gewesen, aber was hatten die schon mit dem Wasser, dem Meer und mit Anna zu tun.

Pinjo sei zurückgekehrt und habe sich über ihre Kleider gebeugt. Ihr habt gesehen, was es zu sehen gab, geht jetzt! Der Kleine habe sein Grinsen aufgesetzt, wir wollen, dass du ihn vor uns ein bisschen reitest, von weitem war nicht zu sehen, ob du im Reiten gut bist, zeig uns, was für eine Reiterin du bist, sonst wird dein Kerl wirklich zu Fischfutter, und keiner wird davon erfahren ... denn werden die Leute etwa dir glauben, einem ganz und gar unbedeutenden Flüchtlingsweib, oder uns, ehrlichen und rechtschaffenen Menschen!? Die anderen hätten losgewiehert. Unversehens habe Pinjo dem Träger eine gescheuert. Sieh an, sieh an, das Mädel hat seine Krallen gezeigt! Und wenn ich beschließe, ein bisschen auf dir zu reiten, was machst du dann? Rasend sei der Kleine gewesen, er habe sie um die Taille gepackt und ihre Brüste gequetscht, Pinjo habe aufgeheult, gierig habe der Mann ihren Körper begrapscht: Von hinten werde ich dich reiten, wie ein Stutenfohlen, er habe sie das Gesicht voran zu einem Felsen gedreht, sie mit seinem Körper festgeklemmt.

Da habe Miron den Wicht von ihr gelöst und ihn niedergeworfen wie mit einem Säbelhieb. Steht allesamt auf und packt euch! Wider-

strebend hätten sich die Träger umgedreht und seien die Steilküste hochgeklettert.

Miron habe Pinjo beim Anziehen zugesehen.

„Bist mir nicht mehr lieb, Mädchen, das hättest du nicht tun sollen!"

„Wer bist denn du, über mein Leben zu verfügen. "

„Ich habe dir die Flügel gestutzt, Flattervogel, du wirst nicht mehr auffliegen, nie mehr wirst du dieselbe sein, kein Mann wird dich mehr nehmen! Dein Ruhm von heute wird dich auf Schritt und Tritt verfolgen, dein nackter Ruhm. Und ich bin nicht daran schuld, denk nach, und du wirst verstehen. "

Dann sei Miron gegangen, und Pinjo sei auf die Knie gefallen, über David gebeugt, der vergeblich versucht habe aufzustehen, und habe die Handfläche auf seine Stirn gelegt.

„Das Wunder ist geschehen, du hast gesprochen. "

Darauf habe Pinjo den Maler gerufen. Die beiden hätten David nach Hause geschleppt, hätten begonnen, die blauvioletten Schwellungen auf seinem Gesicht und seinem Körper mit Eis zu bedecken – stundenlang sei der Maler immer wieder in den Eiskeller gestiegen, um neue Blöcke zu bringen. Bei Abendanbruch sei Pinjo heimgekommen. Sei in den Stall hinter dem Haus gegangen und habe das Pferd herausgeführt, es vor den Wagen ihres Vaters gespannt und es angetrieben. Nach langer Fahrt habe sie den Berg erreicht und in einem schütteren Eichenwald angehalten. Sie habe das Pferd ausgespannt, die Zügel an einen Baum geknüpft. Und sei ohne Ziel losgegangen – sie habe den Drang verspürt zu gehen. Über zähes Brombeergestrüpp sei sie gestolpert, Äste hätten ihr übers Gesicht gepeitscht, ihr Haar habe sich in Dornbüschen verfangen. Chrisulaaaaa, habe sie plötzlich angehalten und gerufen. Mitfühlend habe der Wald ihr geantwortet. Irgendwann habe sie sich auf einer runden Wiese wiedergefunden, sich unter einen Baum gesetzt und seinen Stamm umschlungen. Und sei so verharrt.

Die Nacht sei hereingebrochen. Neben dem Baum zusammengerollt, habe Pinjo plötzlich angefangen zu heulen – als sei es aus verspätetem Entsetzen und aus Unversöhnlichkeit, selbst habe sie nicht gewusst, dass sie aus Liebe heulte. Schließlich sei sie verstummt und habe der Stille zugehört.

Dann sei der alte Mann aufgetaucht. Sie habe ihn sofort erkannt: in seinem Bart ein Schwarm Glühwürmchen, wenn er zwischen den Bäumen geht, leuchtet er gespenstisch, auf seiner Schulter der Uhu mit weit aufgerissenen Augen. Es habe kein anderer sein können, ihr alter Mann sei das gewesen. Warum hast du geheult wie ein Tier, das gehört sich nicht. Pinjo habe bemerkt, dass seine Augen im Mondlicht weiß und reglos waren. Warum sind deine Augen so, Opa? Weil sie nach innen gewandt sind, ich schau nach innen – so bin ich geboren. Pinjo sei wütend geworden: Hört doch endlich auf, nach innen zu schauen! Ich kenne noch ein paar andere wie dich, die dorthin starren – aber was ist denn mit dieser Welt, ist die etwa eine Lüge? Existiert diese Welt etwa nicht, dass ihr sie nicht beachten wollt – auch der Maler und David beachten sie nicht und so viele ihresgleichen, dabei ist sie doch an sich ganz schön, die Welt, nur die Menschen sind keinen Pfifferling wert. Jesses, manche Menschen gehören so gar nicht in diese Welt, aber trotzdem ist sie schön, warum sollen wir so tun, als sähen wir sie nicht? Als wollten wir uns selbst belügen, versuchen wir eine andere Welt zu erfinden, aber warum, wenn diese hier doch schon erfunden ist? Und was jetzt, sollen wir sie etwa den Trägern überlassen, hm, Opa?

Kluges Mädchen, habe der Greis gelächelt. Und Pinjo habe zurückgelächelt, na und du, Großväterchen, was siehst du denn dort, hm …?

„Du hast es ja selbst gesagt. Eine andere Welt. Dort fragt keiner etwas, weil er alles weiß. "

„Weißt du denn auch alles, Opa? Dann sag mir doch, ist der Tod wirklich ein Teil des Lebens? Das hat mir Sirui in einem Traum gesagt … "

„Warum hast du es auf einmal so eilig, über den Tod Bescheid zu wissen?"

Sie habe sich angeschickt, ihm zu erklären, was David und ihr zugestoßen sei, sie habe vergessen gehabt, dass er alles wisse.

„Du bist ungeduldig, du willst eine Antwort bekommen. Die Leute wollen immer Antworten haben … Ich weiß, was dir heute passiert ist, und ich sage dir: Denk nicht an ihn, er gehört dir nicht an – das Leben gehört dir an."

„Nicht meinetwegen frage ich. Sie hätten ihn heute töten können, ohne mit der Wimper zu zucken."

Mit einem Ächzen habe sich der Alte neben Pinjo gesetzt. Habe ihre kalte Hand mit seiner Hand zugedeckt und geseufzt. Habe ihr seine grundlosen Augen zugewandt und gesagt, während sie gebannt dem Hall seiner Stimme lauschte:

„Du fragst mich, ob der Tod ein Teil des Lebens ist. Man könnte auch sagen, dass das Leben ein Teil des Todes ist, weil sie die beiden Hälften ein und desselben Weges sind. So viel fürs Erste. Halt die Richtung und weich nicht ab. Eigentlich ist der Weg die Richtung."

Der Morgen sei angebrochen, und die Glühwürmchen im Bart des Alten seien verblasst. Den Kopf unter dem Flügel vergraben, habe der Uhu gedöst. Ächzend habe sich der Alte erhoben und sei direkt durchs Gestrüpp losgewandert, er habe sich in der morgendlichen Dämmerung aufgelöst.

„Opa, werde ich denn weinen können? Ich will so gern und kann nicht!"

Habe sie ihm nachgerufen, obschon sie gewusst habe, dass er sie nicht hören würde.

Das eine Auge des Mädchens lacht, das andere weint. Über die linke Wange rinnen Perlmutttränen, sie lässt sie aufs Hemd tropfen, es ist voller nasser Flecken. Die rechte Hälfte des Gesichts ist von Licht erhellt, es strömt vom Grund des Auges hervor, vom Grund des Mädchens. Die linke Hälfte ist starr, nass und glänzend von den Tränen. Die Fischerin würde gerne hingehen und das eine Auge mit der Handfläche schließen, egal welches: Das geht so nicht, meine Kleine, nicht gleichzeitig – du wirst weder die Wonne der großen Freude noch die des großen Leids spüren. Doch sie rührt sich nicht, steht neben dem Felsen und wartet darauf zu sehen, welches Auge als Erstes erlöschen wird, das lächelnde oder das weinende.

Endlich lässt das Mädchen die Lider sinken, und alles geschieht gleichzeitig. Die rechte Hälfte des Gesichts erlischt, die linke trocknet aus. Die Gesichtshaut färbt sich rosa, und die Lider beginnen müde zu flattern. Die Fischerin klatscht sich auf die Stirn: Das kenne ich doch! Und wenn ich es nicht benennen kann, ich weiß, was das ist, wenn diese Dinge gleichzeitig geschehen.

Sie geht hin und legt die Hand auf Pinjos Schulter: Da du gekommen bist, musst du was auf dem Herzen gehabt haben. Und nun hast du es mitgeteilt. Ohne Worte. Und dir ist leichter geworden. Was noch?

„Ich will mit beiden Augen weinen, kann es aber nicht. Ich will sein wie die andern!"

„Die anderen können wiederum nicht wie du."

„Ich bin dem Alten begegnet. Dem mit dem Uhu. Ich habe ihn so manches gefragt, aber das Wichtigste habe ich vergessen – was das Glück ist, habe ich nicht gefragt."

„Wozu fragen, Mädchen, wenn du alles weißt. Jeder Augenblick, in dem du nicht unglücklich bist, ist Glück."

„Da muss noch was sein, Fischerin. Ich weiß, da ist noch was. Manchmal geht es auf unter meinen Rippen, genau in der Magengrube, und wärmt mich und weitet mich aus, dass ich nicht mehr Platz genug in mir habe. Sirui meinte, dass Gott dann in uns drin ist. Das ist wahrscheinlich das Glück. Nur geschieht es nicht dauernd – bedeutet das, dass Gott nicht immer in uns ist?"

„Es bedeutet, dass wir ihn manchmal vergessen. Ihn ganz vergessen. Das muss wohl so sein. Denn nur wenn du vergisst, dass es einen Gott gibt, der jedem deiner Schritte folgt, kannst du die Verantwortung für dein Leben ganz auf dich nehmen. Warum leben wir denn sonst in der weiten Welt, wenn wir die Verantwortung für unser Leben nicht übernehmen können. Ich sage nicht, dass wir ihn verleugnen, wir vergessen bloß, wer uns allsehend beobachtet. Aus diesem Grund machen wir dann auch Fehler, tja, so ein Ding ist der Mensch …"

Da kommt die Nackte Anna angelaufen, ein zerrissenes Fischernetz über den Schultern, stellt sich vor Pinjo hin und lächelt mit den Augen.

„Fischerin, sie hat mich erkannt!"

„Ich versuche, sie schrittweise zu sich selbst zurückzuführen, sie nach und nach anzukleiden, aber man sollte nicht hasten. Ich könnte was falsch machen. Es ist schwierig – die Nackte Anna anzuziehen ist, wie die Welt zu verändern. Kann sein, ich schaff's nicht, und es kommt doch der Winter …"

Anna streckt die Hand aus und streichelt Pinjo über den Arm von der Schulter bis zu den Fingern, sie streichelt auch die rote Katze, das Brot auf dem Tisch, sie wendet sich zum Gehen und streichelt die weiße Stockrose am Eingang der Hütte, langsam zieht sie die Finger über die Poren des Felsens – alles möchte die Nackte Anna liebkosen, alles auf dieser Welt, die Sonne tagsüber, den Mond nachts, die kleine Möwenfeder, den Meeressand, die Augen der Fischerin, wieder die Finger Pinjos, alles, denn wozu existieren sie sonst. Unbekleidet, elend, mit sumpfgrünen Augen und Krokushaut, hässlich und traurig und hell lächelnd, es schmerzt, sie anzusehen, es schmerzt, sie zu spüren.

Pinjo fängt an zu weinen, mit beiden Augen.

Die beiden trafen sich weiter. Sie saßen auf der Terrasse des Malers unter der schwarzen Weinlaube. Es wurde langsam Herbst, und sie kuschelten sich in ihre Mantelkragen – sie berührten einander überhaupt nicht. Erniedrigt in ihrer Unantastbarkeit und in ihrer intimen Hingabe wichen ihre Körper voreinander zurück, sie begannen Scham zu empfinden. Gleichzeitig fassten sie auf eine andere, außergewöhnliche Weise Zuneigung zueinander: Sie wuchsen irgendwie schmerzhaft zusammen, sie wurden nach und nach ein und dasselbe Ding. Wann immer sich Pinjo im Fieber hin und her warf, ging am anderen Ende der Stadt auch Davids Körper in Flammen auf. Wenn David einen seiner seltenen Anfälle bekam, endlich wieder zu sprechen, rannte Pinjo durch ihren kleinen Hof zu den Kletten und fing verzweifelt an zu erbrechen.

Manchmal kam Davids Mutter zu ihm, es kam vor, dass sie auf Pinjo traf. Die Frau setzte sich in den Strohsessel, zog ihr Tuch vom Hals und wickelte es, solange sie dort war, um ihr dünnes Handgelenk auf und ab. Ihr Haar schimmerte nun silbern, und überhaupt kam sie einem ganz silbern vor, versunken in ihrer Trauer, die sie nicht wahrnahm. Pinjo goss ihr Lindenblütentee ein, die Tasse in der Hand der Frau begann zu zittern, und sie umfasste sie mit beiden Händen. Trank den Tee aus, bedankte sich und ging. An der Tür warf sie Pinjo einen Blick zu, lächelte nur mit den Augen, dann nahm sie Davids Gesicht in beide Hände und küsste ihn auf die Stirn. Der Maler lud sie ein wiederzukommen, sie bedankte sich, ich weiß nicht, ob ich es schaffe, Tano braucht Hilfe, ich stülpe die Gedärme um und wasche sie, es ist leichte Arbeit, ich setze mich auf einen Stuhl und hab nichts dagegen, ich muss diesem Menschen helfen, ich muss. David stützte sie beim Hinuntergehen, Pinjo winkte ihr von oben. Zelma hatte keine Eile, hinter der Ecke zu verschwinden, sie stand da, in ihren Krücken hängend, und schaute hoch zur Terrasse, als ob sie nie dort gewesen wäre.

Es kam vor, dass, wie die beiden ruhig zusammensaßen, David aufsprang und, ohne ein Wort zu sagen, in sein Zimmer ging. Dort vergrub er sich im Bücherhaufen, versank in der Lektüre und vergaß Pinjo für lange Zeit. Das Mädchen wandte nichts ein. Und blieb sitzen, zusammengerollt im geflochtenen Sessel. Warum hat er ein solches Schicksal, hm? Einmal lächelte der Maler: Das Schicksal ist weder schlecht noch gut – es ist ein Schicksal, das wir brauchen. Überfordere ihn nicht, David fühlt sich so, weil sein männlicher Stolz verletzt wurde.

Elada Pinjo fuhr auf: Und ich, warum fühle ich mich denn nicht gedemütigt? Die ganze Stadt spricht über mich, aber ich fühle mich nicht so.

Der Maler näherte sein Gesicht dem ihren, als versuchte er, in ihre Augen zu sehen: Das, was ihr beide am Meer erlebt habt, was ihr aus der Nähe zusammen erlebt habt, hat aus der Ferne ganz und gar nicht so ausgesehen. Der Anblick, den ihr damals geboten habt, hat die Träger provoziert.

Pinjo errötete bis an die Haarwurzeln. Der Maler ließ sie das Gesagte erwägen: Außerdem hast du alles gegen sein Einverständnis getan. Du hast ihm sein Recht zu wählen genommen, Pinjo! Er hat dir gesagt, tu's nicht, also hättest du auf ihn hören sollen. Mit letzter Kraft hat er es dir gesagt …

„Sie hätten ihn getötet, ohne mit der Wimper zu zucken."

„Das hätten sie."

„Oh Gott, was sagst du da!"

Pinjo versank in Gedanken. David kam nicht mehr aus seinem Zimmer, und sie ging nach Hause.

Möwen erschienen ihm im Traum, raublustig wie Hyänen. Sie wühlten in den frischen tierischen Innereien im Hof der Schlachterei, sie kreischten feindselig, schlugen mit den Flügeln und schleiften braune

Gedärme und schwarze Milzen durch die Luft. Die Albträume der Kindheit kehrten zurück, unlenkbarer als vorher. Er wollte aus dem Traum hinaus, er warf sich hin und her, Schaum spritzte ihm aus dem Mund, aber er schaffte es nicht, die Vision zu bezwingen. In seiner Erinnerungslosigkeit spürte er, dass der fürchterlichste Albtraum immer noch schlummerte, aber bald erwachen würde.

Und einmal, mitten in der Nacht, da kam er: die steinerne Wanne voller abgeschnittener Lammköpfe. Die violett zerbissenen Zungen. Die weißen, zum Himmel gedrehten Augen. Und er mittendrin, die Zunge gleichfalls abgebissen. Da tauchte Elada in ihrem blauen Rock auf, klein und erschrocken, sie rief ihn beim Namen. Vergeblich versuchte er ihr etwas zu sagen, aus seinem Mund kam ein zittriges Blöken und vermischte sich mit dem allgemeinen Chor. Elada rang die Hände, drehte sich um und wandte sich zum Gehen. Nicht, bat er sie verzweifelt in seinem Innern. Sie ging, wurde immer kleiner und ferner, und David schrie zum Himmel nicht *ohne zu wissen, dass sein Schrei wirklich war.*

Er erwachte schweißgebadet. Dachte über den Traum nach und kam zu dem Schluss, dass er ihm voraussagte, was in naher Zukunft geschehen würde. Und dass er es war, der dieses Geschehen verursachen musste.

Am andern Tag teilte er Elada mit, dass sie sich für eine Weile trennen mussten.

„Erinnerst du dich, was ich dir erzählt habe, Mädchen, vom Blatt und vom Baum? Als du das Blatt auf deiner Schulter trugst, hast du geseufzt, jetzt hast du aber, wie ich sehe, den Baum aufgeschultert und schweigst wie ein Stein. Sag, was du hast, vielleicht wird dir dann leichter. Wir wissen zwar alles, aber dürfen wir uns einmischen oder dürfen wir nicht … ist der Wagen umgekippt, gibt's der Wege viele, also …"

Dann kam die Mutter. Bedeutete dem alten Mann, er solle gehen. Legte die Hand auf Pinjos Schulter, und diese drehte sich um, sie blickte ihrer Mutter in die Augen und erkannte, dass die Zeit in ihr endlich wieder in Gang gekommen war. Pinjo vergrub das Gesicht in ihrer Brust und atmete Liebe ein, noch mehr und noch mehr. Die Mutter begann sie in ihrem Schoß zu wiegen, sie wiegte sie lange und stumm, und schließlich fing Pinjo an zu weinen.

Sie weinte mit ihren beiden Augen.

Und dann, am anderen Tag, kam ins Kodžakafalija-Viertel[38] eine internationale Kommission gereist, um die Lage der Flüchtlinge aus Ostthrakien zu erkunden. Es waren Franzosen, und Pinjo begann sie auf Französisch ins Bild zu setzen. Sie waren grenzenlos erstaunt. Sie setzten sich hin und fragten sie aus, und so erzählte sie ihnen von Ovanes und Sirui, von Ovanes' Teleskop und von den Büchern, die sie in Edirne aus Marseille bekamen. Opa Peter hörte mit offenem Mund zu und wäre fast geplatzt vor Stolz. Die Gäste reisten ab, und nach zwei Monaten bekamen sie einen Brief vom französischen Konsulat, dass Elada Petrovas Ausbildung in Frankreich geregelt sei.

David stand hinter dem Samtvorhang und sah in die Morgendämmerung hinaus. Ein feiner Schnee hatte die kleine Straße und die Gärten berieselt, als hätte die Konditorin Ferso ihre Mehlsäcke draußen ausgeschüttet. In ihrer Backstube gegenüber brannte schon Licht, man konnte sehen, wie Ferso den Teig für die morgendlichen Hörnchen knetete. Die starken Hände walkten die Teigmasse, wanden sie, streichelten sie und walkten sie von neuem. Von Zeit zu Zeit hielt sie inne, strich mit dem Ellbogen eine Haarsträhne aus der Stirn, wischte sich mit der Hand den Schweiß vom Gesicht. Dann begann sie, die Hörnchen zu formen und sie auf den Blechen aufzureihen.

---

38 Flüchtlingsviertel in Burgas, benannt nach seinem Stifter, dem wohlhabenden Händler Alexander Georgiev, bekannt als der *Kodžakafalijata*. (Anm. d. Ü.)

Hielt inne, um auszuruhen, stellte sich ans Fenster mit nach oben gereckten, teigigen Händen und sah geistesabwesend durch ihr eigenes Spiegelbild hindurch. David konnte den Duft nach Vanille, Pflaumen und Milch förmlich riechen.

Er trat aus dem Haus. Überquerte die Straße und klopfte, um die junge Frau nicht zu erschrecken, leise ans Fenster. Ferso hob den Kopf, erkannte sein Gesicht durch die beschlagene Scheibe und lächelte. Sie machte auf, tippte ihm mit einem teigigen Finger auf die Stirn, ließ ihn im Warmen Platz nehmen und schenkte ihm heißen Kaffee ein – sein Duft war stark, betäubend, irgendwie weiblich. David stellte verwirrt fest, dass Ferso in der Konditorei anders war. Glühend presste die Frau ihre Wange an die kühle Scheibe des Fensters, sie lachte:

„Trink du nur, trink, dein Kaffee wird kalt!"

David nahm einen Schluck und verbrannte sich, die Konditorin lachte und drehte an den Hörnchen weiter, reihte sie auf, bestrich sie mit geschlagenem Eigelb. Erinnerst du dich an das Viertel beim Sumpf, erinnerst du dich an meine Mutter und wie du um diese gleiche morgendliche Stunde zu uns auf Besuch kamst? ... Der Teig begann aus dem hölzernen Gefäß überzuquellen, und Ferso beeilte sich. Ihr stattlicher Körper sah nun gleichfalls aus, als wäre er aus aufgegangenem Teig geformt worden, kurz bevor die Hefe gärt – damit das üppige Fleisch nicht überläuft, sondern straff und weiblich bleibt. Wann war sie bloß so herangereift, er hatte es nicht bemerkt.

David spürte, dass seine Lider zufielen. Dösend saß er da, geschmolzen von der Hitze. Draußen wurde der feine Schnee zu Graupel, begann mit eisernen Krallen über die Scheibe zu kratzen. Als Antwort loderte das Feuer im Ofen wild auf. Ferso machte sich daran, einen neuen Teig zu kneten. David beobachtete sie durch halb gesenkte Lider: Rhythmisch wogt ihr Körper, ihre Brüste prallen unter der Schürze zusammen, Haarsträhnen fallen über ihre Augen, und sie streicht sie mit dem Ellbogen weg. Sie war rothaarig und warm. Der Teig in ihren Händen begann Blasen zu schlagen, sie platzen auf der Oberfläche, diesmal begann es nach Zitrone und Zimtzucker zu riechen. Da wünschte er sich, für immer so zu verharren – weder ganz einzuschlafen noch wirklich aufzuwachen. Dieser Schwellenzustand brachte ihn dazu, die Dinge um sich auf eine sonderbare Art und Weise wahrzunehmen. Träge dachte er, dass die Konditorin Ferso wahrscheinlich nie aufhören würde, ihren Teig zu kneten. Der Graupel wird in Regen übergehen, der Regen in sonnige Tautropfen, der Winter in Frühling, und Ferso wird immer weiter kneten, der Teig wird aus den Trögen überlaufen, durch die Tür treten und auf die Straßen fließen, wird zu duftenden Wehen erstarren, und Ferso wird nie aus dem Leben gehen, weil sie das Leben selbst ist, sie wird die Welt nicht verlassen, weil sie die ganze Welt ist.

Es genügte ihm vollkommen, dieser Frau zuzusehen und zu fühlen, dass ihm nichts fehlte. Durch ihre Gegenwart war ihm so, als gelänge es ihm auf wundersame Weise, die Harmonie zu erreichen – die Fülle und Vollendung des Augenblicks. Ich habe den Augenblick erkannt – ich habe Ewigkeit erreicht. Er dachte das mit letzter Kraft, und sein Kopf fiel auf die Brust.

Ferso blickte ihn an, schüttelte den Kopf und knetete müde weiter.

Bis zu den Lippen bin ich übervoll mit Worten. Da sie nicht ausgesprochen werden können, schreien sie manchmal. Ich versuche, sie auszusprechen, ohne sie auszusprechen. Allmählich beruhige ich mich, ich lerne mir zuzuhören. Das, was den Schwüngen meiner Arme auszudrücken gelingt, sind nur die Schatten der Worte, es sind nicht die Worte selbst – so wie die Schatten der Möwen, die über den Sand fliegen, keine Vögel sind. Die Worte sind der andere in mir. Nur wenn ich in Fersos Werkstatt bin, bedarf ich der Worte nicht. So als hätte ich alles ausgesprochen. Die Seligkeit, mich der Worte entleert zu fühlen … Dieser Zustand ist so eigenartig, als sei die Seligkeit selbst Sprache. Sie steht für sich und braucht nicht ausgesprochen zu werden.

Ich habe mich in Fersos Reich versteckt, umgeben vom Duft nach Vanille, Hörnchen und Rosenpelargonie, mit der Wärme von Fersos Handflächen auf meinem Gesicht, mit dem Kitzel ihres atemlosen Flüsterns in meinem Ohr. Eine ziemlich weibliche, ziemlich eingebildete Welt. Doch sie ist es, die mich rettet. Ich brauche die andere Welt nicht, die Welt ist das, was uns genügt.

Manchmal kommt der Maler, er trinkt Kaffee und knuspert Hörnchen und schaut dem Farbfleck Ferso staunend zu, dich sehe ich, auch ohne sehen zu können, was bist du nur für eine Frau, liebkost er ihre gewölbte Schulter. Ich ersetze euch alle Frauen, darum bin ich so, lacht Ferso.

In der wenigen Zeit, in der ich nicht bei ihr bin, schließe ich mich im Zimmer mit den Büchern ein. Im Laufe der Jahre haben der Maler und ich eine große Bibliothek zusammengetragen. Manchmal liest Ferso ihm vor, und mir bläut er ein: Hast du Augen, hast du alles. Lies, mein Junge, lies und dringe durch! Damit meine ich nicht, dass du bloß Wissen anhäufst, Wissen ist nicht wirklich tieferer Sinn, Einsicht, Erleuchtung. Wahre Einsicht ist Ergründung, Durchdringung. So verstehe ich das. Und wie weit kann ein Mensch durchdringend gelangen? Bis zu Gott, natürlich. Bis zur Idee von Gott. Allerdings ist das Wissen der einfachere Weg, es ist die fremde Erfahrung der im Denken Fortgeschrittenen, jener, die durchdringen. Was zählt, ist, dass du es allein dahin schaffst, geschenkt lass ich's dir nicht gelten!

Ich will widersprechen. In der Zeit, als Elada uns vorlas, fanden wir unter den Büchern des Malers alte Schriften und entdeckten darunter Johannes von Antiochia. Seiner Meinung nach ist für den Menschen das Wesentliche der Glaube, der jegliche rationalen Schlussfolgerungen sinnlos macht, nicht weil sie unvernünftig sind, sondern weil er sie gemäß Gottes Plan übersteigt. Doch ich habe keine Lust zu schreiben, um vermittels Ferso ein Gespräch mit dem Maler zu führen. Beim Gedanken an Elada hat mein Herz sich schmerzhaft zusammengezogen: Einst war sie die Verbindung zwischen uns, unsere Übersetzerin. Sie las mit strahlenden Augen, das Himmlische in ihren Irides wurde unerträglich anzusehen, und ihre Gesten vervollständigten sie selbst, rundeten ab und liebkosten meine Worte, und diese wurden bis aufs Äußerste lebendig. Eine lebendigere Sprache hatte ich weder gehört noch gesehen. Ferso würde ich nicht erlauben, das zu tun. Ich würde ihr nicht anvertrauen, meine Worte an meiner statt auszusprechen.

Oft sagt mir der Maler, offenbar um mich zu trösten, da er glaubt, dass Elada mich aus eigenem Antrieb verlassen hat: Sei nicht traurig, Junge, akzeptiere, dass sie ein Zufall in deinem Leben war – schau, wie viele Jahre vergangen sind, seit sie nach Frankreich gezogen ist, und nicht einen Brief hat sie geschrieben. Die zufälligen Dinge erkennen wir daran, dass sie sich nie umdrehen.

Ich glaube, dass ich mich nach vorne wenden muss, wenn ich die zufällige einzige Elada wieder treffen sollte, doch steht mir die Tatsache im Weg, dass ich nicht aufhören kann, mich immer wieder umzudrehen. Überhaupt denken der Maler und ich nicht auf die gleiche Art und Weise, seiner Meinung nach ist dies ein Zeichen, dass ich in meinem Denken zum Manne reife. Du wirst nicht klüger, du bist so klug, wie du klug bist – das unterliegt keiner Entwicklung. Aber definitiv wirst du zum Mann im Denken, weil du nichts als gegeben hinnimmst.

So oder so, ich habe eine Wahl getroffen. Solange ich in Fersos Konditorei bin, merke ich nicht, wie die Jahreszeiten vergehen, einzig der Winter macht Eindruck auf mich: Der Graupel kratzt über die Scheiben, die von innen beschlagen sind, der Wind zieht durch den Kamin und lässt das Feuer auflodern, unmerklich fliegen Schneeflocken durch die Luft auf, manchmal kommt es mir vor, als hätten sie den Duft von Pflaumenblüten, die von den Himmelsgärten herniederrieseln, dann wieder sehen die Schneewehen wie

Haufen erstarrter bereifter Teig aus. Viel zu fragil sind die Bilder, die mich überkommen, aber ich spüre, dass genau das die Art und Weise ist, mit den Albträumen abzuschließen.

Es ist Winter, und ich weiß, dass ich einzig diese Jahreszeit brauche. Weiß. Außen kalt mit warmem Innern – nur dann bin ich im Einklang mit mir. Ich fühle mich geschützt, die Worte in mir schreien nicht und holen einander nicht panisch ein. Und schon beginnt die Seligkeit meine Brust aufzublähen und ballt eine süße Kugel in meiner Magengrube. So geht es über Jahre, bis ich eines Tages jäh herausfinde, dass das Ergebnis dasselbe wäre, wenn ich mir in der kleinen Buchhandlung am Bogorodi ein Heft mit Pappumschlag und ein Dutzend Kopierstifte kaufen und die Worte dem weißen Blatt anzuvertrauen beginnen würde.

Über den Ziegenpfad, ziegengleich, auf einem Bein, mit Mühe, über dem Abgrund.

Und die Welt ist ein bröckelnder Erdrutsch, hässlich ist sie, und ich atme röchelnd mit meinem Fischmund.

Sumpfig, schleimig, feurig, die Hölle – stöhnt aus trüben Untiefen der Grund.

Erdklumpen unter meinen Füßen, ich falle, nur die Menschen können so fliegen, hinab.

Da, unverhofft, ein Gras, irgendein Halm – und ich klammere mich daran, meine zerschundenen Beine scharren. Halt durch, kleine Wurzel, halt durch, mein elendes, gramvolles Leben, jäh, übersät von geschwollenen Malen,

wir beide müssen hinauf, hochkrabbeln – Hölle und Himmel sind wir, wir sind alles.

Nur dieser wie zufällig in der Ödnis ausschlagende Halm ist größer als wir beide zusammen.

Zum Schluss von der Freundin von Elada Pinjo

Das Letzte, was mir meine alte Dame erzählt hat, war, wie David wieder zu sprechen begonnen und tu es nicht *gesagt habe, um wieder in Schweigen zu versinken, später dann, als Pinjo nach Frankreich gezogen sei, habe sie von Ferso einen Brief bekommen, in dem die Freundin geschildert habe, wie sie und der junge Mann zusammenlebten und wie entspannt er dort, bei ihr, sei ...*

Und so endeten denn auch jene ganzen vier Monate, ohne dass mir gelungen wäre, den Rest zu erfahren. Elada Pinjo schenkte mir ihre Jugend, vertraute mir ihr außergewöhnliches Schicksal an, teilte ihr volles, übervolles Leben mit mir, machte mich reich an Erlebnissen, die mir selbst fehlten, da ich in meinem Leben eine einzige Liebe gehabt hatte, die leise erlosch und von der ich mich ganz anständig getrennt hatte, während ich meinen einzigen Sohn und die eine oder andere Freundin aus der Gymnasialzeit frei über mein Leben verfügen ließ. Elada Pinjos Geschichte habe ich keinem erzählt, ich hatte mich in sie hineingelebt wie in ein eigenes zweites, vergangenes oder zukünftiges Leben und wünschte nicht, dass andere hineinspähten. Nachdem ich allerdings reiflich darüber nachgedacht hatte, ging mir auf, dass, wenn ich diese Geschichte in einem Buch erzählte, mehr Menschen so reich werden würden wie ich, den Sumpf ihres abgestandenen Lebens aufrühren würden, sich wünschen würden, dass etwas geschieht, ja, und wünschen wir uns etwas sehr, dann geschieht es auch.

Ich setzte mich hin und schrieb wie im Flug das nieder, was der freundliche Leser nun sicherlich schon gelesen hat, ist er doch bei meinen letzten Sätzen angelangt.

Allerdings kam in mir dann der Wunsch auf, dass diese Geschichte doch ein Ende haben sollte, wenn auch ein mutmaßliches, und so räumte ich mir eine bescheidene Koautorschaft mit

Elada Pinjo und letztendlich mit ihrem Schicksal ein. Es steht jedem offen, dieses Nachwort zu akzeptieren oder abzulehnen, und genauso, ein solches zu erschaffen, wie es seiner Meinung nach am besten zu diesem außergewöhnlichen Sujet passt.

Die Tür der kleinen Werkstatt ging auf, und auf der Schwelle stand Pinjo.

Komm, sagte Pinjo, lass uns gehen. So kann man nicht leben. Ich meine, so kann man nicht nicht leben.

„Elada."

Ohne jede Anstrengung, als hätte er nicht jahrelang geschwiegen, begann David zu sprechen. Es hatte ihn danach verlangt, es endlich zu tun. Pinjo kniff die Augen zu und öffnete sie nach einer Ewigkeit wieder. Da, siehst du, dass es möglich ist. Alles in dieser Welt ist möglich, wenn du wünschst, dass es geschieht. Sprich, David, geh hinaus und tritt ein in die Welt, David, lebe, David, sei glücklich und sei traurig, sei beides zugleich. Ich bin sicher, dass es auch so geht: Es ist vielmehr unmöglich, glücklich zu sein, ohne traurig zu sein. So ein Ding ist das wirkliche Glück, oder was meinst du? Sag, David, du hast doch die Worte gefunden, lass uns hören, was das Glück deiner Meinung nach ist! Ich kann es nicht erwarten, es aus deinem Mund zu hören! Ist Ferso das Glück, oder bin ich es, komm, sag's geradeheraus. Kann aber auch sein, dass es keine von beiden ist, los, lass es uns hören, David.

Ich glaube … ich glaube, dass … die Kunst, glücklich zu sein, Elada … darin besteht, das Leben zu zwingen … dir mehr zu geben, als … dem Anschein nach möglich ist. So antwortete David. Jesses, wie ausführlich du das gesagt hast, klatscht Pinjo in die Hände, die nun in gleichem Maße auch Elada ist, weil er sie so genannt hat; ohne überhaupt zum Sinn dessen vorgedrungen zu sein, was er ausgesprochen hat, sie braucht jetzt nicht zu welchem Sinn auch immer vorzudringen, weil sie von selbst alles weiß – sie weiß es ohne Worte. David und sie erkennen auf verschiedene Weise dieselben Dinge: Bei ihm ist alles kompliziert, durchdacht, bei ihr einfach und spontan

„Komm, David", bitte Ferso um Verzeihung – „verzeih auch mir, Mädchen."

Ferso schaut, grünäugig wie eine Weide, schweigt und rührt sich nicht. Aus ihren Händen läuft der Teig über, ergießt sich auf den Boden und fließt wie ein Fluss. Verzeih, Ferso, ich bin diesem Menschen für Werk- und für Feiertag gut; du, Ferso, warst eine Zuflucht für ihn, ein mütterlicher Schoß warst du ihm, eine warme Höhle, aber da kommt kein Wind je hinein, Regen fällt nicht, und es braust kein Sturm – dieser Mensch braucht keinen windgeschützten Ort. Ich weiß genau, was er braucht, mehr als er selbst weiß ich es: Ich bin sein Wind und sein Regen, sein Donner und sein Blitz bin ich, Ferso – nun lebe wohl, liebe Freundin.

Die zwei treten auf die Straße, ihnen hinterher zieht sich durch ihre Fußspuren eine dünne Rinne von Fersos Teig, formt irgendwelche Zeichen, etwas Geheimes, Zartes und Unergründetes. Doch Elada Pinjo führt David, und er weiß, dass das der Weg ist. Jetzt führe ich dich, und später kommst du an die Reihe, wir werden uns abwechseln im Leben, David, sobald du wirklich gelernt hast, deinen Weg zu gehen.

Sie gehen lange, kommen endlich bei der Klippe der Fischerin an. Krabbeln Schulter an Schulter hinauf – die Frau wartet oben auf sie, ohne sich zu rühren.

„Fischerin, David hat *Elada* gesagt."

Die Nackte Anna kommt herbei, schüchtern wie ein Kind, gekleidet in ein hanfenes Hemd ohne Ärmel. Die Fischerin zuckt mit den Schultern: Ich wollte es nicht tun, aber es ist Winter. Immerhin hat sie sich allmählich an meine Kleider gewöhnt, und, was zählt, sie ist immer noch die Nackte Anna. Schaut nur durch ihre Augen, und ihr werdet verstehen, wovon ich spreche.

„Fischerin, hast du gehört, David hat *Elada* gesagt. David hat wieder gesprochen."

„Schicksal, mein Mädchen."

„Jesses, wäre ich nicht in die Konditorei geplatzt, gleich nachdem ich aus Marseille zurückkam, direkt vom Schiff, das Schicksal hätte keinen Finger gerührt!"

„Du bist das Schicksal, Elada. Keiner ist ihm je entkommen, und auch David hat keine Wahl. Ich habe euch ja schon mal gesagt, dass ich Geschichten erfinde und sie mir selbst erzähle. Ich habe David versprochen, damals, als er klein war und zum ersten Mal den steilen Hang zu mir erklommen hat, ihm mal so eine zu erzählen – na und jetzt werde ich also versuchen, in eurer Anwesenheit, eine neue Geschichte zu erfinden."

Alle setzen sich hin. Anna liebkost Davids Finger, die Fischerin tastet den Karakatschaninnen-Ring an Elada Pinjos kleinem Finger ab. Da haben wir's, Elada Pinjo, dieses Ringlein, stell dir einmal vor, ein Dieb kommt und stiehlt es dir, während du über den Bogorodi spazierst. Ein Wachmann wird hinter ihm herstürzen, der Spitzbube legt es in den Mund, schluckt das Ringlein hinunter und schwupp, ist er aus dem Staub. Und was passiert dann mit dem Ring? Na klar – der Langfinger wird heimkehren, sich hinten auf seinem Hof niederkauern, ein, zwei Mal heftig pressen, und dann … du weißt schon. Aber, von wegen, Elada, kommt eine Henne, 'ne flinkere, wird den Ring bemerken, wie ein Maiskorn wird er ihr vorkommen und – pick! – verschluckt. Was wird der Dieb dann tun? Auf der Stelle wird er der Henne nachspringen, sie auf den Hackstock legen, ihr den Kopf abhacken und sie mit zwei, drei Handgriffen ausnehmen. Aber, nichts da, Elada! Ein Aasgeier wird herangeflogen kommen und darüber kreisen, blutrünstig stürzt er hinab, packt die Eingeweide mit dem Ring, schleift sie lange im Schnabel mit – kreist über dem See und sucht ein Plätzchen zum Landen. Und plötzlich lässt er das Gedärm ins Wasser fallen. Und im Wasser, wie du dir denken kannst, da wird es ein Fisch verschlucken. Und was, was kann deinem Ringlein, dem goldenen, noch passieren? Oft stellst du dich ja mit der Angelrute zu Opa Peter ans Ufer, früh übt sich, und hopp, wirst du einen Karpfen an der Angel haben, an deinem Haken wird er hängenbleiben – der mit dem Ring im Bauch. Wenn es denn sein soll, dass du ihn trägst.

„Ja nu, Elada, jetzt bist du nun mal in die Konditorei geplatzt, um David zurückzufordern, und seine Wahl ist es gewesen, mit dir zu gehen. Warum, glaubst du, hat er so entschieden? Dort, ein anderes Mädchen, die Perle in Person – in was steht sie dir nach? David aber ist aufgestanden und mit dir gegangen, weil er es selbst wollte. Und außerdem, weil geschrieben steht, dass das passiert – oben zwischen den Sternen, am Himmel ist es notiert, Mädchen. So, das war meine Geschichte über das Schicksal, wenn du kannst, erfinde eine bessere, ich werd's dir nicht übel nehmen."

„Jesses, Fischerin! Ganz richtig hast du sie erfunden, ich danke dir dafür!"

David lächelt. Anna legt den Kopf in Elada Pinjos Schoß und schläft ein. Soll sie nur schlafen, sie ist müde, nur gut, wenn sie sich ein bisschen ausruht. Die Nackte Anna ist sehr müde, David, flüstert das Mädchen und liebkost Annas Finger. Anna lächelt im Schlaf. Sie hat es nicht verlernt, sie hat das Lächeln nicht verlernt! Du weißt nicht, was die Nackte Anna ist – sie ist all das, ohne das wir nicht können, aber ich kann es dir nicht genau erklären. Seit ich einen Blick in ihre Augen getan habe, dämmert mir allmählich der Sinn, David. Weil ich ja in mir drinnen alles weiß, nur den Sinn kenne ich nicht. Seit kurzem erahne ich ihn, seit ich Anna begegnet bin. Es bleibt mir noch herauszufinden, was die Zeit ist, denn sie verstehe ich auch nicht. Kennst du sie, David – weißt du, was sie sind, die Zeit und der Sinn?

„Ich kenne dich … ich weiß, was du bist … Elada …"

Elada Pinjo blendet den Mann mit dem Blau ihrer Augen. Sie berührt seine Hand, flüstert und wiederholt immer wieder seinen Namen.

Die Fischerin schüttelt den Kopf, erhebt sich mit einem Ächzen und macht sich auf, den steilen Hang hinunter.

Mehrsprachigkeit, Übersetzung als Kunst und Autorschaft
Der Körper, seine Sprache und die Zeit
Nachwort von Viktoria Dimitrova Popova

Jemand in Bulgarien hatte mir Elada Pinjo und die Zeit in die Hand gedrückt. Ich las und wusste sofort, dass es in diesem Roman um meine Sprache geht, ihre Zeit und ihren Körper.

Der Roman stellt die schillernde Komplexität des Lebens als Bewegung mit und in den Sprachen dar. Er behandelt die Frage der Freiheit in einer Welt, in der ein Großteil der Eltern ihren Kindern *anstelle des Gefühls von Heimat das Gefühl von verlorener Heimat weitergeben* muss. Er erörtert, wer die „Mütter" und „Väter" dieser Freiheit sind, was Kultur bedeutet, was Muttersprache und Vaterland noch sein können und wie die Kinder der Migration, die wir alle sind, zu einer Subjektivität gelangen, mit der wir vollwertig leben können. In allen seinen Facetten schlägt *Elada Pinjo und die Zeit* einen Begriff von Sprache und Mehrsprachigkeit vor, der bedeutsam ist.

Ein solches Schreiben hatte ich noch nicht gelesen, eine Prosa von so einer Freiheit und von solchem Format. Völlig eigen. Eine Literatur aus Bulgarien, die jede und jeden hier wie dort zuerst einmal verblüfft. So eigenartig von Grund auf, ist dieser Roman in jeder Faser durchdrungen vom Wissen, dass gerade das Ausloten des ganz Lokalen, des unmittelbar Eigenen durch die tiefsten Gründe der Folklore, des Mythos hindurch zu weltliterarischem Wert gereicht. *Die heidnische Frische des Subjektiven* (Dobrina Topalova, Literaturwissenschaftlerin und -kritikerin) ist am Werk. Die Vielstimmigkeit, die Sinnlichkeit, die Körperlichkeit in diesem Roman können nur vom Unendlichen herrühren, zu dem sie hinstreben, und zwar hinstreben nicht wie in „nach dem Licht streben", sondern streben, wie das Licht strebt. Ich verspüre Glück. Wieder einmal frage ich mich, wo kommt das bloß her? Wie ist das nur möglich?

Jedes Ding verwandelt sich in ein anderes Ding, wenn die Zeit reif ist, nur die Liebe verwandelt sich in nichts anderes, immer bleibt sie Liebe.

Kerana Angelova hat jung zu schreiben begonnen. Sie schrieb zunächst Lyrik und mit Mitte dreißig, Anfang der 1980er Jahre, ihren ersten Kurzroman *Zana*, einen Vorläufer von *Elada Pinjo und die Zeit*. *Zana* hat die dramatischen Werte einer Novelle, darin kommen bereits viele Motive vor, die in *Elada Pinjo und die Zeit* aufgenommen werden, sowie ähnliche Figuren, die den Dialekt der südostbulgarischen Region Strandža sprechen. Allerdings erschien der Kurzroman *Zana* 1998, erst vierzehn Jahre nachdem er geschrieben wurde, und wurde 2017 neu aufgelegt. Beinahe zwanzig Jahre dauerte es also von der Niederschrift der ersten literarischen Prosa bis zur Publikation des ersten Romans. Dass der Kommunismus und sein Zusammenbruch oder die Tatsache, dass eine Frau schreibt, bei diesen Daten mit eine Rolle spielen, ist nicht auszuschließen. Allerdings räumt die Autorin solchen Umständen keinen Platz ein. Ab 2003 veröffentlichte sie neben den durchgehend publizierten Gedichtbänden und einem autobiographischen Essay-und-Fragmente-Band fünf Romane.

Dreißig Jahre nach der ersten Erzählung *Zana* ist in *Elada Pinjo und die Zeit* der Strandžaer Dialekt präsent. Er ist die Sprache der Frau auf dem Feld, die mit der ganzen Natur spricht, die der Fischerin, von Eladas Großvater Peter, teilweise von anderen Figuren und zum Teil von Elada als Erzählerin und Protagonistin selbst.

Wie die Niederschrift, so bildet auch die Übersetzung eines literarischen Werks den Austausch zwischen den beteiligten Sprachen und Kulturen ab – auf der Grundlage des subjektiven Austausches zwischen einer konkreten Autorin und einer konkreten Übersetzerin anhand des Textes. So wie das Schreiben keine perfekte Nationalsprache zu behaupten versucht, die die Erfahrung, ja Welt, lückenlos wiedergibt, tut dies auch die Übersetzung als Kunst nicht. Die glatte und umweglose Übersetzung gibt es nicht, jedes Moment ist unmittelbar mit seinem sprachschöpfenden Körper verbunden. Mit der Übersetzung ist die Übersetzerin genauso anwesend wie die Autorin. Sie gehen zwingend eine Koautorschaft ein, von der auch dieses Nachwort handelt. Dieser Koautorschaft liegt die Verantwortung für die Unzahl von Entscheidungen, die eine Übersetzung bedeutet, zugrunde.

Wenn ich den Roman lese und den Impuls habe, ihn meinen Nächsten hier in der deutschsprachigen Welt näherzubringen, sinke ich durch jedes Wort und jeden Laut, durch alles Zeichenhafte, durch jedes Sprachmoment und jede Regung, durch die bulgarische Sprache und die Sprachen der Autorin in die sinnliche Erfahrung des Gegenstandes und komme spürend, mit der für meine Person vollen Energieladung, auf Deutsch hoch. So unterschiedlich wir alle funktionieren, der eine „wahre Punkt" ist der unten, ist die Energie der Erfahrung: Wärme im Körper, sprühende Synapsen. Das ist das Wesen der getreuen Übersetzung wie des getreuen Schreibens überhaupt. Die Energie meines tiefsten Impulses, die eigene raumzeitliche Erfahrung mitzuteilen, finde ich in diesem Werk als Echo angelegt wieder. Sie gibt mir die Kraft und die Konzentration, den immensen Berg, der eine Übersetzung ist, vor mich hin pfeifend hinaufzusteigen, ohne je darüber nachzudenken, wie steil, wie uneben, wie weit es noch ist und was sonst noch alles kommen könnte.

Sprachlich noch so präzise gearbeitet, ist der Weg zur Erfahrung bei Kerana Angelova nicht einer der methodischen Griffe. Ihr Schreiben unterliegt wesentlich der Spontaneität und allem, was dieser an sprachlicher Regung innewohnt. In diesem Sinn ahme ich die Autorin blind nach, gebe meine Erfahrung in meiner Sprache wieder und prüfe am Schluss tastend die Kraft und Genauigkeit der Parameter meiner „Wahl", die unter Umständen in der Zielsprache, auf Deutsch, anders ausfallen. Letzteres kann ich nur registrieren. Meine Spontaneität behält genauso die Oberhand wie die der Autorin. Wenn die Sprache die eigene ist und das ausdrückt, was mich bewegt, dann hat sie verdaut, was sie zu verdauen hatte. Sie ist in ihrer Zeit, ist nur mehr Kraft, und der Impuls darf gelten, die Ratio ruhen. Bei einem so genauen, so mitteilsamen Text darf beispielsweise keine einzige Richtungs- oder Geschwindigkeitsangabe fehlen und keine konjunktionale Schlussfolgerung zu viel dastehen. Ich korrigiere, ich korrigiere vielfach, verwende Hilfsmittel, bekomme Unterstützung. Aber am Werk ist nicht mein Pflichtgefühl oder primär mein Verstand, sondern mein ganzes Wesen mit seiner Erfahrung, mein Körper mit seiner Sprache handelt. In diesem Roman strebt das reiche und bunte Zusammenspiel der Sinne nicht in die Totalität einer synästhetischen Erfahrung, sondern in die Unendlichkeit. Diese ist offen, kosmisch, mehrsprachig. Sie übersteigt die rationalen und analytischen menschlichen Fähigkeiten bei weitem. Ihr Grund ist die Zeitlosigkeit der Betrachtung. Was sie beschert, ist (sprach-)schöpferische Energie.

Auch Leid und Schmerz werden auf dem Weg der Betrachtung, die gleichsam Mitteilung ist, transgrediert – der Begriff von Literatur als Kunst, der in diesem Roman vorgestellt wird, ist eine menschliche Stimme, die ihr (Klage-)Lied direkt nach oben, zum Himmel erhebt. Wessen Stimme das ist, in welcher Sprache, aus welcher Religion heraus, von welcher

Vielfalt von Gefühlen durchsetzt, unter welchen Umständen, spielt keine Rolle, in ihr löst sich die Person als ein Bündel von Konventionen auf und kommt heim. An Gott und Göttliches muss gedacht werden können. *An der Spitze des Wissens* (Gilles Deleuze) gilt es zu atmen. Und so wirkt auch hier der Begriff nicht vom Künstler, sondern von den Künstlern, von jener unter Umständen unsichtbaren Gemeinschaft aus einzelnen Menschen, die unabhängig von der Kenntnis des jeweils anderen, von Blutverwandtschaften, Alter, Geschlecht, oder gravierenderen Abstrakta wie Nationalstaaten, auf die lebendige Energie setzen, die die Welt bedeutet.

Vielleicht ist das so im Leben, ein paar einander ähnliche Menschen bilden ein Ganzes, egal wo sie leben und ob sie einander kennen … Es kann sogar sein, dass sie sich überhaupt nicht füreinander interessieren und sich dennoch ergänzen, einander unsichtbare Energie zusenden und sich vereinigen.

Dieses Sinnbild beinhaltet nichts weniger als die Vorstellung von Kunst als eine nicht an das explizite Kunstschaffen gebundene; das Schreiben findet auch im Nichtschreiben oder im Schweigen statt; zu leben heißt, in Beziehung mit allem zu sein und aus dieser Energie heraus zu schöpfen. Alle an diesem Energieaustausch Beteiligten sind Künstler – sie schöpfen und geben die Instrumente zum Weiterschöpfen immer gleichzeitig weiter.

Ich habe den Roman *Elada Pinjo und die Zeit* nicht geschrieben. Allerdings würde es ihn auf Deutsch tatsächlich nicht geben, wenn ich ihn nicht auf Deutsch doch geschrieben hätte. Tue ich das, so stehe ich für einen Austausch ein, für die Publikation und damit für öffentliche Teilhabe an diesem Austausch anhand dieses Werkes, in diesem Fall die zweite Publikation außerhalb Bulgariens (der Roman ist 2016 auf Englisch in den USA erschienen), und zwar in den vier deutschsprachigen Ländern. Ich werde in einem ganz bestimmten Sinn Koautorin.

Georges-Arthur Goldschmidt hat das mir so liebe Bild vom Übersetzer geprägt, der mit der Fülle der Ausgangssprache über der Leerstelle der Zielsprache zappelt und dabei denselben Genuss erfährt wie die Schriftstellerin, die genauso über der Leerstelle ihrer Zielsprache zappelt. Diese Leerstelle bewegt sich natürlich, sie sieht bei beiden einerseits in der einen Sprache je anders aus und nochmals anders in den verschiedenen Sprachen. Sie hängt von sehr vielem ab, nicht nur von der Grammatik und dem expliziten Gegenstand eines Satzes. Sprache in der Dimension der Mitteilung über Raum und Zeit hinweg, wie der der Motorik, also der Körperlichkeit, ist eine so komplexe Triebfeder, wie der Mensch komplex ist. Sie kann nicht rational beherrscht und begriffen werden. Eine nachträgliche Analyse mag allfällige Aussagen über einzelne Aspekte ermöglichen.

Elada Pinjo und die Zeit handelt von Bewegung und von Vertreibung, von Migration in all ihren Facetten und von Sprache. Und auch die Mehrsprachigkeit hat im Roman einen ganz bestimmten Kontext. Unwillkürlich habe ich entschieden, den Strandžaer Dialekt hochsprachlich wiederzugeben, dafür habe ich manches, was zur Idiomatik gehört, tendenziell eine Stufe zurückübersetzt – in Wortwörtlichkeit und Bildlichkeit –, während ich mich natürlich von der Melodie, die ich in mir trage, leiten ließ. Und *unwillkürlich* scheint mir hundertprozentig richtig. Ob ich es nach einer Analyse ganz erklären kann, brauche ich nicht zu wissen. Die vollständige Gleichung einer Übersetzung liegt in den Sternen. Was gilt, ist das Erleben – das Lesevergnügen. Die Feier des Vorstellungsvermögens im Zusammenspiel der Sinne. Jede Lektüre wird eine eigene Übersetzung dieses aktuellen Gegenstands hervorbringen. Und jede wird richtig sein.

Ich glaube, dass die Mission der Kunst, gerade aufgrund dieses, mit Worten unbeschreiblichen, Zustands (Schreibdrang und Widerstand im Moment des Schreibens) darin besteht, das eigene Gefühl für Raum und Zeit auch anderen Menschen mitzuteilen. Für dieses Gefühl habe ich auch meine eigene Definition gefunden – sie betrifft mich und verpflichtet keinen: Die Mission der Kunst ist es, uns nicht zu erlauben zu vergessen, wie frei wir eigentlich sind.

Kerana Angelova ist der Name der ersten Stimme einer weiblichen Autorin in der Bulgarischen Reihe. Wenn es eine Perspektive gibt, die eine Kunst ermöglicht, in der die Frau kein Objekt ist, eine ganzheitliche Sicht auf das Leben hat und ein vollwertiges Leben führen, fühlen und denken kann, jenseits von Umständen und Restriktionen, dann ist diese in Kerana Angelovas Werk zu finden. Frei von Ideologie, durchwirkt es eine Beschwingtheit, ein Sprachgenuss – diese sinnliche Dichte, in der man liebkost und zugleich in Bewegung versetzt wird.

Vor zwei Wochen trafen wir uns wieder in Burgas. Sie erzählte mir von ihrem steten Gefühl, dass die Geschichte ihrer Vorfahren ihre eigene ist, von der Vertreibung, die sie in sich trägt, die ihr eigen ist und die sie auslotet.

Viktoria Dimitrova Popova
August 2017, Zürich

Kerana Angelova und Viktoria Dimitrova Popova im Gespräch

V. D. P.: Im bulgarischen Original spricht eine Vielzahl der Romanfiguren nicht hochsprachlich. Eine andere Sprache ist ihnen eigen. Welche?

K. A.: In allen Romanen bis *Memphis* (Kerana Angelovas neuester Roman *Vision in Memphis*, 2016, ICU Sofia; Anm. d. Ü.) sprechen manche Figuren diesen Dialekt, den ich in meinen letzten Romanen stark stilisiert habe, wobei ich mich vor allem auf den Klang, die Intonation und Sprachmelodie verlasse. Ich erinnere mich an viele Worte aus diesem Strandžaer Dialekt, der heute noch existiert. Ich verwende ihn gerne um einer größeren Glaubhaftigkeit und Farbe willen, aufgrund seiner Plastizität.

Ich scheine ein ziemliches Glück gehabt zu haben mit diesem meinem Strandža: Ich begann im dortigen Dialekt zu sprechen und eignete mir parallel die richtige *Sprache an – eine in der anderen begann ich zwei sakrale Sprachen zu erleben. In meinem lexikalen Laboratorium wurden sie bald austauschbar und ergänzten einander. Und so üben Wörter, die nicht im offiziellen Wörterbuch stehen, heute manchmal eine stärkere Wirkung auf mich aus, insofern sie in einem entsprechenden Kontext eingebettet sind, in dem sie nicht altmodisch und entfremdet klingen. Wenn ich zum Beispiel* Regenwasser *(дъждовна вода) schreiben möchte, ziehe ich, sobald ich es für nötig befinde, vor, das Wort … (дъждовина) zu verwenden. Für mich ist dieses Wort lebendiger, ausdrucksstärker und schöner. In diesem Sinn gibt es keine alten und keine neuen Worte. Die*

Worte sind seit jeher, vom ersten bis zum letzten, der bis zu diesem Moment auf der Suche nach dem Wort abgelaufene Weg.

(Aus: *Eins um Mitternacht. Fragmente, Miniaturen, Essays*, 2013, ICU Sofia)

Du bist also in gewisser Weise bilingue.

Ja, ich bin in einem gewissen Sinn bilingue. Das betrifft aber eher den Reichtum an Synonymen, insofern der Dialekt und die zeitgenössische Sprache vereint einander bereichern. Ansonsten, als Konstrukte, unterscheiden sie sich nicht wesentlich.

Die Sprache der Hauptfigur Elada ist sehr sonderbar ... Als Säugling hat sie die bulgarischen Worte auf der Zunge, die ihre Mutter zu ihr gesprochen hat und die sie unweigerlich erinnert. Sodann lebt sie unter Karakatschanen und spricht deren Sprache, einen griechischen Dialekt, den du Bulgarisch wiedergibst. Darauf lebt sie in Edirne und kommt mit der dortigen Vielsprachigkeit (Türkisch, Griechisch, Bulgarisch, Französisch, Albanisch, Armenisch ...) in Berührung. Erst über ein Jahrzehnt später, nach der Wiederbegegnung mit ihrer Mutter und der Rückkehr zu ihrer Familie nach Burgas und zu ihrem Großvater, der Dialekt spricht, lernt sie ihre Muttersprache Bulgarisch wieder und parallel dazu den Strandžaer Dialekt. Am Ende der Reise ins Erwachsenendasein spricht sie eine Mischung.

Früher haben die Menschen auf dem Balkan die verschiedenen Sprachen auf der Alltagsebene verstanden und sich problemlos miteinander verständigt. Meine Großmutter wechselte von Griechisch und Türkisch in den Dialekt, ins Bulgarische und zurück. Die Literaturkritikerin Antoaneta Alipieva spricht vom eigentümlichen reichen „Babylon des Balkans" in meinen

Büchern und hat dabei das sprachliche Babylon im Sinn, das den Umgang auf magische Weise nicht erschwert …

Was war die Situation zu der Zeit, in der sich die Romanhandlung vollzieht, was führte zu dieser Sprachsituation?

Meiner Meinung nach die in sich geschlossene Lebensweise, die charakteristisch war für die damalige Epoche. Sprache, Alltag, Folklore – sind alle bezaubernd verschieden, und das ist der große Reichtum Bulgariens, der sich bis heute bewahrt hat. Unsere Sprache ist außerordentlich reich und schön.

Zur Verortung. Es herrschen in West und Ost unterschiedliche Sichtweisen auf die Balkankriege in der Zeit vor dem Ersten Weltkrieg. Sag doch bitte selbst ein paar Worte dazu.

Nach der Befreiung Bulgariens und weiterer Länder auf dem Balkan von der Osmanischen Herrschaft kommt es zu Beginn des 20. Jahrhunderts zu ein paar nahezu schizophrenen vertraglichen Abmachungen zwischen den Großmächten und den neuerdings befreiten Ländern, mit dem Ziel der Angliederung oder Abspaltung von Teilgebieten der kleinen Balkanländer. Jedes Mal, wenn ein Krieg endet, führt die Kurzsichtigkeit der zwischen den Großmächten und den einzelnen Staatlein auf der Halbinsel unterschriebenen Verträge zum baldigen Ausbruch eines nächsten Krieges. Mit eiserner Hand und „ohne Betäubung" werden von Nachbarländern streitig gemachte Territorien amputiert, ohne dass sich die „Großen" allzu sehr in die Probleme der „Kleinen" vertiefen – sie selbst müssen in ihrer zerrütteten Macht die eigenen Fragen von Zerfall und Verlust klären. Einer der Wege dahin sind die Einflussbereiche. Auf dieser unserer Halbinsel ist es oft nicht wegen des „kriegerischen" Charakters der Bewohner des Balkans unruhig und alarmierend zugegangen, sondern aus den oben genannten Gründen.

Ein Teil der Romanhandlung spielt in Edirne. Eine wichtige Stadt zu der Zeit, ein Knotenpunkt. Was ist deine Beziehung zu Edirne und wie sieht es dort mit der sprachlichen Situation heute aus?

Ich war nie in Edirne und auch an vielen der sonstigen Orte nicht, die ich beschreibe. In Edirne haben viele Bulgaren gelebt, einschließlich meiner Urgroßeltern. Als ich ein Kind und noch jung war, wollte ich nie, dass man mir von diesen Orten und Zeiten erzählte, da sich die Erzählung rasch in ein ziemlich graues, bedrückendes und nach Schießpulver riechendes Sujet verwandelte. Mein kindliches Bewusstsein hat sie verdrängt.
Erst später wollte ich das Grauen, das meinen Ahnen widerfahren ist, mit eigenen Augen sehen; ihm in die Augen schauen und zu verstehen versuchen, es kraft meines Sippengedächtnisses miterleben.

Denkst du über deine Stilwahl nach? Wie kamst du zur Wahl des Magischen Realismus?

Es gibt nicht nur einen lateinamerikanischen Magischen Realismus. Es existiert ein Strandžaer Magischer Realismus, ein bulgarischer Magischer Realismus. Die ganze Folklore ist Magischer Realismus.
Als Basis habe ich im Roman ein Lied aus der Folklore verwendet, in dem einem verlassenen Säuglingsjungen Hörner wachsen und der zum Hirsch wird, nachdem die Mutter die Wiege an einem tiefhängenden Ast festbindet und sagt: „Der Tau wird dich tränken, und eine Hirschkuh wird dich stillen."

Doch wie kommen diese Motive in die Folklore ...

Das geschieht während der Flucht der Bulgaren aus Edirne.
Das Baby war krank, und damit es die andern Kinder in
der Gruppe mit seinem Weinen nicht verriet, ließen sie es in
der Natur, mit der Absicht, zurückzukommen und es abzu-
holen, nachdem sie die anderen in Sicherheit gebracht haben.
Diese Motive kommen natürlich aus dem echten Leben, aus
dem Erlebten. Deswegen ist das ein magischer Realismus,
aber trotzdem ein Realismus. Während der Flüchtlingswellen
aus dem Territorium des Osmanischen Reiches wurden aus
solchen und ähnlichen Gründen mindestens 160 Kinder
zurückgelassen.

Allerdings durchwirkt das kollektive Gedächtnis unser Vorstellungsvermögen, es spricht sich uns ein, noch bevor wir sprechen können.

Weißt du, welche magischen Wesen durch Strandža streifen ...
устрели *ustreli* – Dämonen, die das Viehblut trinken, топъци
topăci – Wassergeister, die Menschen ertränken, самодиви
samodivi – überirdisch schöne, ewig junge mit Pfeil und
Bogen ausgestattete weibliche Naturgeister, die mit ihren
Zauberblicken betäuben und töten. Sie sind unbeschreiblich,
unsichtbar, durch und durch grauen- und furchterregend.
Nun ja, erschaffen werden sie vom reichen Vorstellungsvermögen der Leute, natürlich. Alles ist Vorstellungsvermögen.
Die Menschen dort sind so inspiriert, so künstlerisch, du
blickst sie nur an und wirst dessen sofort gewahr: ihre Gesten,
der Ausdruck ihrer Gesichter, die Worte. Sie schaffen schöne,
traurige, ironische Lieder, Parabeln, Märchen, Worte und
bringen sie mit einem solchen Genuss vor. Das ist das anony-
me Genie des Volkes.

Wäre es möglich, dass die Protagonistin Elada ein Junge wäre?
Warum eine weibliche Heldin?

Ja, ein Held wäre möglich. Dann würden sich aber die ganze
Sicht aufs Leben und die Philosophie des Romans ändern.
Dann wäre ich eher Beobachterin und Analysatorin. Insofern
die Heldin ein Mädchen ist, nehme ich nahezu unmittelbar
teil, als Mensch und als Autorin. Im gegebenen Fall hatte ich
keine Distanz nötig.
Ja. Mir war es wichtig, dass im Zentrum der Erzählung eine
Frau als Protagonistin steht.

Warum hat Elada gerade diese sinnlichen Fähigkeiten? Und
keine anderen? Sie reagiert besonders auf Gerüche, warum?

Weil sie ein Kind der Natur ist, weil sie ein Kind der Hirschkuh ist, weil ich, wenn ich selbst in den Bergen bin, dieses –
nicht Bouquet –, sondern diese mächtige Energie spüre.
Ich überlege beim Schreiben nicht. Die Spontaneität meiner
Heldinnen und Helden kommt von meiner Spontaneität
als Mensch. Wenn ich einer Büschel-Rose begegne, kann ich
meine Nase darin vergraben und gleichsam ewig so bleiben,
ohne den Kopf zu heben. Ich erinnere mich an jede Minute
meines Lebens, ich erinnere jede Blume in den Gärten
der Nachbarn ... Rosen, Goldlack, Akelei, Ringelblumen, Duft-
nelken. Die heutigen Blumen haben dieses Aroma nicht
mehr. So ist es. Wenn wir klein sind, haben wir einen wilderen,
ursprünglicheren Geruchssinn, danach zerstören ihn die
industriellen Gerüche.

Meiner Beobachtung nach bearbeiten eine Großzahl der Autorinnen und Autoren im deutschsprachigen Raum in ihren
Debütromanen vor allem ein Thema, das sie beschäftigt, und

das ist es dann. Du hast schon Ende der siebziger Jahre geschrieben, aber diesen deinen ersten Roman um 2000 verfasst, mit Anfang fünfzig. Glaubst du, dass die erlebte Zeit notwendig ist, um so einen mehrschichtigen Roman zu verwirklichen?

Ich denke, dass alles in der Kindheit steckt.
In einem meiner Romane fließt die Handlung linear, und in diesen linearen Fluss mündet allmählich eine Vielzahl anderer Handlungen. Die Erzählung wird zu einem Strom aus Worten und Ereignissen, der sich laufend anfüllt. In einem anderen werden Sujet und Worte von einem stürmischen, energetischen Wirbel erfasst. Und überhaupt sind meine Heldinnen und Helden unruhige Naturen und können nicht ruhig und entspannt erzählt, in einem Aspekt erfasst werden.

Dieser Roman war gleich nach seinem Erscheinen erfolgreich, nicht wahr? Wie kam es dazu, was meinst du? Lag es daran, dass die Lesenden und die Professionellen im literarischen Feld Arbeiten von dir kannten?

Tatsächlich wurde mein Roman mit freudiger Überraschung empfangen. Das kann ich sagen. Ich habe die Wahl getroffen, ein abgeschiedenes Leben zu führen, wie alle Autorinnen, die sich dafür entscheiden, weitab vom „Zentrum der Literatur" zu leben – weitab von Sofia. Es gibt Feldstecher und Ferngläser, Operngläser. Die einen vergrößern 50-fach, die anderen 3-fach. Üblicherweise richten die Fachleute ihre 50-fach vergrößernden Feldstecher auf das, was ihnen am nächsten liegt, um es noch stärker zu vergrößern – und sehen mit Operngläsern in die Ferne. Aber ich glaube, wenn ein Buch bemerkt werden muss, dann wird es auch bemerkt.

Zurück zum Raum für Bewegung beim Schreiben. Die Dramaturgie des Romans ist von Grund auf mehrschichtig. Wie schreibst du, hast du von Anbeginn eine klare Vorstellung von Struktur und Inhalt?

Ich habe null und gar keine Vorstellung. Alles, was ich fühle, ist ein Zustrom grandioser Energie. Nur in ganz groben Zügen weiß ich, worüber ich schreiben werde. Ich bin vermutlich die Einzige auf der Welt, die so schreibt. Ich zähle auf die Inspiration. Ich weiß, wenn sie da ist. Ich weiß, wenn sie genügt. Ich spüre, wie sie von allen Seiten heranflutet, und sehe das Ganze von sehr weit oben. Zuerst fällt es mir schwer anzufangen, meine Heldinnen und Helden zu erzählen, bis ich einen Namen für sie habe. Ich probiere Kindernamen aus, doch zu Beginn scheint keiner zu passen. Auch wenn ich schon genau weiß, wer sie sind und was ihnen zustößt – solange sie den meinem Empfinden nach passendsten Namen nicht haben, geht mir das Schreiben nicht von der Hand. Die Literaturwissenschaftlerin und tiefgründigste Erforscherin meiner Arbeiten Dobrina Topalova wurde darauf aufmerksam und meinte, jeder Name sei ein Code für etwas äußerst Wichtiges, das im Erzählen passieren werde. Vermutlich suche ich gerade deswegen so verbissen danach, ohne überhaupt zu merken, warum ich das tue.

Also kannst du dich in so einen Zustand versetzen, in dem du von oben herabschaust und wie in einem Traum siehst; in dem etwas Klares und Genaues in dir arbeitet, das zwischen und inmitten von allem Erscheinen das Nötigste und Wichtigste aussucht.

Ja, tatsächlich. Ich war selbst überrascht, als ich meiner Protagonistin Despina-Pinjo, die unter den Karakatschanen in den

Bergen aufwächst, den Namen Elada gab: Eine alte Griechin hatte sie so genannt, damit sie weise sei. Zu ihrem Namen zurückfindend, ihrem antiken Namen, findet Elada das Gleichgewicht zwischen den zwei Welten, und von ihrem Naturnamen tritt sie nun in die Zivilisation über.

Die Mehrsprachigkeit in deinem Roman schließt allerdings auch die Sprachen der Pflanzen und der Tiere mit ein. Die Ziehmutter des verlassenen Säuglings Pinjo ist eine Hirschkuh. Ein Teil der Handlung vollzieht sich „in den Tiefen der feuchten Seidelbastwälder" im Strandža-Gebirge, im Herzen einer sehr reichen Natur, der andere in der Stadt, in Edirne und Burgas, die reich an Kultur oder auch an Kulturen sind, vielsprachig, multireligiös und multiethnisch. Sind diese Orte des Geschehens und der Handlung ebenso wichtig wie die Figuren des Romans? Könnten deine Figuren auch woanders handeln?

Sie sind wichtig, anders geht's nicht. Doch auch die Logik des Erzählens an sich ruft den Weg, die Städte und Menschen in der Erzählung auf den Plan. Als sie das Gebirge verlassen müssen und Chrisulas Beziehung zu Jorgos zu Ende ist, entschied ich, sie in Edirne zu lassen, der nächsten Stadt. Sie hätten nach den Gesetzen der Karakatschanen nirgendwo hingehen können, da ein anderer Stamm eine Frau, die in sündiger Liebe mit einem verheirateten Mann gelebt hat, nicht aufnehmen würde.

Inwiefern ist „die Geschichte" für dich wichtig?

Sie ist wichtig. Ja, es gibt den historischen Bezug. Die Heldinnen und Helden können nicht in der Zeitlosigkeit hängen. Aber um sie geht es. Allerdings ist die Zeitlosigkeit nicht derart schicksalhaft mit der Geschichte verbunden, sie hängt mit dem Magischen zusammen, eigentlich mit der kollektiven Erinnerung – die Richtung der getreuen Wahrheit ist dieselbe.

Stichwort Bewegung. Der Roman stellt unter dem Begriff „Sehnsucht" den Zusammenhang von Bewegung und der Suche nach einem Gegenüber vor. Ist das Leben erst dann voll, wenn ein Mensch aufbricht und sein Gegenüber findet?

In diesem Roman ist das die Idee, und das ist wahr. Außerhalb dieses Romans oder in einem anderen könnte manch einer sich selbst genügen, weil er auch in der Einsamkeit das findet, was ihm erlaubt, seinen Weg zu gehen ... obwohl er stets etwas vermissen wird, unbestritten.

Und wenn er es findet, welchen Grund hat er dann, sich zu bewegen? Wird Elada in Burgas bleiben?

Ich weiß es nicht. Ich kann es nicht mehr sagen. Es liegt nicht mehr an mir. Ich schrieb nach einem Szenarium, das ich von oben bekam, womöglich aus irgendeinem Literatursafe, der sich an einem ga-a-nz geheimen Ort befindet. So ist es doch ...

August 2017, Burgas

Inhalt

Titel der Originalausgabe:
Елада Пиньо и времето (Elada Pinjo i vremeto), Copyright © 2003
Керана Ангелова (Kerana Angelova), Original edition
published by Verlagsatelier Ab

Erste Auflage 2017
© 2017 by INK PRESS, Zürich
www.ink-press.ch

Cover-Illustration: Annelies Štrba

Lektorat: Olga Sadnik

Korrektorat: Ilona Buth

Reihengestaltung: Iza Hren

Satz: Ernst und Mund, Leipzig

Druck und Bindung: BELTZ Bad Langensalza GmbH

Papier: Werkdruck, bläulichweiß / Lessebo Design Smooth

Schrift: Plantin, Nimbus Sans Novus T

Printed in Germany

ISBN 978-3-906811-06-2